Les
lettres oubliées

KIM FIELDING

Les
lettres oubliées

KIM FIELDING

Publié par
DREAMSPINNER PRESS

5032 Capital Circle SW, Suite 2, PMB# 279, Tallahassee, FL 32305-7886 USA
www.dreamspinnerpress.com

Les lettres oubliées
Copyright de l'édition française © 2018 Dreamspinner Press.
Titre original : The Tin Box
© 2013 Kim Fielding.
Première édition : septembre 2013
Traduit de l'anglais par Christine Gauzy-Svahn.

Illustration de la couverture :
© 2013 Anne Cain.
annecain.art@gmail.com
Les éléments de la couverture ne sont utilisés qu'à des fins d'illustration et toute personne qui y est représentée est un modèle

Édition e-book en français : 978-1-64405-080-4
Édition imprimée en français : 978-1-64405-081-1
Première édition française : octobre 2018
v 1.0

Édité aux États-Unis d'Amérique.

I

LE GRAVIER crissa sous les pneus de la vieille Toyota de William Lyon. Les cartons et les sacs contenant tous ses biens glissèrent et s'entrechoquèrent. Malgré la chaleur suffocante, il remonta la vitre pour éviter le nuage étouffant de poussière soulevée par la Volvo devant lui. Sa voiture n'avait plus d'air conditionné depuis très longtemps. Cela n'avait jamais été un problème dans la région de la Baie, mais cela allait être plus problématique ici dans les contreforts de la Sierra.

La route serpentait autour de buttes herbeuses déjà brunies en cette chaude fin de printemps. Au loin, il vit quelques vaches paître placidement à l'ombre d'une multitude de chênes verts. Elles regardèrent les voitures passer, un peu intriguées. La route tourna une fois de plus tout en remontant légèrement, et William vit pour la première fois son nouveau foyer.

L'imposant Asile d'Aliénés de Jelley's Valley s'étendait sur plusieurs hectares d'un terrain majoritairement plat, une colline raide s'élevant juste derrière. Le domaine était entouré d'une haute clôture grillagée. Le lieu comprenait plusieurs bâtiments, même si William était trop occupé à éviter les nids de poules pour en compter le nombre exact. Mais il ne manqua pas le plus grand bâtiment, une monstruosité de trois étages en stuc blanc, avec un porche soutenu par des colonnes à l'entrée et une tour décorée perchée au milieu du toit. Même sous le soleil éblouissant, le bâtiment parvenait à avoir l'air vaguement sinistre. Peut-être était-ce dû aux lourds barreaux présents sur toutes les fenêtres, à la peinture craquelée et écaillée ou à l'aspect désert commun à tous les bâtiments abandonnés.

— Super cadre pour un film d'horreur, dit-il à voix haute avant de froncer les sourcils.

Parler tout seul n'était pas sain.

La Volvo s'arrêta devant un haut portail grillagé. William regarda le Dr Merrick – non, se rappela William, *Jan* – descendre de sa voiture, sortir un impressionnant trousseau de clés et déverrouiller le cadenas du portail. Jan força un peu pour pousser le portail, retourna dans sa voiture et continua sa route en direction du bâtiment principal tandis que William la suivait.

1

Le parking devant le bâtiment était goudronné, même si de mauvaises herbes poussaient de manière luxuriante à travers les fissures de l'asphalte. Jan arrêta la Volvo dans un coin, empiétant sur plusieurs places, mais William se gara précautionneusement entre deux lignes blanches effacées. Il coupa le moteur et redressa sa cravate. Il envisagea de mettre aussi sa veste de costume, mais la simple idée de rajouter un vêtement fit couler de la sueur sur son front.

Jan l'attendait devant les marches, un immense sourire aux lèvres. C'était une femme minuscule, plus petite que lui d'une trentaine de centimètres, avec des cheveux grisonnants coupés en un carré classique.

— Belle bâtisse, n'est-ce pas ? Elle est sur le Registre National Historique.

Il hocha la tête, espérant que son visage n'ait pas l'air trop sévère. Si l'endroit n'était pas historique, il supposait qu'il aurait été rasé depuis longtemps. De son avis, ce n'était pas parce que quelque chose était vieux qu'il valait la peine d'être conservé, et cet amas en était un bon exemple. Quel intérêt avait un vieil hôpital psychiatrique au milieu de nulle part ? Ce n'était pas comme si les gens venaient ici en voiture pour admirer l'architecture.

Bien sûr, il ne dit rien de tout cela à voix haute. À la place, il répondit d'un neutre « C'est grand ».

Elle rit.

— En effet. Autrefois, l'endroit accueillait plus de patients que n'importe quel autre coin de Californie. Plus depuis de nombreuses années maintenant, bien sûr. Ils l'ont entièrement fermé en 82.

— Ça fait… euh… beaucoup d'espace.

— Ne vous inquiétez pas. Une équipe d'entretien des espaces verts vient deux fois par mois pour couper le plus gros de la végétation, et il n'y a vraiment aucune raison pour que vous mettiez les pieds dans les petits bâtiments. Venez. Laissez-moi vous faire faire le tour du propriétaire.

Il n'avait pas spécialement envie d'une visite. Il aurait préféré déplacer ses affaires à l'intérieur et s'installer. Mais il la suivit avec obéissance tandis qu'elle lui faisait traverser le parking en direction d'un espace vert ressemblant à un square de village ou un parc. Elle pointa du doigt l'autre côté du terrain où se trouvait une immense maison ; cela avait dû être une merveille victorienne à une époque, avant de devenir, principalement, un tas de bois battu par le vent.

— C'était la maison du directeur. Les visiteurs importants venaient d'aussi loin que San Francisco et Sacramento, et les directeurs y tenaient des soirées chics. Certains patients – les plus sages, je suppose – y faisaient le service. Il y a des photos dans les archives en ligne si vous voulez jeter un coup d'œil.

— Ça ressemble à un risque d'incendie.

Elle ricana.

— Le conseil d'administration essaie de lever suffisamment de fonds pour restaurer la maison. Nous ne sommes pas loin de notre but.

— Vous feriez mieux de vous dépêcher.

Elle contourna le bâtiment en stuc, où se trouvait une autre entrée, celle-ci considérablement moins belle. Elle semblait toutefois un peu plus secrète pour William, comme si elle avait été utilisée pour faire entrer et sortir furtivement des gens. D'autres bâtiments étaient visibles vers l'arrière.

— Les ateliers se trouvaient là-bas, dit Jan, indiquant une longue structure basse qui était plus récente et plus moche que le bâtiment principal. Les toits sont en grande partie effondrés, alors évitez-les. Il n'y a rien de valeur à préserver là-bas. Un immense château d'eau se trouvait juste à côté, mais il a été démonté il y a plusieurs années. Mais ne vous inquiétez pas… vous aurez une alimentation en eau moderne. Il y a un puits.

C'était un soulagement tardif ; il ne s'était pas demandé jusque-là s'il pourrait prendre une douche convenable. Puis une autre pensée le traversa.

— Il y a l'électricité, n'est-ce pas ?

— Bien sûr, répondit-elle en riant. Elle a été installée dans les années 30. Et il y a une télé satellite avec Internet. Et tout le confort.

Ils continuèrent à avancer sous le soleil de plus en plus brutal, Jan indiquant les particularités au fur et à mesure. Il y avait quelques bâtiments supplémentaires, principalement des entrepôts pour des fournitures et des véhicules, et une rangée de petites maisons qui avaient autrefois accueilli quelques-uns des patients les plus indépendants. Une autre bâtisse délabrée avait abrité les appartements du personnel de l'asile. Elle lui expliqua qu'un des bâtiments, en relativement bon état, avait été à l'origine l'établissement pour femmes, mais avait été utilisé pour d'autres choses au fil des années.

— Qu'est-ce que c'est ? demanda-t-il en indiquant un autre espace vert près du bâtiment principal, celui-là entouré d'une petite clôture en fer.

L'herbe et les arbustes à l'intérieur de la clôture avaient envahi le sol, et quelques arbres maigres étiraient tristement leurs branches vers l'extérieur.

3

Elle soupira.

— C'est le cimetière.

— Je ne vois pas de pierres tombales.

— Il n'y en a aucune. La plupart des patients n'avaient pas beaucoup de visites quand ils étaient vivants, encore moins une fois morts. L'hôpital gardait une trace écrite de qui était enterré ici, mais les dossiers sont vraiment incomplets. Nous savons que ce n'est pas le seul endroit où ils inhumaient les gens, mais nous ne sommes pas sûrs de l'endroit où se situent toutes les tombes. Il y a une dizaine d'années, quelqu'un envisageait d'acheter le domaine pour construire une sorte d'hôtel, mais quand ils ont commencé à creuser près du bord de la propriété, ils ont fini par déterrer un tas de squelettes.

William frissonna.

— Argh.

— C'est ce qu'ils ont pensés. Ils se sont rétractés. Personne n'a été intéressé depuis.

Ma foi, William pouvait très certainement le comprendre. Mais une fois encore, il retint sa langue, et il fut soulagé quand elle les ramena vers le devant du bâtiment. Elle sortit l'énorme trousseau de clés de son sac et le lui tendit d'un petit geste théâtral.

— La plupart vous seront inutiles. Celle du portail et de la porte principale sont marqués et il y a une liste à l'intérieur qui vous indique à quoi servent les autres. Elles sont principalement pour les portes intérieures.

Elle le laissa ouvrir la voie jusqu'à l'immense porte ouvragée. Il se battit un peu avec la clé avant de réussir à la déverrouiller. La porte grinça, comme si les gonds étaient rouillés. Elle n'était probablement pas ouverte très souvent.

Le hall d'entrée était bien plus grand qu'il ne s'y était attendu, avec des sols en marbre et du lambris décoré. Le plafond atteignait presque les six mètres. Un énorme lustre était suspendu au milieu, généreusement orné de toiles d'araignée et de poussière, et il n'avait clairement pas servi depuis plusieurs dizaines d'années. La pièce était illuminée par les rayons de soleil qui filtraient à travers les immenses et hautes fenêtres ; plus récemment, quelqu'un avait installé une série de lampes affreuses mais fonctionnelles. L'endroit ne possédait aucun meuble, mais William pouvait voir des traces d'éraflures sur le sol, et il devina qu'il y avait autrefois un bureau de réception et probablement quelques bancs ou chaises. Il se demanda si les nouveaux patients entraient par là ou par l'horrible petite porte sur le côté.

— Vous êtes libre de fouiller le bâtiment si vous voulez, dit Jan.

Sa voix résonna sur les surfaces dures de la pièce.

— Ce sont principalement des pièces vides ou un fouillis de vieux meubles et d'autres trucs. La morgue est assez intéressante. Elle se situe au deuxième étage de l'aile ouest. C'était l'aile médicale. La salle des registres est juste à côté de vos quartiers. Nous n'en avons archivé qu'une petite partie, alors si vous vous ennuyez et voulez donner un coup de main, ne vous en privez pas.

— Je travaillerai sur ma thèse.

— Bien sûr. Je suis persuadée que ça vous occupera bien assez. Fred m'a dit que vous aviez un nombre de données assez impressionnant.

Fred était Fred Ochoa, le directeur de thèse de William. C'était lui qui lui avait trouvé ce travail.

— *C'est parfait !* avait déclaré avec enthousiasme le Dr Ochoa un après-midi deux semaines plus tôt. *Je sais que tu aimes travailler dans le calme et tu en auras beaucoup. Et tu auras un endroit où vivre gratuitement.*

Il s'était raclé la gorge.

— *Tu es toujours… euh… un peu dans le besoin, non ?*

Si dormir dans son minuscule bureau à l'université et se doucher à la salle de sport signifiait être dans le besoin, alors William l'était très certainement. Il n'avait pas vraiment voulu que le Dr Ochoa soit au courant de son divorce imminent et de sa situation précaire, mais l'homme était pour le moins observateur.

— *Je ne pense pas que je ferais un bon gardien,* avait protesté William. *Je ne suis pas du genre à réparer les choses.*

— *Ce n'est pas un problème. En gros, ton travail sera de surveiller le lieu. T'assurer que des vandales n'envahissent pas l'endroit, des trucs de ce genre. Tu auras un numéro d'urgence à appeler si quelque chose d'important se casse. Tu auras beaucoup de place pour t'étaler, William. Et puis, ils te paieront suffisamment pour te permettre d'économiser un peu si tu le souhaites.*

William n'avait pas dit oui immédiatement. Mais après trois jours supplémentaires à avoir mal au dos à force de dormir dans la causeuse bosselée de son bureau, et sans aucune autre possibilité qu'une demi-douzaine de colocataires bruyants, il avait accepté l'offre.

Maintenant, Jan l'observait, la tête légèrement penchée.

— Quel est votre sujet de recherche, William ?

— L'influence de la fréquence du mot et de l'agencement de l'item dans le rappel ordonné. J'ai aussi d'autres variables indépendantes, comme le temps écoulé et le nombre ou la complexité d'événements interférents. C'est un modèle expérimental assez complexe.

— Uh-huh. Ça a l'air très intéressant, ajouta-t-elle, mais sans conviction.

C'était intéressant – du moins, pour lui. Et non seulement son étude avait des répercussions théoriques fascinantes, mais il y avait aussi des applications pratiques, comme par exemple dans un tribunal. Mais il ne prit pas la peine de l'expliquer maintenant.

— Où est-ce que je dors ? demanda-t-il.

Presque n'importe quel endroit serait mieux que son bureau exigu et légèrement moisi… Bon, n'importe quel endroit sauf la morgue.

Elle sourit.

— Nous avons aménagé un joli appartement. Par ici.

Les doubles portes près de l'endroit où se situait autrefois le bureau étaient déverrouillées. Au-delà, se trouvaient un long couloir sombre au sol éraflé, aux peintures écaillées, et plus d'installations électriques utilitaires. Le couloir était bordé de portes et l'extrémité opposée semblait rencontrer un autre couloir qui conduisait à droite et à gauche. Jan ouvrit la première porte devant laquelle ils arrivèrent, une porte à l'allure imposante faite de bois noir gravé.

— C'était le bureau du directeur, expliqua-t-elle.

C'était une très grande pièce. Des bibliothèques encastrées occupaient les deux murs du sol au plafond, les étagères majoritairement vides mis à part une petite rangée de romans d'espionnage usés. Quelques tapis aux couleurs vives – étrangement modernes dans ce qui semblait être une pièce relativement ancienne –recouvraient certaines parties du parquet en chêne éraflé. Le lustre était assorti à celui de l'entrée, bien que celui-ci soit plus petit et sans aucune poussière. De lourds rideaux attachés laissaient entrer la lumière par deux immenses fenêtres, par bonheur sans barreaux. Une imposante cheminée occupait le centre d'un des murs, une grosse pile de bûches posée juste à côté, même si William n'aurait pas besoin de feu dans l'immédiat.

Les meubles étaient solides et avaient l'air confortables : un lit encadré de deux tables de nuit, un canapé en cuir et un fauteuil assorti, une commode haute, une armoire équipée d'un miroir, un énorme bureau avec un fauteuil rembourré tout aussi énorme. Deux chaises en bois entouraient une petite table ronde. Des lampes dépareillées avaient été placées sur le bureau, près du lit et sur une étagère près du fauteuil. La petite télévision ancienne ne dérangea pas William ; il n'avait jamais été du genre à beaucoup la regarder. Trois ventilateurs électriques se tenaient prêts à aider à déplacer l'air chaud immobile. Il faisait plus frais à l'intérieur du bâtiment qu'à l'extérieur, mais pas de beaucoup.

Malgré tout, c'était carrément mieux que son bureau à l'université, en conclut William.

Jan dut remarquer son approbation, parce qu'elle sourit.

— Pas mal, hein ? Il y avait une salle d'auscultation privée adjacente. Nous l'avons transformée en kitchenette et salle de bain. Venez voir.

La petite porte sur la gauche menait directement dans une minuscule cuisine, où se trouvaient une cuisinière miniature et un four, un micro-ondes, un évier, un plan de travail d'un mètre vingt et deux placards.

— Vous risquez d'avoir du mal à préparer un festin pour vingt personnes, admit Jan.

— Je ne cuisine pas beaucoup de toute façon.

— Eh bien, si vous décidez de démarrer un nouveau hobby, les anciennes cuisines – les grandes qui servaient à l'hôpital tout entier – sont à cet étage. Cependant, je doute que les équipements fonctionnent.

— Ce n'est pas grave.

La salle de bain était basique. Pas de baignoire, juste un bac de douche carrelé. Le lavabo avait l'air vieux, mais le robinet luisait et le miroir était en bon état. Un lave-linge et un sèche-linge étaient empilés dans un coin.

Quand William et Jan retournèrent dans la pièce principale, elle pencha la tête dans sa direction.

— Alors ? Qu'est-ce que vous en pensez ? Est-ce que ça va fonctionner ?

— Ça ira, dit-il avec confiance.

— Bien. Dans le bureau, il y a un dossier rempli d'instructions, de cartes et de choses du même genre. La liste des clés y est aussi. Oh, et ce téléphone fonctionne.

Elle indiqua un gros téléphone noir qui semblait s'être échappé d'un vieux film.

— Les téléphones portables ne captent pas de manière régulière ici.

Cela lui allait, tant qu'il avait Internet.

Elle se gratta la tête.

— Voyons voir… Y a-t-il autre chose que vous ayez besoin de savoir ? Le courrier n'est pas livré jusqu'ici, mais vous pouvez le récupérer au bureau de poste en ville. Vous y trouverez aussi une épicerie. Pour des courses plus importantes, il vous faudra aller jusqu'à Mariposa ou Oakhurst en voiture, mais vous pouvez y trouver l'essentiel. Le petit restaurant mexicain n'est pas mauvais. Essayez leur *tamales*. Et appelez-moi si vous avez besoin de quoi que ce soit. Il me faut deux ou trois heures pour venir, mais je peux probablement vous aider à distance. Je suis moi-même restée ici en tant que gardienne pendant six mois, à l'époque où je rédigeais ma thèse. C'était une expérience agréable, même si je me sentais un peu seule à la fin.

William ne s'inquiétait pas pour ça. Il avait l'habitude de la solitude.

Il raccompagna Jan jusqu'au parking.

— Y a-t-il des… hmm… animaux dans les parages ? demanda-t-il.

— Rien qui ne vous mangera. En fait, la vie sauvage est assez intéressante. J'ai appris à regarder les oiseaux quand je vivais ici. Il y a des biches et des coyotes pas loin, mais la clôture les tient à distance. Et, bien sûr, vous aurez vos voisines, les vaches.

— Je n'ai jamais vécu si… loin des choses.

— Eh bien, c'est merveilleux si vous aimez le calme et la tranquillité. Bon, puis-je vous aider à transporter vos affaires ?

— Non, merci.

Il n'avait pas tant de choses que ça de toute façon, mis à part ses livres et journaux. Lisa et lui n'avaient pas pu se payer grand-chose d'un point de vue matériel, et elle avait gardé la plupart de leurs affaires après leur séparation. Au moins, elle avait un appartement pour les y conserver, et il pensait qu'elle méritait de sauver ce qu'elle pouvait du mariage qu'il avait fait foirer.

— Alors d'accord. Je vais rentrer. Je fermerai le portail en partant.

Elle lui tendit une main qu'il serra.

— Bonne chance, William.

— Merci.

Il la regarda partir. Même après la disparition de la voiture derrière un virage, il pouvait voir les nuages de poussière qu'elle soulevait derrière elle. Cela le laissa seul avec sa voiture précautionneusement garée sur le parking désert. Il ouvrit le coffre de la Toyota et commença à décharger ses affaires.

— C'est bien, dit-il à voix haute avant de se mordre la langue en se jurant d'arrêter de parler tout seul.

II

WILLIAM SUSPENDIT sa veste de sport, retira sa cravate et ôta sa chemise. La chaleur lui sembla moins oppressante quand il ne lui resta que son tricot de peau, et il se mit à vider ses cartons et ses sacs. Le temps qu'il trouve où tout ranger, il eut faim, alors il fouilla dans les maigres provisions qu'il avait emportées – des pâtes et de la sauce, du pain, du fromage et des pommes – et se mit à chercher où étaient rangés les couverts, les assiettes et les casseroles.

Enfin, il alluma son ordinateur pour s'assurer que l'Internet fonctionnait. Il envoya un e-mail au Dr Ochoa pour lui faire savoir qu'il était arrivé et s'était installé, et pour le remercier une nouvelle fois de cette opportunité. Après quelques minutes d'indécision, il envoya un e-mail à ses parents. Il leur dit qu'il avait trouvé un endroit temporaire où vivre, mais il n'entra pas dans les détails. Ils étaient encore en colère à cause du divorce.

Après eux, il n'eut plus personne à contacter. Il avait quelques amis d'université, mais n'était pas si proche que ça d'eux, et de toute façon, ils étaient déjà au courant de son nouveau travail. Tous ses autres amis avaient aussi été ceux de Lisa, et ils avaient pris leurs distances après leur rupture.

Il quitta le bureau, se planta au centre de la pièce et passa ses nouveaux quartiers en revue. Il avait déjà classé ses livres et ses revues, mais cela ne prenait pas tant de place que ça dans l'immense bibliothèque. Il se demanda si les étagères avaient un jour été pleines. Peut-être que les directeurs de l'hôpital avaient acheté des livres au cas par cas pour donner à la pièce une impression de sagesse et servir de décoration.

Alors qu'il était posté sur un tapis rouge et bleu, se demandant pourquoi quelqu'un voudrait diriger un hôpital psychiatrique au milieu de nulle part, il entendit des bruits étranges. Principalement des petits craquements, mais de temps en temps, un boum étouffé ou un gémissement. C'était un peu effrayant. Mais étant du genre pragmatique, William se rendit compte que les sons n'étaient rien d'autre que ceux d'une vieille bâtisse mal entretenue tombant lentement en ruine. Des bouts cassés de quelque chose s'entrechoquant sous la brise. Peut-être même des souris, des écureuils ou des oiseaux.

La nuit était tombée à présent et – il l'espérait – la température avait chuté. Après de considérables efforts, il parvint à ouvrir l'une des fenêtres et installa le plus grand des ventilateurs devant elle. Le vrombissement des pales recouvrit une bonne partie des bruits ambiants, et l'air du soir rafraîchit un peu la pièce.

Il alluma la lampe de bureau et passa un peu de temps à feuilleter inlassablement ses revues, lisant quelques articles et quelques-unes de ses anciennes notes. Il savait qu'il devrait sérieusement avancer son travail, mais il se sentait déstabilisé. Les nouveaux endroits avaient tendance à avoir cet effet sur lui. Il éteignit l'ordinateur et prit un roman – *Lumière d'Août* –, mais même le livre de poche lui sembla trop lourd et il le reposa rapidement. Il jeta un coup d'œil vers la télévision et faillit l'allumer. Cependant, il savait qu'il n'y aurait rien d'intéressant à y regarder, alors il ne se donna même pas la peine d'essayer.

Il était fatigué, et il réalisa soudain qu'il pouvait aller se coucher s'il en avait envie. Il se permit un sourire malicieux à cette idée. En raison des horaires de travail tardifs de Lisa, puis à cause des cours du soir qui avaient lieu dans son bâtiment à l'université, il allait rarement se coucher avant minuit. Et là, il était à peine plus de vingt et une heures, et il n'y avait personne pour le remarquer ou s'en soucier.

Oui, décida-t-il, se coucher tôt. Il se lèverait de bonne heure, revigoré et désireux de bûcher sur ses données.

Pliée et empilée sur le lit se trouvait son unique parure de lit, un achat à 4,99$ provenant d'un magasin d'occasion vraiment déprimant. Les draps étaient imprimés de rayures indistinctes aux couleurs ternes, ils étaient peluchés et rêches, et même après quelques lavages, ils sentaient encore le plastique. Mais au moins, ils avaient été de la bonne taille pour la causeuse de son bureau. Ils étaient bien trop petits pour le lit d'ici, qui semblait suffisamment grand pour accueillir une orgie romaine, mais William les étendit de son mieux et décida d'aller rapidement acheter une nouvelle parure.

Il ouvrit le tiroir de la commode, mais interrompit son geste avant d'attraper son pyjama. Il dormait toujours en pyjama : flanelle en hiver et coton quand le temps était plus doux. Il l'avait toujours fait. Lisa le taquinait à ce sujet, et pourtant elle lui en achetait parfois un pour son anniversaire. La praticité du cadeau lui avait probablement plu. Même les soirs où ils étaient censés coucher ensemble, il commençait en pyjama et le renfilait après s'être nettoyé.

10

Mais… malgré les ventilateurs allumés, il faisait affreusement chaud dans la pièce. Le peu d'air qui circulait serait probablement agréable sur de la peau nue. Et il n'y avait personne, à part des vaches, à des kilomètres à la ronde.

Le sourire malicieux fut de retour tandis que William refermait le tiroir et se déshabillait pour ne garder que son caleçon. Il suspendit précautionneusement son pantalon dans l'armoire avant de se diriger lentement vers la salle de bain, où il déposa ses chaussettes et son tricot de peau sales dans la machine à laver. Ses ablutions du soir prirent très peu de temps. Il n'était pas du genre à traîner, et il n'y avait pas grand-chose à regarder dans le miroir de toute façon. Son nez était trop long et trop pointu, ses lèvres trop fines, ses yeux d'un marron clair banal, ses cheveux blonds raides et quelconques. Le reste n'était pas génial non plus. Lisa lui avait toujours dit qu'il pouvait développer du muscle s'il essayait – elle était kinésithérapeute et se considérait comme une experte en la matière. Mais ses quelques tentatives de musculation avaient pris fin rapidement. Il n'appréciait pas réellement de se focaliser autant sur son corps et avait accepté d'être grand et légèrement maigre.

De retour dans la pièce principale, il hésita à fermer la fenêtre. La laisser ouverte lui donnait le sentiment d'être exposé, même s'il savait qu'il n'y avait personne dehors. Mais s'il la fermait, il perdrait l'accès au peu d'air frais. Il se décida pour un compromis pitoyable, fermant à moitié les rideaux afin qu'ils se gonflent légèrement sous la brise.

Oh bon sang, le lit était confortable, même avec les draps horribles. Pour la première fois depuis des semaines, il pouvait vraiment s'étaler. Et il le fit, faisant l'étoile de mer sur le matelas afin que le ventilateur sèche la transpiration sur son torse et ses jambes. Il n'avait jamais dormi dans un lit aussi grand. Celui-ci ne serait jamais rentré dans la chambre de leur minuscule appartement d'Oakland. Quoi qu'il puisse lui arriver d'autre pendant qu'il serait à Jelley's Valley, au moins, il aurait une nuit de sommeil convenable.

IL SE réveilla au son des oiseaux chantant bruyamment à sa fenêtre. Emmêlé dans les draps défaits, il fut un peu désorienté au début. Mais le temps qui se libère, il s'était rappelé où il se trouvait. Il jeta un coup d'œil à son petit radioréveil sur la table de nuit et découvrit, choqué, qu'il était 9h13. Adieu son intention de se lever de bonne heure.

Malgré presque douze heures de sommeil, il se sentit un peu dans les vapes lorsqu'il utilisa la salle de bain et chauffa de l'eau pour le thé. Il préférait le café, mais détestait la version soluble, et il n'avait aucun moyen d'utiliser la mouture qu'il avait apportée avec lui. Il lui faudrait investir dans une cafetière lorsqu'il irait acheter les draps.

Du thé Darjeeling et du pain grillé suffirent à remettre son cerveau en route. Il dut se pencher un peu pour tenir dans la douche, mais au moins la pression de l'eau était correcte. Il arrivait à court de savon et de shampooing. Alors qu'il était en train de se rincer, il décida d'aller faire un tour en ville au lieu de s'installer immédiatement devant son ordinateur. Il pourrait se ravitailler à l'épicerie et s'assurer que le bureau de poste sache qu'il existait. Il doutait de pouvoir trouver tous les articles sur sa liste de courses grandissante, mais au moins, il pouvait essayer.

Il se rasa et s'habilla. Il se sentit un peu audacieux de partir sans cravate, mais il devinait déjà que cela allait être une autre journée de grande chaleur, et l'idée de ce bout de tissu l'étranglant dans sa voiture étouffante était trop pour lui. Il envisagea même de ne pas prendre sa veste de sport, mais, en fin de compte, la jeta sur le siège passager. Il avait besoin d'avoir l'air au moins un peu professionnel.

Le rituel de déverrouiller puis reverrouiller le portail allait s'avérer fastidieux, prédit-il. Et le porte-clés que Jan lui avait confié était trop lourd pour être gardé dans sa poche. Il finit par le fourrer dans sa boîte à gants en espérant que personne ne forcerait sa voiture quand il serait en ville.

Des faucons décrivaient des cercles au-dessus de sa tête et les vaches regardaient tandis qu'il cahotait sur la longue route jusqu'à l'axe principal.

La ville de Jelley's Valley était si minuscule qu'il faillit la traverser à toute allure. Une longue bâtisse basse au parking recouvert de gravier blanc abritait le bureau de poste et l'épicerie. Le bâtiment carré voisin était le restaurant *Dos Hermanos*. Une vieille station-service située de l'autre côté de l'axe principal complétait la partie commerce. Il y avait aussi des maisons, peut-être une centaine, toutes très modestes et construites bien loin de la route. Un bâtiment plus grand à l'entrée duquel flottait un drapeau était niché à la base de la colline. À en juger par les structures de jeux adjacentes, c'était l'école primaire du coin.

William se gara près du seul autre véhicule sur le parking, un vieux pick-up cabossé. Deux hommes en tenue de cyclistes étaient assis à une table de pique-nique vers l'extrémité « bureau de poste » du bâtiment. Leurs vélos étaient appuyés contre un arbre proche, et l'un des hommes engloutissait une boisson énergisante pendant que l'autre se massait les cuisses. Aucun d'eux n'offrit plus qu'un coup d'œil rapide à William tandis qu'il sortait de son véhicule et enfilait sa veste. Même les vaches l'avaient trouvé plus intéressant que ne le faisaient ces deux hommes.

Des prospectus étaient agrafés sur l'extérieur du bâtiment près de la porte du bureau de poste. Des chatons à donner. Un futur vide-greniers. Un barbecue pour lever des fonds en faveur d'une personne prénommée Patty, même si la raison pour laquelle Patty avait besoin d'argent n'était pas mentionnée. Quelqu'un ayant une orthographe horrible et une écriture encore pire offrait de s'occuper de jardins ou de réparer des lampes à un « Pris Naigossiable ».

William ouvrit la porte et entra.

Il vit immédiatement que le bureau de poste et l'épicerie partageaient une seule grande pièce. La partie bureau de poste comprenait un comptoir en bois avec des boîtes verrouillées sur le devant et un ensemble de casiers à l'arrière. Les murs de cette portion de pièce présentaient d'autres publicités faites main, ainsi que quelques posters défraîchis pour des timbres commémoratifs. Il n'y avait personne derrière le comptoir.

En fait, les deux seules autres personnes qu'il pouvait voir se trouvaient dans la plus grande portion de la pièce, l'épicerie. Plusieurs étagères basses étaient remplies de paquets, bocaux et boîtes de conserves. Une femme âgée imposante, portant un pantalon lavande et un sweat-shirt assorti, se tenait près de la caisse enregistreuse, discutant bruyamment avec le vendeur, qui était en grande partie caché par la stature de son corps.

— Delmer dit que nous ne devrions plus lui donner un seul centime, même si c'est *ma* nièce, parce qu'elle ne va faire que le gaspiller. Mais c'est pour ses enfants que je m'inquiète. Le plus petit a besoin d'une sorte de verres très chers pour ses lunettes car il peut à peine y voir, et le cadet m'a dit qu'ils ne mangeaient rien d'autre que des sandwiches pour le dîner. Franchement, Colby, je ne sais pas quoi faire.

Elle secoua la tête d'un air triste.

— La famille peut vous briser le cœur, Mme Barrett.

— Ça, c'est sûr, Colby. Ça, c'est sûr. Toute la nuit, je tourne et retourne dans mon lit en pensant à ces enfants. Si j'avais dix ans de moins, je les prendrais avec moi, j'en suis sûre.

— Et je parie que vous vous en occuperiez comme il faut. Vous avez très bien élevé les vôtres.

Mme Barrett hocha la tête avant de fouiller dans son porte-monnaie. La caisse enregistreuse tinta joyeusement – c'était un vieux modèle, pas un truc moderne qui bipait avec insolence.

— Vous avez besoin d'aide pour aller jusqu'à votre voiture aujourd'hui ? demanda Colby.

— Merci, mais je crois que je peux encore réussir à me débrouiller toute seule avec un seul sac. Je ne suis pas encore prête pour la décharge !

— Non, il vous reste encore plein de kilomètres au compteur.

Le vendeur et la cliente rirent. Le sac en plastique bruissa lorsqu'elle rassembla les poignées. Elle se détourna du comptoir et boitilla jusqu'à la porte sans jeter un coup d'œil en direction de William.

— Puis-je vous aider ? demanda Colby.

William regarda attentivement le vendeur et grimaça. Colby avait peut-être vingt-deux ans, dix bonnes années de moins que lui. Sa couleur de cheveux d'origine n'était pas nette ; pour l'instant, ils étaient d'une variété de tons blonds artificiels et étaient structurés en vagues et pics complexes. Il était plutôt petit et ressemblait un peu à un elfe, avec son menton légèrement pointu et ses yeux bleu clair en amande soulignés d'un trait d'eye-liner noir. Ses lèvres pulpeuses étaient tellement rouges que William se demanda s'il y avait mis du rouge à lèvres. Il portait un débardeur noir moulant qui révélait des bras secs et un torse bien musclé. DANCE-ADDICT était écrit sur le devant en lettres d'argent pailletées.

Il sourit à William et inclina légèrement la tête sur le côté.

— De l'aide ? répéta-t-il.

— Euh… je dois parler à quelqu'un du… hmm… bureau de poste.

— Oh ! J'arrive.

William recula de quelques pas tandis que Colby remontait l'allée d'un pas bondissant. Colby sourit, apparemment ravi d'aider. Au lieu d'ouvrir le portillon menant au comptoir du bureau de poste, il sauta par-dessus et atterrit avec grâce de l'autre côté.

— Que puis-je pour vous ? Des timbres ? J'en ai des jolis.

— Vous travaillez ici ?

Colby ne fut apparemment pas déstabilisé par la question.

— Oui. Pourquoi ? N'ai-je pas l'air de savoir ce que je fais ? Je peux vous démontrer ma merveilleuse maîtrise des codes postaux si vous voulez.

— Ce n'est pas exactement un uniforme réglementaire d'employé de poste.

Colby jeta un coup d'œil sur son haut. Il portait aussi un jean, un truc étroit qui mettait en évidence son corps mince, et une paire de tongs rouges. Il regarda à nouveau William et haussa les épaules.

— Qui veut porter du bleu pâle tout le temps ? Et ces shorts à rayures ridicules ? *Tellement* pas flatteurs. De toute façon, j'ai un ticket avec la receveuse des postes.

Il fit un clin d'œil et dit sur le ton de la confidence :

— C'est ma tante.

William n'apprécia pas qu'on lui fasse un clin d'œil, et il réussit à garder une voix neutre.

— Puis-je lui parler ?

— Pas maintenant. Elle me laisse enfermé ici pendant qu'elle s'occupe des livraisons rurales. Elle affirme que c'est parce qu'elle aime l'air frais, mais le réel attrait, c'est Bob Samuels. Son ranch est le dernier arrêt de sa tournée et elle a une aventure avec lui. Enfin, si on peut appeler « aventure » un truc qui dure depuis presque dix ans.

— Dix ans ? répéta faiblement William.

— Quelque chose comme ça. Depuis un ou deux ans après le décès de la femme de Bob. Je n'arrête pas de dire à tante Deedee qu'elle n'a qu'à emménager avec le vieux, mais elle dit qu'aucun d'eux n'est fait pour vivre avec quelqu'un et qu'ils sont tous les deux plus heureux ainsi. Je ne sais pas. Si j'avais un mec régulier, je voudrais me réveiller auprès de lui chaque matin, mais ce n'est peut-être que moi.

Faisant un effort considérable, William réussit à ne pas frissonner.

Si Colby remarqua son inconfort, il ne le montra pas. Son sourire n'avait toujours pas faibli.

— Quels que soient vos besoins postaux, je peux vous aider.

— Je... euh... je viens d'être embauché à...

— Hé ! Vous êtes le nouveau type de la maison de fous ! Mince, j'aurais dû le deviner. Désolé. Je suis Colby Anderson, facteur et épicier.

Il tendit la main. William la serra juste deux fois avant de retirer la sienne. Sa peau lui picota désagréablement.

— William Lyon. Je voulais vous le faire savoir au cas où je recevrais du courrier.

— Super ! Si quelque chose arrive pour Bill Lyon, on fera en sorte que vous le récupériez.

— C'est William.

Colby continua comme si William n'avait pas parlé.

15

— Bon, tante Deedee ne livre pas l'asile, du moins pas d'habitude. Vous attendez beaucoup de courrier ?

— Non.

En fait, il en attendait très peu.

— Cool. Alors, vous n'aurez qu'à venir le chercher quand vous en aurez envie. Ou si vous me donnez votre numéro de téléphone, je pourrais vous appeler si quelque chose d'important arrive. Vous savez, pour vous éviter le voyage si ce ne sont que des catalogues ou des trucs comme ça.

William le regarda en clignant des yeux.

— Vous m'appellerez ?

— Bien sûr. J'ai quelques autres clients pour qui je le fais. L'un d'eux a une adresse postale ici, mais passe la plupart de son temps dans un chalet dans les montagnes. Je lui fais savoir quand ses chèques arrivent.

Même s'il était mal à l'aise à l'idée que cet homme analyse son courrier, William ne trouva aucun moyen de l'éviter. Et ce serait bien d'être prévenu immédiatement quand du courrier essentiel arriverait. L'avocat de Lisa lui enverrait probablement bientôt les papiers du divorce. Cela avait été une séparation facile, aucune contestation, avec trop peu de liquidités pour s'inquiéter à ce sujet. William lui aurait tout donné même s'ils avaient eu davantage.

— D'accord, dit-il à Colby.

— Sortez votre téléphone.

William obéit et fouilla dans sa poche. Puis il tapa docilement les numéros que l'autre homme lui dictait. La poche arrière de Colby commença à jouer une chanson – « It's Raining Men », au secours – et Colby sortit son téléphone avec un grand geste.

— Salut, dit-il dans l'appareil.

Se sentant idiot, William resta juste planté là. Il fut soulagé quand Colby ricana et donna un coup sur l'écran du bout du doigt.

— Et voilà ! Maintenant vous êtes dans mes contacts, Will Lyon.

— C'est William.

Ça l'avait toujours été, même quand il était tout petit. Jamais Bill ni Will ni, Dieu merci, Willy.

Colby rangea son téléphone. De ce que William avait vu de son jean très étroit, c'était un petit miracle que ce type réussisse à rentrer quoi que ce soit dans la poche.

— Bon, maintenant que vos besoins en communication sont sous contrôle, en quoi d'autre puis-je vous aider ? Des timbres ?

16

Il lui fit un nouveau un clin d'œil.

— Je… hmm… j'ai besoin de quelques provisions.

— Bien sûr.

Colby sauta par-dessus le comptoir. Il ne frôla pas vraiment William en le dépassant, mais il s'approcha de lui. Bien trop près pour le confort de William. Peut-être que qualifier la démarche de Colby de sautillante était un peu exagéré, mais ses pas étaient trop légers et bondissants pour être appelés « marche ». Il ressemblait à quelqu'un s'amusant à une soirée, ou peut-être se rendant dans un club. Pas à un homme traversant des allées de légumes en conserve et de serviettes hygiéniques.

Quand il fut presque arrivé à la caisse enregistreuse, il virevolta pour faire face William.

— Avant que vous ne le fassiez remarquer, non, ce n'est pas non plus une tenue réglementaire d'épicier. Mais j'ai *aussi* un ticket avec le propriétaire des lieux. C'est mon grand-père.

— Êtes-vous parent avec tout le monde ici ?

— Non. Juste avec ceux qui sont importants, répondit Colby entre deux rires. Le capitaine des pompiers du district est mon oncle. Je suppose que j'aurais pu obtenir un poste de pompier, mais je ne suis pas assez baraqué et, bon Dieu, ces uniformes sont de vrais fours en été.

Il se baissa et attrapa un panier en fer qu'il tendit à William.

— Je vous en prie. N'hésitez pas à examiner avec soin notre généreuse sélection.

William saisit le panier avec un petit hochement de tête de remerciement. Il sentit le regard de Colby sur lui tandis qu'il longeait lentement les étagères. L'endroit était aussi approvisionné qu'une supérette de bonne taille. Principalement des produits de base. Rien d'original et pas trop de choix. Certainement pas des cafetières ni des draps. Mais William prit une assiette anglaise, une brique de lait, des haricots et du riz, un pain de savon, et quelques autres articles. Puis il posa le panier sur le comptoir en bois abîmé près de la caisse enregistreuse.

— Vous n'avez pas de fruits frais ?

Corey secoua la tête.

— Non, désolé. Mais ce n'est pas grave, parce que si vous suivez la nationale sur environ 5 km, vous arriverez à un kiosque de bord de route vraiment super. Ils peuvent vous fournir tout ce dont vous avez besoin, tant que ce sont des fruits et légumes.

Il agita ses sourcils.

— Ce sont mes cousins qui le tiennent.

Quand William leva les yeux au ciel, Colby rit. Il commença à saisir les articles du panier dans la caisse enregistreuse, puis s'arrêta.

— Oh mince, j'ai failli oublier. Puisque vous vivez ici, j'ai le droit de vous montrer l'autre attraction principale du magnifique centre-ville de Jelley's Valley. Suivez-moi.

William n'avait pas vraiment envie de suivre cette créature où que ce soit, mais il ne voulait pas se montrer impoli. Alors il le suivit sagement jusqu'au mur du fond, où se trouvait une petite porte entre deux armoires frigorifiques. *Privé*, disait la pancarte légèrement de travers. Colby tourna la poignée, ouvrit la porte et fit entrer William avec un petit geste ample.

— Bienvenue dans le centre culturel de Jelley's Valley.

À l'origine, cela avait probablement été une petite réserve, et les murs étaient toujours garnis d'étagères. Mais au lieu de boîtes de conserves et de paquets supplémentaires, ces étagères étaient remplies de livres. Majoritairement des livres de poche qui montraient presque tous des signes d'usure. Il y avait aussi un support pour magazines bien fourni et, dans un coin, une petite table avec un gros bouquin usé.

Colby regardait la pièce avec le même sourire ravi que quelqu'un pourrait offrir à un enfant sale mais bien-aimé.

— Quand mon grand-père a repris la boutique – à la fin des années 40 –, il a décidé que les bons citoyens de Jelley's Valley avaient besoin de littérature. Alors il a apporté une étagère à livres et l'a remplie. Presque personne n'achetait les livres. Les gens se contentaient de rester debout pour les lire. Personne dans le coin n'avait d'argent en trop à dépenser à cette époque-là. La plupart n'en ont toujours pas. Alors papi s'est mis à laisser les gens emporter gratuitement les livres chez eux, tant qu'ils promettaient de les rapporter. Et après un certain temps, les gens ont commencé à ramener aussi leurs propres livres, quand ils les avaient terminés. En fin de compte, papi a aménagé cette pièce. Notre collection grandit un peu chaque année.

— Donc c'est… une bibliothèque.

— Oui. Sauf que personne n'a jamais pris la peine de répertorier les livres et qu'ils ne sont pas vraiment rangés dans un ordre particulier. Les gens sont censés noter ce qu'ils empruntent dans ce registre-là, mais la plupart ne le font pas.

— Alors comment savez-vous s'ils ont rendu les livres ?

Colby haussa les épaules.

— Tout le monde le fait. Bon, sauf Pete Akers. Il ne trouve jamais le temps de le faire. Une ou deux fois par an, je vais chez lui et récupère tous les livres. Il les laisse traîner partout chez lui. C'est un peu comme une chasse aux œufs de Pâques.

— Oh.

Colby donna une tape sur le bras de William, le faisant sursauter.

— Maintenant que vous êtes résident, vous avez le droit d'emprunter. Vous voulez prendre quelque chose ?

Il agita à nouveau ses sourcils et le déshabilla presque du regard.

Les joues de Williams s'échauffèrent et il sortit de la pièce à reculons.

— Euh, non. Non merci.

Est-ce que le sourire de Colby ne disparaissait jamais ? Le jeune homme haussa une épaule.

— D'ac'. Mais maintenant que vous connaissez le jardin secret, vous revenez quand vous voulez.

Ils échangèrent quelques mots supplémentaires tandis que Colby finissait de comptabiliser les achats de William. Enfin… Colby fit le plus gros de la conversation, commentant tout ce que William avait acheté et offrant des conseils culinaires. William se contenta de hocher la tête et de grogner. Quand il paya, leurs doigts se frôlèrent et William retira si vivement sa main qu'il faillit en lâcher les billets.

Finalement, il rassembla les poignées des sacs en plastique sur ses bras.

— Ce n'est pas un peu effrayant d'être tout seul dans la maison de fous ?

— J'aime le calme.

— Oui, mais quand même… je me sentirais vraiment seul.

Pour une fois, Colby avait l'air sérieux.

— J'aime la solitude. Elle est paisible.

— Bien sûr, répondit Colby sans conviction.

Puis il sembla faire un effort pour se ragaillardir.

— Mais maintenant vous avez mon numéro, donc si vous avez besoin de quelque chose, n'hésitez pas à appeler. J'ai vécu ici presque toute ma vie, alors si je ne sais pas comment vous aidez, je connais probablement quelqu'un qui saura.

— Vous êtes probablement parent avec quelqu'un qui saura.

Le coin des yeux de Colby se plissèrent quand il sourit. Peut-être était-il légèrement plus vieux que William ne l'avait supposé au départ.

— Exactement. Bienvenue en ville, Will.

Cette fois, William ne prit pas la peine de le corriger.

19

III

LES VACHES commençaient à avoir l'air familières, comme des voisins à qui on disait bonjour de la main, mais qu'on n'avait jamais vraiment l'occasion de connaître. Tandis qu'il conduisait, William essaya de se concentrer sur les vaches et sur la route en gravier sinueuse plutôt qu'à Colby Anderson. Penser à Colby le mettait mal à l'aise, et il n'aimait pas se sentir mal à l'aise.

Il envisagea brièvement de se rendre à Mariposa une fois qu'il aurait déposé ses courses chez lui, mais le temps qu'il retourne à l'asile, il avait décidé de reporter cette sortie d'un ou deux jours. Il pouvait survivre un soir de plus avec ces horribles draps et un matin de plus sans café.

Ses pas résonnèrent bruyamment dans l'entrée du bâtiment. Il imagina à quoi avait dû ressembler cet endroit à l'époque où il y avait des patients. Avait-il cette odeur d'hôpital ? Un visiteur aurait-il été capable d'entendre les bruits étouffés de gens riant, pleurant, hurlant ? Les familles étaient-elle impatientes de voir leur parent invalide ou bien venaient-elles en traînant des pieds et fuyaient-elles dès que possible ?

Est-ce que les patients qui entraient ici pour la première fois soupçonnaient qu'ils ne repartiraient jamais, qu'ils finiraient dans une tombe anonyme sur un bout de terrain ?

Bon sang. Ce genre de pensées le mit presque aussi mal à l'aise que Colby.

William mit de côté les choses qu'il avait achetées puis il se prépara un sandwich. La chaleur ne s'était pas encore infiltrée à l'intérieur de la bâtisse, mais il savait que ce n'était qu'une question de temps. Il retira sa veste, sa chemise et ses chaussures. Peut-être que lorsqu'il irait faire ses grosses courses, il se mettrait en quête d'un short. Actuellement, il n'en avait aucun. Il allait parfois à la salle de sport du campus, mais même là, il portait toujours des pantalons de jogging.

Il passa les trois heures suivantes assis au grand bureau, entrant et revérifiant de longues listes de données. Parfois, des oiseaux passaient devant la fenêtre, le distrayant, mais son environnement était en grande partie aussi silencieux qu'il l'avait espéré. Sans interruption, sans le mouvement des

20

étudiants dans le couloir ou Lisa qui s'affairait dans l'appartement, il fut capable de bien avancer.

Il ne s'arrêta que lorsque sa vessie insista pour qu'il fasse une pause. Il se leva, s'étira pour décontracter son dos, essuya la sueur sur son front et se dirigea lentement vers la salle de bain.

Il envisagea de retourner travailler après sa brève coupure. Mais ses muscles protestèrent ; il était resté assis trop longtemps. Après quelques instants d'indécision, il attrapa le gros porte-clés et partit se promener dans le bâtiment.

L'endroit n'était pas dans un état aussi mauvais qu'il s'y était attendu, du moins au rez-de-chaussée. Oui, tout était terne, éraflé et globalement vieux, mais avec un bon récurage et quelques couches de peinture, les couloirs seraient probablement convenables. Il y avait beaucoup de portes, la plupart d'entre elles ne portant que des numéros. Il en ouvrit quelques-unes, mais les pièces étaient généralement vides ou, tout au plus, contenaient quelques meubles cassés ou des papiers éparpillés. Dans une petite pièce, un pantalon en coton gris et un haut de la même couleur traînaient sur le sol, accompagnés d'une couverture élimée marron-vert. C'était les premières choses vraiment personnelles qu'il voyait et il ne put s'empêcher de se demander qui avait porté ces vêtements et dormi sous cette couverture.

Ce ne fut qu'après avoir erré pendant un certain temps qu'il eut une bonne idée de l'agencement du bâtiment. Il avait été construit selon un plan ressemblant à un quadrillage, avec plusieurs longs couloirs parallèles menant dans chaque direction. Au centre de chaque section se trouvait un petit patio, complètement entouré par les murs de l'institution hauts de deux étages. Le béton des patios était craquelé, les arbres avaient l'air décharnés, les bancs en bois étaient renversés et les chaises en métal, rouillées. Peut-être des patients avaient-ils été autorisés à passer un peu de temps dehors dans ces patios, brefs aperçus de ciel bleu encadré par des murs en stuc blanc aveuglant et des fenêtres à barreaux.

Il trouva une série de bureaux et les immenses cuisines, qui étaient en désordre. Il découvrit une grande pièce toute carrelée avec des pommes de douche, des tuyaux d'évacuation dans le sol et une paire de baignoires tachées. Il y avait deux pièces contenant des canapés moisis – d'anciens salons, probablement – et une autre avec tout un tas de vieilles tables et quelque chose qui ressemblait à une scène improvisée contre un mur. Il y avait trois immenses dortoirs avec des rangées de lits étroits et rouillés. Et il jeta un coup d'œil à quelques petites pièces sans fenêtre qui ressemblaient étrangement à des cellules.

Lorsqu'il revint près de son propre appartement, il se sentait fatigué, accablé et un peu déprimé. Il n'avait pas encore mis les pieds aux premier et deuxième étages. Peut-être ne le ferait-il jamais. Après tout, il était peu probable que des intrus se soient cachés là. Mais il s'arrêta avant d'entrer dans son appartement et regarda la pièce adjacente d'un air spéculatif. D'après Jan, c'était là qu'étaient conservés les dossiers. Il ne savait pas exactement ce qu'ils pouvaient contenir. Cela pourrait être intéressant de fouiller un peu. Non, se dit-il. Sa thèse. Il se dirigea plutôt vers son ordinateur portable.

WILLIAM DÉTESTAIT rêver. Il était psychologue de métier et savait que le processus de rêve était nécessaire pour un cerveau sain, mais s'il avait pu prendre un médicament pour avoir des sommeils sans rêves, il l'aurait fait. Il n'était pas particulièrement enclin aux cauchemars. En fait, il ne se souvenait pas de la dernière fois où il avait expérimenté quelque chose de pire qu'une légère anxiété dans son sommeil. Non, ce qui l'embêtait était son manque de contrôle sur les activités nocturnes de son esprit. Une fois en plein sommeil paradoxal, son subconscient l'emmenait dans toutes sortes de directions dans lesquelles il préférerait ne pas aller.

Ce soir, par exemple, alors que les ventilateurs ronronnaient et que l'hôpital craquait et gémissait, William se retrouva sur une scène dans une bibliothèque si vaste qu'aucun mur n'était visible, juste des rangées et des rangées de livres. Colby Anderson était avec lui sur scène, réussissant à avoir l'air très masculin malgré la robe rose à paillettes qu'il portait et qui aurait mis la honte à n'importe quelle diva du disco extravagante. Des haut-parleurs cachés balançaient « It's Raining Men » à fond et Colby tournoyait en direction de William, sautillant et agitant ses hanches de manière obscène.

— Allez, Billy-boy, dit-il en tendant une main. Viens danser avec moi. Je sais que tu en as envie.

— Non, répondit William.

Mais il n'avait pas l'air très sûr de lui.

— Je dois étudier.

— Tu as étudié toute ta vie. Maintenant, c'est l'heure de l'examen.

Et soudain, la zone devant la scène fut remplie de monde. Fred Ochoa et Jan Merrick étaient là. Tout comme les instituteurs et professeurs que William avait connus au fil des années. Même Mme Castiglione, sa maîtresse de CP, était là, équipée de son tablier de peinture à smiley jaune, de ses baskets fluos et de sa marionnette Requin des Maths. Lisa était là avec un groupe d'amis à elle. La dame de l'épicerie était là dans son pantalon lavande. Quelques gamins se tenaient à ses côtés, l'air triste. Le pasteur Reynolds se tenait tout près, les yeux plissés, le dévisageant. Et ses parents étaient là aussi, son père serrant les mâchoires d'un air sévère, sa mère semblant au bord des larmes.

Et, naturellement, William était presque nu, se tenant sur scène en sous-vêtements. Il n'avait même pas la décence de porter un caleçon. À la place, réalisa-t-il avec horreur, il portait un string lamé or qui révélait sa silhouette décharnée et mettait en valeur la bosse à son entrejambe.

— Ce n'est pas mon string ! Je portais une veste et une cravate ! hurla-t-il à la foule.

Il ignorait s'ils pouvaient l'entendre par-dessus la musique.

Colby se rapprocha avec décontraction.

— C'est l'heure de danser.

— Non !

Et à ce moment-là, un tramway s'arrêta silencieusement à côté de la scène. Il était bondé de monde, mais les vitres étaient givrées, alors il ne pouvait pas voir qui se trouvait à l'intérieur. Colby tendit le bras dans sa direction. William fit un bond en arrière, se retourna et courut vers le tramway. Mais il se prit les pieds dans quelque chose près du bord et il se mit à tomber, tomber…

Il se réveilla en sursaut, collant de transpiration. Il se libéra des draps emmêlés en grommelant, puis faillit tomber du matelas lorsqu'il essaya de se lever. Avec la seule lueur de la lune pour voir, il tenta de lisser le drap et de réarranger les coussins à sa convenance. Il se rallongea et ferma les yeux très fort. Il refusait de penser à ce fichu rêve. Ce n'était rien. Juste des explosions de neurones qui n'avaient aucune signification. Les bêtises de Freud sur les mécanismes de défense et le symbolisme des trains et des symboles phalliques étaient le produit d'une imagination victorienne débordante, complètement non confirmée par une preuve empirique. William était juste fatigué, et stressé, et un peu déconcerté par le déménagement, mais c'était tout.

Il tourna et retourna plusieurs fois dans le lit, essayant de ne pas trop déplacer les draps, et les détails du rêve commencèrent à s'atténuer et disparaître. Au petit matin, il l'aurait probablement entièrement oublié.

Mais ce qu'il ne parvint pas à ôter de sa conscience, ce fut combien le lit était grand et combien il se sentait petit et seul, recroquevillé en son centre.

LES OISEAUX étaient bruyants ce matin. Il les imagina rassemblés juste devant sa fenêtre comme dans un dessin animé de Disney, exigeant qu'il se lève pour faire ses corvées. Mais il ne se sentit pas du tout comme Cendrillon ou Blanche-Neige lorsqu'il se dirigea d'un pas laborieux vers la salle de bain, se doucha et se rasa, puis se prépara du thé et du pain grillé. Il avait vraiment *vraiment* besoin de se procurer une cafetière.

Malgré tout, il réussit à saisir un bon nombre de données, puis se mit en chasse de quelques articles de revues dont il avait besoin. L'un d'eux était disponible en ligne via l'université, mais il lui faudrait se procurer l'autre via un prêt interbibliothèque. Il devrait le recevoir en PDF dans sa boîte e-mail d'ici une semaine, d'après le site Web de la bibliothèque.

Il fut surpris de voir que l'horloge au coin de l'écran de son ordinateur indiquait qu'il était presque 13h30. Tandis qu'il déjeunait, il décida qu'il en avait déjà assez des sandwiches. Il devait entreprendre ce voyage en voiture pour se procurer des provisions plus substantielles. Une très grosse salade serait agréable, avec quelques bouts de poulet et un assaisonnement de type asiatique.

Quand il vivait avec Lisa, il avait installé un petit barbecue à gaz sur le balcon de leur appartement. Il aimait y faire cuire un tas de blancs de poulet, et ensuite Lisa et lui passaient plusieurs jours à trouver des manières créatives d'incorporer la viande dans leur repas. C'était une méthode qui fonctionnait bien avec leur emploi du temps chargé. De temps en temps, quand l'argent ne manquait pas trop, il faisait cuire quelques steaks à la place. Mais il avait laissé le barbecue à Lisa. Il doutait qu'elle l'utilise, mais, bien sûr, il n'avait eu nulle part où le mettre quand il vivait dans son bureau. Mais à présent, il aurait aimé l'avoir. Peut-être achèterait-il l'un de ces barbecues compacts quand il irait faire ses courses.

— Tu vas finir par tout acheter dans le magasin, dit-il à voix haute avant de soupirer.

Deux nuits seul dans l'asile et il rompait déjà son vœu de ne pas parler seul.

Peut-être faire un peu de sport s'imposait-il. Mais la lourde chaleur était de nouveau tombée sur la vallée, et la simple idée de s'exposer au soleil implacable l'épuisait. Bon, d'accord. Il pouvait marcher des kilomètres à l'intérieur du bâtiment.

Il ne s'aventura toujours pas dans les étages, cependant les couloirs du rez-de-chaussée étaient suffisamment longs, et tandis qu'il les parcourait pour la troisième ou quatrième fois, il remarqua de nouveaux détails. Comme les noms gravés sur l'encadrement d'une porte – James, Charles, Robert – et les petites éclaboussures sur l'un des plafonds blancs, ressemblant étrangement à du sang. Il vit que quelques calandres de lit incluaient de larges sangles en cuir pour les poignets et les chevilles. De minuscules fourmis avaient envahi l'une des chambres, formant une autoroute encombrée depuis le coin d'une fenêtre, le long du mur et de la plinthe, et sous un pavé descellé du sol. Il prit mentalement note d'envoyer un e-mail à Jan pour lui demander s'il devait y faire quelque chose.

L'après-midi touchait presque à sa fin lorsqu'il se retrouva dans la petite chambre avec les vêtements et la couverture abandonnés. Tout comme la veille, il s'appuya contre le chambranle de la porte, regardant les bouts de tissus usés. Il y avait quelque chose de très triste à leur sujet, comme découvrir une poupée abandonnée avec ses cheveux coupés très ras et sa peau en plastique toute sale. Ce qui était une pensée stupide. Il était probable que les objets n'avaient même pas appartenu à un patient. Le personnel avait également vécu dans le bâtiment et Jan lui avait dit qu'avant que des gardiens soient employés à plein temps, des squatters s'installaient occasionnellement dans une chambre ou deux, ou que des adolescents du coin se glissaient furtivement à l'intérieur pour se défoncer et coucher ensemble.

Oui, bon. Mais la pièce était toujours déprimante.

Il allait se détourner et continuer son errance, peut-être retourner à son ordinateur pour reprendre son travail, mais alors son esprit soigneux et discipliné remarqua qu'une chose n'était pas à sa place : le long d'un mur, la plinthe – haute d'une vingtaine de centimètres – n'était pas collée contre le mur et n'était pas vraiment parallèle au sol. On aurait dit qu'elle avait été retirée puis remise en place maladroitement et à la hâte. Elle devait héberger d'autres fourmis ou peut-être même des rongeurs. Il devait y jeter un coup d'œil attentif au cas où tout le bâtiment aurait besoin des services d'un exterminateur.

Ses pas semblèrent étrangement étouffés à l'intérieur de la petite pièce. De près, il vit que les vêtements gris étaient très fins et avaient été apparemment recousus de manière grossière plus d'une fois. Il évita prudemment de marcher sur le tissu.

Il s'accroupit pour inspecter le bout de bois plus attentivement. Oui, l'un des côtés ressortait vraiment, mais il ne voyait aucun signe d'insectes ni de rongeurs. Il passa ses doigts autour du bord supérieur et tira dessus – et tomba presque sur ses fesses lorsque le long bout de bois se libéra.

Les murs du bâtiment étaient en plâtre et en lattes. Quelqu'un avait gratté une bonne partie du plâtre et cassé quelques-unes des lattes, laissant un petit trou au bas du mur. Le trou faisait moins de 30 cm de long et peut-être 15 cm de haut, et il aurait été complètement caché par la plinthe si le bois avait été convenablement remis en place.

Malgré le sol sale, William posa la joue sur le linoléum et regarda à l'intérieur. Enfouie aussi profondément que possible se trouvait une boîte en métal.

Après une seconde d'hésitation, il mit prudemment la main dans la cavité, attrapa la boîte et la sortit. Tandis qu'il la soulevait, quelque chose glissa doucement à l'intérieur. L'extérieur était d'une couleur terme et avait plusieurs petites bosses. Il n'y avait aucune marque, mais le couvercle présentait de fines charnières, un fermoir fragile et une poignée en fer.

La personne qui avait caché la boîte en fer dans le mur était partie depuis longtemps, probablement même morte depuis longtemps. Mais malgré tout, William eut le sentiment de s'immiscer dans quelque chose de privé lorsqu'il ouvrit le fermoir et essaya de soulever le couvercle. Ce dernier resta coincé quelques secondes, mais finit par céder avec un petit grincement.

La boîte était remplie de feuilles jaunies, chacune pliée précisément en deux. Il souleva celle du dessus et la déplia pour révéler des lignes d'une écriture soignée et légèrement effacée. Il plissa les yeux en lisant les lignes du haut. À gauche contre la marge, se trouvaient les mots *18 mars 1938*. En dessous, une salutation : *Mon très cher Johnny.*

IV

DANS SON petit appartement, avec son dîner à moitié mangé devant lui et la télévision réglée sur une chaîne d'info dans le seul but d'avoir un peu de bruit, William contemplait la boîte qu'il avait trouvée. Il n'avait pas lu la lettre au-delà de la première ligne. À la place, il l'avait repliée, avait refermé le couvercle en fer et rapporté la boîte avec lui. Elle reposait à présent sur sa petite table à manger. La boîte n'avait clairement jamais rien eu de spécial et elle n'avait pas bien supporté le passage des décennies. Mais elle avait quelque chose d'alléchant, comme un coffre au trésor ou un colis surprise arrivé au courrier. Il avait très envie de l'ouvrir et de lire son contenu. Mais il se forçait à attendre.

— Finis d'abord ton repas, dit-il à voix haute. Et travaille. *Ensuite*, tu pourras fouiner.

D'accord, peut-être était-il temps d'abandonner la règle de ne pas se parler à lui-même. Beaucoup de gens réfléchissaient à voix haute. En fait, dans l'un de ses cours, il avait lu quelques études qui suggéraient que se parler pouvait, en réalité, aider à améliorer le processus cognitif dans certaines circonstances. De plus, il n'avait vu aucun autre être humain de toute la journée et sa gorge lui semblait rouillée.

Il finit son repas – du jambon grillé et du fromage avec des tranches de pomme et des chips – et lava le peu de vaisselle sale. Puis il éteignit la télé et la remplaça par un concerto pour violon de Bach. Il s'assit devant son ordinateur portable et saisit des données jusqu'à ce que les lignes de chiffres deviennent floues et qu'il se mette à craindre de faire des erreurs. Il éteignit l'ordinateur, s'installa dans l'un des fauteuils confortables et ouvrit la boîte.

18 mars 1938

Mon très cher Johnny,

J'ignore comment et quand je te ferai parvenir cette lettre, mais je vais l'écrire quand même. Parce que mes pensées sont toujours dirigées vers toi, mon amour, même si nos corps sont séparés par tellement de kilomètres.

27

J'ai été un scélérat. Ce n'est que récemment que j'ai gagné le droit d'avoir du papier et un stylo, et uniquement après des semaines à lutter durement pour être sage. Je suis censé écrire à Père et Mère, leur dire combien mon séjour est agréable et combien le personnel est attentionné, et que je suis certain d'être guéri en peu de temps. Mais j'ai volé quelques objets de mon matériel d'écriture et une boîte à déjeuner à l'un des aides-infirmiers et, à la place, je t'écris.

Et, oh Johnny, je ne serai pas guéri.

Je veux quitter cet endroit oppressif, bien sûr. La nourriture est horrible, les bruits et la puanteur encore pires. Il y a des barreaux à chaque fenêtre et toute dignité humaine m'a été ôtée. Ils me traitent pire qu'un enfant ou un invalide – ici, je suis une personne sale et malade.

Si j'étais guéri, je serais libre.

Mais si j'étais guéri, je ne t'aimerais plus, ne désirerais plus ta voix ou tes doigts. Et c'est une perte que je peux supporter encore moins que la perte de ma liberté.

À toi pour toujours,
Bill

William se rendit compte que ses mains tremblaient. Il posa le papier fragile sur la table et, pendant un long moment, resta simplement là, les yeux dans le vague et l'estomac noué.

Le nom était une petite coïncidence. William était un nom assez commun désormais, et un siècle auparavant, il avait probablement été utilisé encore plus souvent. Il se dit que le nom qu'ils partageaient ne signifiait rien du tout. Mais il pouvait presque entendre quelqu'un chuchoter, le son glissant sur le vieux plancher comme un mouton de poussière soufflé par le vent : *Bill... William.*

Il se leva si brusquement que sa chaise en tomba presque à la renverse, il replia activement la lettre avant de la remettre dans la boîte et de refermer bruyamment le couvercle. Il était à moitié tenté de replacer cette fichue boîte dans le trou où elle était restée cachée pendant tellement d'années. Mais à la place, il l'emporta de l'autre côté de la pièce et la plaça sur une étagère, tellement haut qu'il dut se tenir sur la pointe des pieds et étirer le bras. Puis il se rassit, mettant le son de la télévision très fort, noyant les voix de son passé.

IL N'AVAIT pas bien dormi. Peut-être y avait-il eu d'autres rêves, même s'il ne s'en souvenait d'aucun au petit matin. Il s'était réveillé au moins une demi-douzaine de fois, de la sueur formant une couche fine sur son torse, et les draps, comme des cordes, le maintenant en place. Quand le chant des oiseaux lui fit quitter le lit pour de bon, il n'y avait toujours pas de café.

— Je vais faire des courses aujourd'hui, proclama-t-il à voix haute.

Puis il confirma cette décision de tout son cœur, alors au moins, il ne se disputait pas tout seul. Parce que ça, ce serait dingue.

Il réussit à se doucher, se raser, s'habiller, manger, faire la vaisselle et vérifier ses e-mails sans regarder la vieille boîte en fer. Il commençait à regretter de ne pas l'avoir rangée ailleurs ; elle se dressait au-dessus de lui telle une gargouille. Il avait des milliers de mètres carrés de bâtisse où la mettre. Quand il reviendrait du magasin, il lui trouverait un nouvel endroit, quelque part où il pourrait oublier son existence.

Le ciel était gris clair, la température remarquablement plus fraîche qu'au cours des jours précédents. Il ne pensait pas qu'il allait pleuvoir, mais il était heureux de cette petite pause. L'été arriverait suffisamment tôt et cela signifiait des semaines de chaleur sans fin. Sa pauvre petite Corolla semblait exténuée sur le parking, toute seule. La peinture bleue s'était ternie ces dernières années et la voiture avait gagné une série d'éraflures et de pètes. Toutefois, elle roulait bien et il avait récemment acheté de nouveaux pneus. Une nouvelle voiture était un concept tellement éloigné dans l'avenir que cela en ressemblait à de la science-fiction. Lorsqu'il aurait assez d'argent pour s'acheter un nouveau véhicule, il était fort probable que tout le monde se déplacerait à l'aide de jet-packs personnels.

Après avoir démarré le moteur, William réalisa qu'il n'avait presque plus d'essence. Il se sentait toujours mal à l'aise quand le réservoir se vidait trop, et ne connaissant pas la distance jusqu'à Mariposa, il décida de faire le plein à Jelley's Valley.

La station-service n'était pas une chaîne connue, et William s'inquiéta un peu de la qualité de l'essence. Il s'arrêta près de la rangée de pompes et coupa le moteur. Elles n'étaient pas équipées pour accepter les cartes de crédit, alors après quelques secondes d'indécision, il pénétra dans le petit bâtiment, qui s'avéra héberger un petit garage ainsi qu'un comptoir et une caisse enregistreuse. Un homme imposant d'une grosse cinquantaine d'années était assis près de la caisse sur une chaise de cuisine recouverte de vinyle, regardant quelque chose sur une télé minuscule. Il ne leva pas les yeux quand William entra.

— Hmm, j'ai besoin d'essence.

— Payez quand vous aurez terminé, lui grogna l'homme.

William retourna à sa voiture juste à temps pour voir un homme arriver en courant depuis l'épicerie. Colby. Aujourd'hui, il portait un short en jean, un tee-shirt moulant dont il avait roulé les manches jusqu'aux épaules et des tongs.

— Hé ! lança-t-il un peu essoufflé quand il arriva la Toyota.

William hocha la tête et enfonça le bec dans sa voiture, s'attendant à ce que Colby continue jusqu'au garage.

Mais Colby s'arrêta près de la pompe.

— Vous n'avez pas encore de courrier.

— Oh. Merci.

— Vous avez terminé votre installation ?

— Je suppose.

La pompe ronronnait et bourdonnait tandis que l'essence commençait à couler, mais les chiffres tournaient très lentement.

— Que faites-vous là-bas toute la journée tout seul ?

— Je travaille sur ma thèse.

Ce qui n'était pas tout à fait vrai, mais ce n'est pas vraiment un mensonge.

— Oui, je m'en étais douté. Ce sont habituellement des étudiants de troisième cycle qui s'installent là-bas. Mais généralement pas seuls. La dernière fille avait un petit ami, un autre étudiant, et la personne d'avant était un mec avec une femme et un bébé.

William soupira.

— Il n'y a que moi.

— Eh ben ! Je deviendrais dingue sans personne à qui parler toute la journée. Certains jours sont très calmes à la boutique. Vous savez, les heures entre deux clients. Je déteste ça.

William jeta un coup d'œil au parking désert de l'autre côté de la rue.

— Est-ce qu'aujourd'hui est un de ces jours ?

— Oui. Mais je m'en fiche, parce que c'est mon jour de repos aujourd'hui. Papy vient encore travailler les mercredis et jeudis.

— Ah.

Le silence se fit, mais Colby souriait et ne semblait pas enclin à partir bientôt. Son tee-shirt était vraiment moulant et, quand il bougeait même un peu, William pouvait voir les muscles de son torse se bander. Colby devait passer beaucoup de son temps libre à faire de la musculation, conclut William. Ce qui n'était pas un fil de pensée qui le mettait à l'aise, aussi se racla-t-il la gorge.

— Peut-être... connaissez-vous l'endroit le plus proche où trouver une plus grande sélection de provisions ?

— Notre sélection n'est pas assez bonne pour vous ?

— Non, c'est juste que...

— Je plaisante, le coupa Colby, un sourire en coin. Ce que nous avons est assez limité. J'ai essayé de convaincre papi de prendre quelque chose d'un peu plus exotique, peut-être de la nourriture thaï surgelée – bon sang, j'adore la nourriture thaï – ou peut-être de la viande d'animaux élevés en plein air. Il n'est pas convaincu.

— Il n'y a probablement pas de grosse demande pour ce genre de choses ici.

Cette fois-ci, Colby rit.

— Juste moi. Et peut-être vous ?

Il inclina la tête sur le côté et lança un regard scrutateur qui mit William très mal à l'aise.

— Alors, y a-t-il un autre endroit où je puisse aller ? J'ai aussi besoin d'articles qui ne soient pas de la nourriture. Des articles ménagers.

— Mariposa, alors. Emmenez-moi avec vous, et je vous conduirai pile là où vous avez besoin d'aller.

William s'imagina enfermé dans la voiture avec Colby et finit par secouer la tête.

— Je suis sûr que je peux trouver tout seul.

Après tout, en quoi Mariposa pouvait-elle être si grande et si déroutante ?

— Oui, je parie que vous le pourriez. Mais en réalité, j'ai moi aussi besoin de quelques trucs et je suis un peu en panne de voiture en ce moment. J'apprécierais le voyage. On pourrait même y déjeuner. Il y a un endroit qui fait de supers hamburgers, vraiment bon marché.

Incapable de trouver une façon de refuser sans paraître impoli, William dit :

— Euh... d'accord.

— Génial !

Se déplaçant rapidement – peut-être par crainte que William change d'avis –, Colby contourna la voiture à toute allure, ouvrit la portière passager et s'installa à l'intérieur. Il se tourna pour faire face William et agita la main.

Quand le réservoir fut enfin rempli, William remit le bec en place et alla payer à l'intérieur. Le caissier réussit à compléter la transaction tout entière sans le regarder une seule fois ni dire quelque chose d'intelligible. Apparemment, un événement sportif nécessitait toute son attention.

— Est-ce que c'est aussi un parent à vous ? demanda William tandis qu'il démarrait le moteur.

— Qui, Donald Hall ? Non, aucun lien de parenté. En fait, mon père et lui ont eu une grosse dispute longtemps avant ma naissance – je crois que c'était à cause d'une fille – et même si mon père est mort depuis presque vingt ans, plus aucun Anderson n'adresse la parole aux Hall. Il fait encore ses courses chez nous, nous lui livrons son courrier et nous lui prenons l'essence. Pas beaucoup d'autres choix pour aucun d'entre nous. Mais hors de question qu'il touche à nos voitures, ce qui est la raison pour laquelle ma pauvre vieille Bunny est encore morte.

Ils étaient sur la nationale, mais William lança un coup d'œil à son passager.

— Bunny ?

— Ma Volkswagen Rabbit. Je sais, pas très original. Comment s'appelle votre voiture ?

— Ma voiture n'a pas de nom. C'est un objet inanimé.

Colby poussa un *pfff* dédaigneux.

— Vous allez la blesser, là.

— Elle n'a pas de sentiments. C'est une voiture.

— Vous *supposez* qu'elle n'a pas de sentiments. Peut-être qu'elle en a, à la manière d'une automobile. Comme mon imprimante. Cette machine a un horrible sens de l'humour. Elle fonctionne très bien quand j'imprime quelque chose de stupide, comme une recette de cuisine, mais quand c'est important – une facture pour le magasin, par exemple –, cette idiote se bloque ou prétend qu'elle ne parle pas à mon ordinateur. Et quand je parviens enfin à la faire fonctionner, elle crache une demi-dizaine d'exemplaires partout sur le sol.

Il agita le doigt.

— Elle se fout de moi. Et il y a aussi mon iPod…

William n'arrivait pas à deviner si Colby plaisantait puisque son sourire semblait fixé de manière permanente. Peut-être que Colby aimait montrer ses jolies dents ou qu'il aimait exposer ses fossettes.

Après quelques kilomètres de silence, Colby commença à tripoter les boutons de la radio. Quand il frappa la bonne combinaison de boutons, un CD démarra. C'était un quatuor à corde de Schubert.

— Vous écoutez *ça* ? demanda-t-il avec incrédulité. Vous n'avez rien de mieux ? Dans votre boîte à gants, peut-être ?

— Il y a un disque de Mozart. Et aussi du Liszt, je crois.

— Quelque chose un tantinet plus moderne ?

— J'avais un Stravinsky, mais il est rayé.

Le regard de William était fixé sur la route sinueuse devant lui, mais, du coin de l'œil, il put voir Colby secouer la tête.

Colby éteignit le CD et, à la place, commença à fredonner. William ne reconnut pas l'air, ce qui n'était pas surprenant. Il n'était pas vraiment au fait de la musique. Il avait seulement une connaissance de base de ce qui était classique, et il l'écoutait principalement parce que son père le faisait toujours quand il conduisait ou travaillait. En fait, la majorité de la petite collection de CDs de William avait été des cadeaux de ses parents. Il n'avait jamais vraiment su s'ils pensaient qu'il aimait la musique ou s'ils espéraient qu'il en *viendrait* à l'apprécier. Peut-être qu'ils ne trouvaient simplement rien d'autre à lui offrir pour son anniversaire et à Noël.

Sans grande surprise, Colby fredonnait quelque chose de rythmé. Il secouait aussi ses jambes et tapotait ses doigts sur la poignée de la portière. William dut se rappeler qu'il devait être énervé et essaya de ne pas se concentrer sur le fait que Colby était tellement près de lui dans la petite voiture qu'ils se touchaient presque. C'était mieux de se concentrer sur la route – à l'évidence, de nombreux conducteurs prenaient à tort cette nationale pour le circuit du Grand Prix de Monaco. Les gens n'arrêtaient pas de le doubler rapidement même s'il roulait plusieurs kilomètres/heures au-dessus de la vitesse maximum autorisée.

Lorsqu'ils se rapprochèrent de Mariposa, Colby lui fit quitter la nationale, le faisant passer devant plusieurs pâtés de maisons et une église et contourner un petit parc avec des balançoires et un toboggan. Leur destination semblait être un centre commercial contenant un restaurant, un salon de coiffure et un immense supermarché – Frank's Grab'em.

— Vous allez acheter des produits périssables ? demanda Colby alors que William garait la voiture.

— Probablement.

— D'accord. Alors que dites-vous de déjeuner d'abord ?

William n'avait pas si faim que ça, mais il suivit Colby au Java Joint, qui s'avéra servir du café, des yaourts glacés, des sandwiches et des hamburgers. Ils prirent un box près de la vitrine. Il n'y avait pas beaucoup d'autres clients dans les lieux : quelques vieilles femmes qui mangeaient ensemble, un homme d'une trentaine d'années tapotant sur son iPad et un vieil homme lisant un journal. La serveuse apparut suffisamment longtemps pour leur déposer des menus plastifiés et des verres d'eau, avant de disparaître dans une pièce du fond.

— Évitez les œufs, conseilla Colby. Mais les hamburgers sont vraiment bons.

— D'accord.

William se cacha derrière son menu. Il ne se souvenait pas de la dernière fois qu'il avait mangé dehors avec quelqu'un qui n'était pas Lisa ou un autre étudiant. Sur la route pour venir jusqu'ici, il ne lui était pas vraiment venu à l'esprit qu'il serait forcé de faire la conversation à Colby pour toute la durée du repas.

Finalement, la serveuse réapparut. William fut reconnaissant d'être capable de commander enfin un café. Il demanda aussi un cheeseburger, tout comme Colby, qui voulut, lui, un Coca Light.

— Il faut surveiller sa ligne, dit-il en faisant un clin d'œil à la serveuse.

Elle gloussa.

Une fois les menus disparus, William n'eut nulle part où se cacher. Il fit semblant d'examiner de près son environnement, mais en réalité, le Java Joint n'était pas décoré de manière très remarquable, et il ne put éviter le regard pensif de Colby.

— Vous ne m'appréciez pas beaucoup, n'est-ce pas ? demanda enfin celui-ci.

— Je… je ne pense pas vous connaître suffisamment pour ne pas vous apprécier.

— Oui, mais vous faites ces espèces de grimaces et vous n'arrêtez pas de vous éloigner en sursautant.

Il plissa les yeux.

— Êtes-vous homophobe ? Effrayé de chopper mes poux queer ?

Si William avait été en train de siroter son eau, il se serait étranglé. En l'état des choses, il toussa plutôt fort.

— Je ne suis pas un bigot.

34

— Ça ne vous ennuie pas d'être vu avec un fichu homo ?

— Je me fiche de ce que pensent les autres.

C'était vrai, plus ou moins. Une fois qu'il avait abandonné l'idée de gagner le respect de ses parents, le seul jugement qu'il avait craint avait été le sien. Malheureusement, il était très critique envers lui-même.

— Alors, où est le problème ? Ermite ? Introverti confirmé ? Autiste ? Peut-être que vous désapprouvez juste mes choix stylistiques.

Colby jeta un coup d'œil significatif à ses cuisses et à sa tenue plutôt légère, puis à la chemise entièrement boutonnée de William et sa veste sport.

— Êtes-vous de la police vestimentaire, Will ?

— William.

Il voulut froncer les sourcils, mais Colby avait l'air sincèrement contrarié, son sourire solaire remplacé par des yeux agités et des sourcils froncés. Pour la première fois, William se sentait coupable de la façon dont il agissait. Colby semblait être un chouette type. Amical et joyeux. Ce n'était pas sa faute s'il le mettait mal à l'aise.

— Je suis désolé, Colby. Je pense que je suis juste idiot.

Le sourire réapparut et William en fut étrangement soulagé.

— Vous n'êtes pas vraiment idiot, dit Colby. Nous avons juste besoin de travailler un peu votre sociabilité. Vous détendre un peu. Parce que Will, mon vieux, vous avez un balais planté tellement profondément dans le cul qu'il doit vous chatouiller les amygdales. Mais qui donc l'a fourré là ?

William sentit une petite bouffée de panique à cette question. Il la mit intentionnellement de côté et, à la place, se concentra sur la grossièreté du langage de Colby, qui le faisait rougir. Cela ne l'aidait pas de savoir que Colby avait raison ; il était plutôt coincé. Et Colby n'était pas le premier à l'en accuser. Même Lisa s'en plaignait et lui disait de se détendre, et elle était elle-même assez stricte.

Le café arriva, chaud et bien caféiné. William se brûla la langue, mais ne s'en soucia pas particulièrement. Le café avait toujours été son seul vice, la seule chose qu'il voulait, savait qu'il ne devrait pas avoir et n'arrivait pas à laisser tomber. Il ferma les yeux et savoura la saveur riche et amère. Il sentit ses veines chanter de bonheur. Étrangement, la chanson ressemblait beaucoup à celle que Colby avait fredonnée dans la voiture.

— J'ai vu des gars moins béats que ça après un très bon orgasme.

William ouvrit les yeux pour le fusiller du regard. Il regarda tout autour d'eux, mais si l'un des autres clients avait entendu ce que Colby avait dit, il ne réagissait pas.

— Je dois m'acheter une cafetière, déclara William.

— Oui, Frank en aura. Comment ça se fait que n'ayez pas apporté la vôtre à JV ?

— JV ?

— Jelley's Valley. Vous voyez, maintenant que vous êtes du coin, nous pouvons partager avec vous notre jargon secret.

— Oh.

— Alors, pourquoi vous n'avez pas de cafetière ?

Après avoir pris une autre gorgée réconfortante, William répondit avec prudence.

— Je n'en avais pas avant de venir ici. Je me contentais de prendre mon café dehors.

C'était en quelque sorte vrai. Quelques années auparavant, Lisa et lui avaient fait des folies pour une machine italienne vraiment jolie, du genre programmable qui préparait le café et l'expresso et qui remplissait probablement les déclarations d'impôts si on appuyait sur les bons boutons. Naturellement, Lisa l'avait gardée quand il était parti. Et durant ces misérables semaines où il avait vécu dans son bureau, il avait vraiment pris son café dehors, l'achetant à un vendeur du campus quand il pouvait se le permettre, se servant dans le foyer des étudiants quand il était fauché.

— Je suppose que c'est l'un des avantages de vivre en pleine civilisation. On peut sortir pour prendre des trucs.

Colby ne semblait ni sarcastique ni triste, juste factuel.

— Avez-vous vraiment vécu ici toute votre vie ?

Colby avait aspiré bruyamment sa boisson sucrée ; maintenant, il souriait autour de la paille.

— Pourquoi ? Vous trouvez que je suis un peu trop original pour JV ?

— Peut-être, répondit William avec prudence.

— Je le pensais aussi quand j'étais gamin. J'avais hâte de ficher le camp d'ici. J'ai fini le lycée tôt, quand je n'avais que seize ans. Je suis parti vers la lumière. San Francisco – le paradis homo, pas vrai ?

— Et votre famille vous a laissé partir ?

Colby haussa les épaules.

— Papa était mort. Maman était remariée. À un camionneur. Il possède une maison à Redding, mais passe la plupart de son temps sur la route. Maman aussi. Ils ont un semi-remorque équipé comme un petit appartement, pratiquement. C'est assez cool. Quant à Papi et Mamie, ils étaient un peu dépassés par moi, je pense.

Il battit des cils, qui étaient anormalement longs.

— J'étais trop fabuleux pour qu'ils puissent me gérer.

La serveuse revint à la table et déposa des assiettes pleines. Elle sortit des bouteilles de ketchup et de moutarde de la poche de son tablier et le posa sur la table.

— Autre chose ?

— C'est bon pour le moment, répondit Colby.

William s'était dit qu'il n'avait pas faim, mais il changea d'avis en sentant son hamburger. Il avait l'air bon aussi. Il retira les oignons émincés et, avec son couteau, étala uniformément un peu de ketchup sur l'intérieur du pain supérieur, et saupoudra les frites épaisses de poivre. Pas de sel. Lorsqu'il mordit dedans – prudemment penché au-dessus de son assiette afin de ne rien faire couler sur lui –, Colby en était presque arrivé à la moitié de son repas. Il mangeait en poussant des petits soupirs de plaisir, s'interrompant parfois pour lécher la sauce sur ses lèvres.

— Je ne sors pas si souvent que ça, dit Colby, comme pour s'excuser.

— C'était une bonne suggestion. Merci.

Colby rayonna.

La serveuse revint juste assez longtemps pour resservir Colby en Coca et remplir à ras bord le mug de café de William, qui s'essuya le visage avec une serviette en papier.

— Comment avez-vous survécu si jeune à San Francisco ?

— Ce n'était pas facile. Mais je connaissais quelques personnes sur le Net.

Il avait l'air légèrement embarrassé.

— Des hommes plus âgés, principalement. Des mecs que ça ne dérangeait pas de laisser un garçon mignon squatter leur canapé. Ou leur lit.

William poussa presque un cri de surprise.

— C'est... c'est illégal. C'est de l'abus sexuel sur mineur.

Colby ne le regardait plus.

— Oui. Je veux dire, je pensais que c'était ce que je voulais. Je me sentais très adulte, vous voyez ? Rétrospectivement... eh bien, c'est arrivé. Je n'ai pas vraiment beaucoup de regrets. Et je me suis beaucoup amusé. J'ai pris des cours aussi. J'ai presque validé soixante pour cent d'une licence en Histoire.

William ne put s'empêcher d'imaginer un Colby adolescent parcourir tout San Francisco, faire la fête, danser. Avoir des relations sexuelles. Quand lui-même avait seize ans, sa vie était loin de ressembler à ça. Une personne extérieure pourrait lui faire remarquer que sa vie avait été moins dangereuse que celle de Colby. Moins… sordide. Et pourtant, Colby semblait heureux aujourd'hui, en paix avec ce qu'il avait vécu. William n'était pas encore là.

— Comment vous êtes-vous de nouveau retrouvé à… euh… JV ? demanda-t-il doucement.

— Un certain nombre de trucs sont arrivés en même temps. Je commençais à me lasser des coups d'un soir et ce genre de choses. Je veux dire, ils étaient marrants et tout, et j'avais toujours autant envie de baiser, mais… après un certain temps, c'était toujours la même chose. Puis j'ai réalisé qu'un diplôme en Histoire n'était probablement pas le truc le plus utile en matière de carrière. À moins qu'on veuille enseigner, ce que je ne voulais pas. Je ne savais pas ce que je voulais être plus tard. De toute manière, je prévoyais de quitter la fac. Et puis, mamie est tombée malade. Alors je suis revenu pour aider papi à gérer les choses. Je suis en quelque sorte resté.

Il aspira bruyamment sa boisson dans sa paille.

— Mais n'était-ce pas difficile d'essayer de… de s'intégrer ici ?

Colby rit.

— Babe, je ne me suis *jamais* intégré. Pas même lorsque j'étais mioche. Je suppose que je pourrais essayer de m'habiller comme tous les autres et de me coiffer comme eux. Je pourrais conduire un pick-up, boire de la bière bon marché et regarder le NASCAR à la télé. Mais je serais quand même moi.

Il arqua légèrement les sourcils et écarta les bras en grand.

— Colby Thomas Anderson, résident queer de JV. Alors je me suis dit « Hé, je vais être le fichu moi le plus authentique possible ».

Authentique. C'était un mot que William n'utiliserait jamais pour se décrire. Il n'était même pas sûr de savoir qui il était vraiment, ce qui lui rendait impossible d'être lui-même. Contrairement à Colby Thomas Anderson, William Benjamin Lyon était une créature créée de toutes pièces, une identité grandement basée sur la personne que William pensait *devoir* être, qu'on l'avait forcé à être. Dernièrement, cette construction avait commencé à s'effondrer et il avait peur de ce qui en résulterait. Il enviait Colby.

William prit une autre bouchée de son hamburger, mâcha et avala. Les yeux rivés sur son assiette, il dit :

— Moi aussi, j'aime la nourriture thaï.

Colby resta silencieux pendant quelques secondes, probablement désarçonné par le passage du coq à l'âne. Mais quand William prit le risque de jeter un coup d'œil, le sourire de Colby s'étira d'une oreille à l'autre.

— Je vais dire à papi que sa clientèle pour des plats thaï vient juste de doubler.

38

V

ILS DIVISÈRENT la note du déjeuner exactement en deux. Colby essaya de convaincre William de prendre un yaourt glacé en dessert, mais le hamburger et les frites avaient fourni un repas consistant et William voulait en finir avec ses courses.

Ils allèrent donc au Frank's Grab'em voisin, qui s'avéra posséder une sélection étrange, mais étonnamment diversifiée. William commença à remplir son caddie avec une parure de draps – gris foncé, à 59,95$ et suffisamment grande pour correspondre à son nouveau lit – et une cafetière simple. Il prit quelques accessoires de toilette, du papier toilette et des serviettes en papier, du liquide vaisselle, une éponge et l'un de ces trucs à gratter métallique. Il trouva un modèle de short beige s'arrêtant à hauteur de genou qui n'aurait pas l'air trop ridicule sur lui, mais refusa catégoriquement les tongs bleu vif que Colby essaya de glisser dans le chariot pour lui. Puis il acheta des provisions. Principalement des pâtes, de la viande hachée et de la sauce spaghetti, mais aussi autant de légumes surgelés qu'il pensait que son freezer pourrait contenir. Il réussit même à sourire un peu quand il vit quelques boîtes de curry vert avec du riz thaï et les ajouta à sa liste d'achats grandissante.

— Vous allez m'inviter à dîner, peut-être ? demanda Colby.

William n'était pas certain que Colby le taquine, aussi ne répondit-il pas. Mais il *réfléchit* à cette idée tout en continuant à arpenter les allées et écouter Colby donner son avis sur presque tout ce qu'ils voyaient.

Bien qu'il ait déclaré avoir également besoin de faire des courses, Colby ne choisit pas grand-chose pour lui-même. Juste une carte d'anniversaire pour sa tante Deedee, un paquet de müesli et le coffret DVD de la saison un de *Game of Thrones*.

Le trajet du retour sembla bien plus court qu'à l'aller, peut-être parce que William ne se sentait plus aussi mal à l'aise en compagnie de Colby. Il commençait à avoir une idée de qui était l'autre homme –extraverti, amical, honnête. Et peut-être un peu seul aussi. William avait envie de lui demander à quoi ressemblait sa vie sexuelle depuis qu'il avait quitté San Francisco, mais n'osait pas vraiment.

Lorsqu'ils approchèrent du centre-ville de JV, il ralentit la voiture.

— Où est-ce que vous voulez que je vous dépose ?

— Oh, le magasin, c'est bien. Je vais faire le point avec papi et voir si nous avons de nouveaux livres dans la bibliothèque.

William entra sur le parking en gravier et laissa le moteur tourner. Pour la première fois en quelques heures, il se sentait gêné.

— Euh, merci d'avoir joué les guides touristiques.

— Et merci d'avoir joué au chauffeur. C'était marrant. Je ne... bref, j'ai passé un bon moment. Vous n'êtes vraiment pas idiot, et je pense que vous êtes un chouïa plus détendu que vous ne l'étiez.

— Waouh, ma tête va gonfler avec vos compliments.

Colby lui tapota l'épaule.

— Vous voyez ? Vous tentez même de plaisanter maintenant. Nous avons carrément retiré ce balai d'au moins neuf-dix centimètres.

Il était toujours planté sur le parking, son sac de courses en main, agitant la main et riant lorsque William s'en alla.

IL TRAVAILLA bien jusqu'au soir, tapant rapidement sur son clavier jusqu'à ce que les plaintes de son estomac deviennent trop vigoureuses pour être ignorées. Et il avait eu tort concernant la pluie. Alors qu'il se tenait devant l'évier de la cuisine, remplissant d'eau la plus grosse casserole qu'il avait trouvé pour les pâtes, des gouttes commencèrent à taper contre la fenêtre. Il posa la casserole sur l'un des brûleurs et retourna en toute hâte dans la pièce principale pour fermer les fenêtres. Lorsqu'il s'installa pour déguster un bol de *pasta primavera* improvisé, le vent poussait la pluie contre la bâtisse en grosses vagues bruyantes. Cela ne le dérangeait pas, vraiment – mieux valait la pluie que la chaleur – et la tempête couvrait les petits grincements de l'hôpital. Il espérait que cela ne couperait pas l'électricité. Juste au cas où, il trouva une lampe de poche, vérifia les piles et la rangea près de lui.

Il prépara du café – merveilleux ! – et le versa dans son verre isotherme préféré. Il avait comme projet de se blottir dans le fauteuil confortable avec quelques articles de revues récents et de surligner les passages utiles. Mais les descriptions cliniques rassurantes de variables indépendantes et dépendantes et les charmantes petites lettres grecques des tests statistiques flottèrent devant ses yeux, rendant soudainement tout ceci aussi incompréhensible que du sanskrit.

40

Sans savoir comment, il se retrouva perché sur une chaise, la main tendue vers la boîte en fer.

30 mars 1938

Mon très cher Johnny,

Tu m'as toujours demandé de te raconter ma semaine, comme si six jours passés au milieu des lourds registres de l'entrepôt poussiéreux du magasin de mon père étaient fascinants. C'est l'une des choses que j'aime chez toi, tout comme j'aime la façon dont ta joue rape contre la mienne quand tu ne t'es pas rasé, et l'odeur de cigarette et d'essence qui émane de ta peau, et ces petits soupirs que tu pousses dans le feu de la passion.

Tu peux constater qu'ils ne m'ont pas encore guéri.

Mais je parlais de la question que tu me posais chaque dimanche dès que nous grimpions dans ton lit bosselé. Alors je vais te parler de ma semaine – ou en fait de ma journée, parce que chaque jour ici ressemble assez aux autres.

Ils nous réveillent à l'aube. C'est censé être bon pour nous, je suppose. Ils tambourinent aux portes en criant et ensuite nous devons attendre que les portes s'ouvrent. Nous attendons debout au garde-à-vous comme des soldats, avec notre pot de chambre en main. Ils nous conduisent dans un défilé silencieux et endormi jusqu'aux toilettes pour vider nos pots et nous vider nous-mêmes. Aucune intimité dans ces actes. Je suppose que je me sens un peu désolé pour des gardes dont le divertissement journalier consiste à regarder des patients déféquer.

Nous avons le droit de nous laver les mains et le visage, de nous brosser les dents, de nous peigner. Pas de nous raser. Ils ne nous confient pas de lames. Le barbier de l'hôpital nous rase une fois par semaine, alors ma barbe est habituellement aussi piquante que la tienne ! Je m'asperge le corps d'eau autant que possible. Je n'ai pris que deux bains depuis mon arrivée et mes vêtements ne sont changés qu'une fois par semaine. Je pue. Mais j'ai de la chance – certains patients n'ont pas de vêtements du tout.

Les patients qui vivent dans les dortoirs mangent en premier, avant ceux qui, comme moi, ont une chambre privée. Je dois encore repérer la différence entre ces deux catégories de patients. Ils ne me semblent ni plus ni moins sains d'esprit que nous le sommes. Le temps qu'on nous serve, notre gruau d'avoine et nos toasts sont froids, ce qui n'aide pas le goût. Nous n'avons pas droit à du café. Juste du lait ou – si nous avons été très sages – de l'eau chaude avec un peu de citron.

Après le petit déjeuner, nous sommes conduits dans le salon. Dit ainsi, cela semble plus chic que ça ne l'est. C'est simplement une grande pièce dépouillée où quelques hommes piétinent tandis que d'autres s'accroupissent ou s'allongent ou tournent ou simplement s'assoient. Le bruit et la puanteur sont indescriptibles. Certains hommes pleurent sans cesse. Il y a un gentleman grand et maigre qui donne des conférences en charabia jusqu'à en avoir la voix cassée et un autre qui tente constamment des œuvres scatologiques sur les murs. C'est le mot de vocabulaire de la semaine, cher Johnny. As-tu toujours ce dictionnaire que je t'ai acheté ?

Les heures s'écoulent très lentement.

Certains patients semblent parfaitement sains d'esprit. Je me demande si certains d'entre eux ont été envoyés ici pour le même remède que moi. Je ne pose jamais la question.

Le déjeuner ressemble beaucoup au petit déjeuner : de longues tables, de la nourriture froide. De la soupe d'origine douteuse, du pain dur ou de la bouillie de pommes de terre. Nous mangeons les mêmes légumes mous pendant des jours et des jours, je suppose, jusqu'à ce que les cuisines épuisent le stock qu'ils ont acquis, et ensuite nous avons un nouveau légume, mais tout aussi mou.

Puis vient le long après-midi, encore dans le salon. Presque tous les jours, nous avons l'autorisation de passer une heure dans un patio vide. C'est la meilleure partie de ma journée, quand je peux voir le ciel au-dessus de ma tête et entendre les oiseaux.

Deux fois par semaine, on m'emmène dans le bureau du psychiatre, le Dr Fitzgerald. Je crois qu'il est né avec une cigarette entre les lèvres. Parfois cela me distrait, et j'attends que le long amas de cendre tombe. Il me demande de parler de mon enfance. Il a une théorie selon laquelle ma mère est autoritaire et mon père est faible, et ne serait-il pas choqué si un jour il les rencontrait ! Il veut que je lui raconte en détail tout ce que j'ai fait avec d'autres hommes et ce que ces choses m'ont fait ressentir. Je me demande si tout cela ne l'émoustille pas en secret. Ah ! Un autre mot de vocabulaire pour toi. Ma foi, nous avons raté plusieurs semaines, n'est-ce pas ?

Le Dr Fitzgerald me dit qu'être attiré par les hommes est dégoûtant, déviant. J'ai envie de lui dire à quel point il a tort. Il n'y a rien de dégoûtant dans ce que je ressens pour toi. C'est comme si je passais ma vie tout entière dans les ténèbres sauf pendant les heures que nous volons ensemble, et alors seulement, je me sens vivant et en bonne santé. Mais je tiens ma langue. Cependant, je ne renoncerai pas à toi. Je ne peux pas.

Le dîner ressemble au déjeuner, auquel s'ajoutent des bouts de viande dure. Une autre visite aux toilettes et nous retournons dans nos chambres. Seigneur, je déteste le bruit que fait la porte lorsqu'elle se referme en claquant, quand les gardes tournent la clé dans la serrure.

Il n'y a pas de lampe dans ma chambre, qui fait exactement cinq pas de long et de large. J'écris au clair de lune quand je le peux. J'ai un fin matelas posé sur le sol, une couverture. Pas de coussin. Et j'ai mes souvenirs de toi, mon amour.

À toi pour toujours,
Bill

WILLIAM ALLA se coucher de bonne heure, mais bien sûr la caféine le hanta, le maintenant bien éveillé pendant longtemps. Au moins ses nouveaux draps restèrent-ils convenablement sur le matelas au lieu de le piéger. Il les avait lavés presque dès son arrivée chez lui, et ils s'avéraient agréablement doux et souples.

Heureusement, le lit était confortable, parce que les pensées qui tournaient dans sa tête ne l'étaient certainement pas. Il avait créé une

43

image mentale de Bill. Un homme mince, studieux et pâle, avec des yeux et un esprit vifs. Un homme éduqué. Peut-être un homme qui espérait quelque chose de mieux que des entrepôts et des registres, mais qui était reconnaissant d'avoir un travail durant la Grande Dépression. Johnny, à l'opposé, était grand et costaud. Pas bien éduqué, mais énergique et doux. Ses muscles gonflaient et se contractaient sous les mains exploratrices d'un amant. Avec un brin de panique, William repoussa rapidement cette image érotique de son esprit. Mais tandis qu'il chassait Bill et Johnny, Colby se précipita pour prendre leur place. Colby, avec son éternel sourire et son bavardage enjoué. Colby, qui n'avait pas peur d'être lui-même.

Ce soir, William aurait aimé croire encore en Dieu. Il y avait cru avec ferveur quand il était plus jeune. Quand il était assis sur le banc dur entre ses parents, le pasteur se tenant au-dessus de la congrégation, William avait cru que cet homme traduisait fidèlement les paroles du Seigneur. Il avait *su* alors que Dieu était dans l'église, regardant et écoutant. Jugeant. Cela avait été un bon savoir, un savoir qui faisait que William se sentait protégé, parce qu'il avait déjà fait le vœu d'être un bon garçon, de gagner l'amour de ses parents et de Jésus.

Toutefois, à peine quelques années plus tard, William avait réalisé qu'il n'était *pas* un bon garçon. Il avait des pensées malsaines. Des besoins impies. Les larmes aux yeux, il avait tout avoué à sa mère et à son père, assuré qu'ils l'aideraient tant bien que mal. Il avait cru en eux, et ils avaient essayé, à leur façon. Ils l'aimaient de la meilleure manière que leur foi extrêmement rigide le leur permettait. Ils l'avaient envoyé à des séances d'aide psychologique avec le pasteur Reynolds, qui avait expliqué que les sentiments de William provenaient du fait qu'il se détournait du Christ. S'il se montrait humble et s'ouvrait à la grâce de Dieu, il trouverait la force de surmonter sa tentation pour le péché. William y avait cru, lui aussi. Il avait passé d'innombrables heures à prier – à *supplier* Dieu de le changer, de le guérir, de le sauver. Quand ses prières n'avaient reçu aucune réponse, il avait cru que c'était uniquement parce qu'il n'avait pas essayé assez fort.

Ce qui s'en était suivi était le camp spécial, avec ses sessions physiquement douloureuses de thérapie d'aversion utilisant la boîte avec les câbles. Au moins, ce soir, William fut capable d'ignorer énergiquement ses souvenirs.

Il avait presque vingt ans quand il avait arrêté de croire. Aucun événement particulier n'était arrivé pour lui dérober sa foi. Elle était juste partie d'un seul coup, comme un ballon échappant aux mains d'un enfant. Et cela avait laissé un grand trou béant en lui.

Il avait travaillé pour remplacer sa foi en Dieu par sa foi en la science, mais n'y était arrivé que partiellement. Il avait terminé ses premières années d'université avec les honneurs et un permis d'enseigner, et avait, par la suite, enseigné la biologie et la chimie à des collégiens. Il avait rencontré une femme dont il appréciait sincèrement la compagnie, au point de se dire que ses autres besoins n'étaient que de simples réflexes physiologiques qui pouvaient… eh bien, à défaut d'être ignorés, peut-être recyclés. Ils avaient planifié l'avenir. Des enfants un jour, deux ou trois. Ils s'étaient mariés. C'était Lisa qui l'avait incité à retourner à l'université à plein temps, désirant vivre pendant un certain temps sur son salaire à elle et tous les postes d'assistants universitaires qu'il pourrait cumuler.

Oh, Seigneur, comme il avait essayé de faire en sorte que tout fonctionne !

Mais cela n'avait pas été suffisant.

Lisa sentait depuis longtemps que quelque chose n'allait pas. Peut-être qu'au début elle s'était dit qu'il n'était simplement pas un homme très affectueux, mais elle n'était pas stupide. Elle avait surpris quelques-uns de ses trop nombreux regards emplis de désir… adressés à d'autres hommes, pas à elle. Elle l'avait confronté. Elle était aussi du genre rationnel, alors en fin de compte, il y avait eu peu de larmes. Ils étaient d'accord qu'elle méritait quelque chose de mieux. La culpabilité de William garantissait qu'elle garderait l'appartement et la plus grande partie de leurs biens. Il savait qu'il l'avait blessée, tout comme il avait blessé et déçu ses parents. Il avait fait le vœu de ne plus jamais blesser quiconque. S'était fait ce vœu à lui-même, parce qu'il ne pouvait plus imaginer un Dieu ayant entendu ses promesses. Il aurait aimé que la foi revienne – la foi en Dieu, la foi en l'amour, la foi en lui-même, la foi en *tout* ce qui remplirait ce trou douloureux dans son ventre.

Tandis qu'il s'endormait, il pensa à Bill et ne put s'empêcher de se demander : avait-il cru à l'amour et à la présence clémente de Dieu, quand il était allongé seul et frigorifié dans sa cellule ?

VI

LES JOURS suivants, William travailla, ne quittant son ordinateur portable qu'occasionnellement. Quand ses muscles avaient besoin de bouger, il se promenait dans l'édifice. Il ne pénétra plus dans la pièce où il avait découvert la boîte. Il s'aventura aux premier et deuxième étages, mais seulement brièvement. Ils étaient en pire état que le rez-de-chaussée – ils étaient très certainement à l'abandon depuis plus longtemps – et il n'y avait pas grand-chose là-haut qui l'intéressait. Ce qu'il y vit ne fit que le perturber : des barreaux. Des menottes. Des surfaces dures et froides tachées d'un marron rouille.

Il ne lut pas d'autres lettres.

La chaleur revint. Il envisagea de prendre un climatiseur monobloc. Il devrait retourner à Mariposa pour en acheter un, peut-être même à Oakhurst si Frank's Grab'em n'en avait pas. En attendant, il portait le short. Il se sentait légèrement ridicule puisqu'il n'en avait plus porté depuis ses cours de sport au lycée, mais il n'y avait personne ici pour le voir.

Il ne quitta le domaine de l'hôpital qu'une seule fois, en recherche de fruits frais et de légumes. Il trouva le kiosque de bord de route que les cousins de Colby possédaient. Colby n'avait pas menti ; le kiosque avait une excellente sélection d'articles savoureux. Ils y vendaient même des pâtisseries faites maison. William céda à la tentation et acheta une tarte fraise-rhubarbe, qui s'avéra si délicieuse qu'il la dévora entièrement en deux jours.

Il ne s'arrêta ni au bureau de poste ni à l'épicerie, et n'eut aucunes nouvelles de Colby.

Cinq jours s'étaient écoulés depuis leur virée à Mariposa. William avait désormais terminé de saisir ses données et essayait de comprendre les analyses statistiques préliminaires. À première vue, il semblait que ses données soutenaient son hypothèse principale, mais il aurait besoin de s'amuser avec le logiciel pour en être sûr. Il était en train de configurer un test ANOVA quand son téléphone le fit sursauter.

Il n'avait jamais pris la peine de programmer une sonnerie amusante ni un bout de sa chanson préférée. Son téléphone faisait juste le bruit par défaut, un dring-dring agaçant. Il recevait tellement peu d'appels – surtout dernièrement – que ça ne l'avait jamais énervé suffisamment pour qu'il fasse quelque chose à ce sujet. À présent, il regardait d'un œil noir le petit appareil avant de le saisir.

— William Lyon, j'écoute.

— Sans blague ! C'est votre téléphone et il n'y a que vous là-bas.

William put entendre l'amusement dans la voix de Colby.

— En quoi puis-je vous aider ? demanda William.

— Mince. On dirait que ce balai est retourné à sa place.

Son soupir fut bruyant.

— Et malgré tous mes efforts.

Quand William resta silencieux, Colby soupira à nouveau.

— Vous avez du courrier. Un truc qui a l'air officiel, avec des noms d'avocats dessus.

— Oh.

— Le camion est passé tard aujourd'hui et le bureau de poste va fermer dans une heure, mais l'épicerie reste ouverte jusqu'à 18 h si vous voulez passer. Je peux probablement convaincre le receveur des postes adjoint de vous laisser récupérer votre enveloppe. Le receveur des postes adjoint est cool.

William fronça les sourcils un instant, imaginant Colby en train de flirter avec un autre homme, mais la vérité lui apparut alors.

— C'est vous, le receveur des postes adjoint.

— Ce qui sera du gâteau de le convaincre. Je m'écoute presque toujours. Alors, vous allez venir le récupérer aujourd'hui ?

William regarda le curseur clignotant de son ordinateur.

— Oui. Je serai là dans un instant.

— Cool. À plus alors, Will.

Colby raccrocha avant que William puisse le corriger.

Il aurait pu continuer à travailler pendant un moment ; il était à peine plus de 15h. Mais à présent, il n'arrivait plus à se concentrer sur les chiffres. Il se dit que son anxiété concernait le courrier qui l'attendait, mais il n'était pas sûr que ce soit vrai.

Il échangea son short pour un pantalon, mais, dans une petite crise de rébellion, refusa de revêtir une chemise ou un blazer. À la place, il mit un tee-shirt gris uni qu'il gardait habituellement pour faire du sport. Il aurait aimé que le vêtement soit plus confortable et que lui-même ait des muscles qui vaillent la peine d'être mis en avant.

Quand il arriva au magasin, cette vieille dame était encore là. Mme Barrett, se rappela-t-il. Elle passa la porte dans le sens de la sortie juste au moment où il s'apprêtait à entrer. Elle transportait une bouteille de bière et lui offrit un vague sourire en passant. En revanche, dès que Colby l'aperçut, il lui fit signe joyeusement de la main, comme si William risquait de ne pas le voir au milieu du bâtiment désert.

— Hé ! appela Colby à travers les allées. Vous voulez d'abord les services de la poste ou ceux de l'épicerie ?

— La poste. Et ensuite je suppose que je pourrais faire quelques courses.

Il était presque à court de pain et avait une folle envie de chips. Peut-être que de la glace serait bien aussi, si le magasin proposait des saveurs intéressantes.

Colby contourna le comptoir du magasin et longea les allées entre les étagères en sautillant. Aujourd'hui, son jean était noir et très serré, mais pour une fois, il portait un tee-shirt avec des manches. Ses tongs omniprésentes claquaient bruyamment sur le sol carrelé. Il ne toucha pas vraiment William en passant à côté de lui à toute vitesse, mais William put sentir un courant d'air se déplacer à son passage. Puis Colby passa à nouveau par-dessus le comptoir du bureau de poste et tendit le bras vers l'un des casiers derrière lui.

— Tenez, dit-il, déposant une enveloppe blanche sur le comptoir.

William jeta un coup d'œil sur l'adresse d'expédition. Lee et Gorgodian, Avocats. Comme il ne contestait pas le divorce, il n'avait pas engagé d'avocat personnel. Lisa avait trouvé un cabinet qui faisait des divorces sans égard à la faute peu chers, et William avait accepté de partager les frais. Il était un peu amer d'avoir dû impliquer des avocats, puisqu'il n'y avait vraiment aucun conflit et qu'il aurait pu mieux dépenser cet argent. Mais Lisa voulait que les choses soient faites correctement. Et il ne voulait très certainement pas que des problèmes reviennent les hanter.

Au début, il envisagea de glisser l'enveloppe dans sa poche pour la lire plus tard. Mais il lui apparut alors qu'il y avait probablement quelque chose à signer et renvoyer. Il pouvait tout aussi bien s'en débarrasser tout de suite et éviter de revenir le lendemain. Il essaya d'ignorer le regard scrutateur de Colby tandis qu'il décachetait prudemment l'enveloppe et en retirait une fine feuille de papier.

— De mauvaises nouvelles ? demanda Colby après l'avoir regardé lire quelques instants.

— Les papiers préliminaires pour le divorce.

William laissa sa main retomber.

— Oh crotte ! Je suis désolé.

— Ce n'est pas vraiment une surprise. Je les attendais.

— Oui, mais toute cette situation doit craindre. Combien de temps avez-vous été marié ?

William dut réfléchir un instant.

— Presque six ans.

Il posa les papiers sur le comptoir.

— Puis-je emprunter un stylo ?

— Vous ne voulez pas les lire plus attentivement ?

— Pas vraiment. Je doute qu'il y ait des surprises.

— Waouh ! Vous devez vraiment avoir confiance en votre ex. Votre future ex.

Colby passa le bras sous le comptoir puis tendit un stylo en plastique blanc.

— Oui. C'est une fille bien.

— Alors pourquoi est-ce que vous vous séparez ?

C'était une question très personnelle. Pas vraiment approprié venant de quelqu'un que William connaissait à peine. Ses propres parents n'avaient eu que des explications sommaires – que Lisa et lui avaient des buts différents – et ils en avaient été déjà assez déçus. Il doutait que Lisa ait donné à leurs amis et à sa famille plus de détails. Mais Colby était là, attendant une explication, l'air déçu que William se contente de hausser les épaules.

William devait signer à plusieurs endroits. Il vérifia les papiers trois fois afin de s'assurer qu'il n'en avait raté aucun. Puis il leva les yeux vers Colby.

— Puis-je acheter une enveloppe, s'il vous plaît ? Et un timbre.

— Si vous l'envoyez en courrier prioritaire, l'enveloppe est gratuite. L'affranchissement sera bien plus cher. Mais nous pouvons ajouter un suivi ou une confirmation de réception, ce qui n'est pas une mauvaise idée pour des papiers officiels.

— Bien, dit William d'un ton las.

Il prit l'enveloppe que Colby lui donna, y copia l'adresse du cabinet d'avocats et plia les papiers.

Mais avant qu'il puisse la sceller, Colby lui prit l'enveloppe des mains.

— Attendez ! Vous devriez en garder une copie pour vous.

— Pourquoi ?

— Je ne sais pas. Parce que ça semble être une bonne idée. Attendez là... je vais vous faire quelques copies. Je ne vous ferai même pas payer. Voyez ça comme une offre spéciale pour nouvel arrivant.

Il passa rapidement par une porte avant que William puisse résister.

William ne put rien voir par la porte ouverte mise à part un mur blanc cassé et un grand casier à courrier en plastique. Mais il entendit le vrombissement d'une photocopieuse, un « merde ! » étonné, puis quelques coups étouffés. Quelques instants plus tard, le vrombissement reprit.

Colby émergea rapidement.

— Désolé. Je déteste cette machine. Elle est encore plus diabolique que l'imprimante. Je parie que si la photocopieuse pouvait parler, elle exigerait des sacrifices de vierges en son nom.

Il déposa l'enveloppe et les copies sur le comptoir avec un sourire.

Malgré l'insistance de Colby, William fit l'impasse sur les services de suivi et de confirmation. Il paya l'affranchissement et regarda Colby glisser l'enveloppe dans une fente dans le mur.

— Ils viendront la récupérer demain, annonça Colby. Ça va dans un centre de triage à Fresno, alors ça prendra quelques jours avant d'arriver à Oakland.

— C'est très bien. Merci.

— Prêt pour votre grande excursion shopping maintenant ? Vous devriez peut-être prendre une bouteille de vin pour fêter ça. Mais je vous préviens, papi n'a en stock que les trucs bon marché, pas les bons trucs.

William ne se sentait pas d'humeur à célébrer quoi que ce soit. Il se sentait juste… stupide, et fatigué. Il aurait aimé pouvoir ramper dans son lit, remonter les couvertures et s'endormir.

— Je vais éviter le vin, merci.

— Bien sûr, dit Colby en effectuant son saut de gymnastique par-dessus le comptoir. Vous voulez que je vous laisse tranquille ou que je vous aide à trouver des choses ?

Cela fit s'arrêter William. Que voulait-il ? Il n'en avait brusquement aucune idée.

Colby dut remarquer son air perdu parce qu'il lui tapota le bras.

— Je peux vous donner un conseil supplémentaire ? Allez faire un tour à la bibliothèque. Prenez un bon roman à l'eau de rose – Mme Barrett vient juste de nous en laisser trois nouveaux, aujourd'hui. Ou choisissez peut-être de la fantaisie ou de la science-fiction. J'en lis quand je veux m'évader quelque temps du monde réel.

William voulut refuser mais, à la place, se retrouva délicatement guidé à travers le magasin jusqu'à la pièce aux livres rangés. Colby lui tapota à nouveau l'épaule.

— Prenez votre temps. Je reste même après 18 h si vous en avez besoin. Je n'ai aucun super projet pour ce soir.

William réalisa à quel point Colby avait été gentil avec lui, sans jamais rien attendre d'autre qu'une compagnie bourrue en retour. La plupart du temps, William avait été à peine courtois avec cet homme, et pourtant, le tempérament solaire de Colby avait éclaté. Et ces doigts sur son bras – quand avait-il été touché pour la dernière fois pour autre chose qu'un serrement de mains ?

Pour l'amour de Dieu, il n'allait *pas* se mettre à pleurer ! Au lieu de ça, il offrit à Colby un sourire tremblant.

— Merci. Un livre est une bonne idée.

Et bon sang, quand Colby rayonnait ainsi, il semblait briller comme une ampoule halogène.

— Alors je vais vous laisser à votre lecture littéraire.

William passa plus de temps qu'il ne s'y était attendu à examiner les étagères. Elles contenaient un mélange fascinant de titres. Il y avait des fictions en tous genres, des livres de cuisine, de vieux manuels scolaires, des livres sur l'art et les voyages, et des guides pratiques sur de nombreux sujets allant de la diététique et la couture à l'électrotechnique à petite échelle. Il supposa qu'ils reflétaient les intérêts divers des gens vivant à Jelley's Valley. Il se demanda qui avait procuré le livre sur l'hydroponique ou le guide pour devenir croque-mort.

Ce fut alors qu'il remarqua plusieurs livres de poche regroupés soigneusement dans un coin de la pièce et en prit quelques-uns. Il fut légèrement choqué par sa trouvaille, mais également intrigué. Très certainement la contribution de Colby. Après quelques instants de réflexion, il en choisit un dont la couverture représentait deux torses nus masculins semblant flotter au-dessus d'un paysage avec des chevaux.

Colby était appuyé sur le comptoir près de la caisse enregistreuse, regardant un catalogue en plissant les yeux. Il leva la tête vers William avec un sourire.

— Vous avez trouvé votre bonheur ?

— Peut-être.

William plaça le livre près du catalogue.

Il fut satisfait de voir les yeux de Colby s'écarquiller.

— Hmm, vous *réalisez* que ce n'est pas vraiment un Zane Grey, n'est-ce pas ?

— Plutôt un Zane Gay.

William ravala un ricanement nerveux à cause de sa faible tentative d'humour.

— D'accord. Donc… non pas que je veuille vous décourager ou quoi que ce soit, parce qu'en fait, c'est vraiment un très bon livre. Et puis, Brett et Jesse sont *tellement* chauds tous les deux, et il y a cette scène – oh mon *Dieu* ! Et une bonne dose de douleur/réconfort qui me branche vraiment parfois. Mais pourquoi est-ce que vous voulez le lire ?

William se lécha nerveusement les lèvres.

— Je suppose que je veux lire l'histoire de Brett et Jesse.

Alors que Colby continuait à le regarder, les sourcils arqués, William ferma les yeux. Il pouvait toujours inventer une excuse, ou peut-être prétendre qu'il avait fait une erreur. Mais ensuite, il pensa à Bill, assis dans une cellule isolée, écrivant en douce des lettres à l'homme qu'il aimait. Un homme qu'il avait peu de chances de revoir, tout ça parce qu'il ne pouvait pas renoncer à cet amour.

William ouvrit les yeux et chuchota les mots qu'il n'avait prononcés que trois fois auparavant.

— Je suis gay.

Le premier aveu avait été fait à ses parents, qui avaient réagi avec des larmes et des cris et, finalement, avec des tentatives pour le *réparer*. La seconde fois avait été au pasteur Reynolds, qui lui avait dit que l'homosexualité était une maladie et un péché qui pouvait être soigné par la foi, la prière et, finalement, par envoi en thérapie par aversion.

Et la troisième fois avait été Lisa. Elle avait hoché la tête brusquement, comme si une partie d'elle l'avait déjà su. Ses lèvres s'étaient affinées.

—*As-tu… y a-t-il quelqu'un ? Un homme ?* avait-elle demandé fermement.

Il lui avait répondu la vérité.

— *Non. J'ai embrassé un garçon deux fois, les deux fois quand j'étais au lycée. C'est tout.*

— *Mais tu en es sûr ?*

— *Oui.*

—*Alors pourquoi est-ce que tu m'as épousé ?*

— *J'espérais… j'espérais changer.*

Le regard qu'elle lui avait adressé était tellement rempli de pitié qu'il avait voulu se recroqueviller et mourir.

— *Je veux divorcer*, avait-elle dit.

Cependant, Colby répondit différemment. Il ne hurla pas ni ne pleura. Il ne fit pas de sermon ni ne regarda William avec pitié. Au lieu de cela, il offrit son habituel sourire plein de fossettes puis gloussa de joie.

— Il est temps de créer le premier groupe de soutien LGBT de JV. Vous voulez être président ou trésorier ?

VII

ILS NE créèrent pas réellement de groupe de soutien gay, même si, alors que William terminait ses courses, Colby continua à plaisanter à propos de poignées de main secrètes, de devises et de pin's. William retourna à l'hôpital en ayant l'impression qu'une bande de fer s'était légèrement desserrée de sa poitrine.

Dès que ses provisions furent rangées, il ouvrit la boîte en fer.

30 avril 1938
Mon très cher Johnny,
Mes parents sont venus me rendre visite hier. Je ne pense pas qu'ils en avaient envie, et je n'étais pas particulièrement désireux de les voir. Mais le Dr Fitzgerald a dit que cela faisait partie de la guérison.
Ils m'ont d'abord laissé prendre un bain et le barbier m'a rasé. Ils m'ont donné mes vêtements normaux – le costume que je portais en arrivant. La tenue la plus habituelle ici est plutôt comparable à un pyjama, avec un pantalon large et une tunique sans boutons. Je suis censé en être reconnaissant, parce que certains patients n'ont pas du tout droit à des vêtements et doivent se déplacer nus tout le temps. Certains sont trop malades pour s'en soucier, mais j'en vois d'autres tenter de préserver des minuscules bouts de leur dignité en plaçant leurs mains devant leur entrejambe. C'est comme si le personnel de l'asile avait cessé de considérer ces hommes comme des personnes et les voyaient désormais comme des animaux. C'est horrible, Johnny.
Mais je te parlais de la visite de mes parents. J'étais relativement présentable à l'heure du rendez-vous, je crois. On m'a fait passer une série de portes qui sont habituellement verrouillées et on m'a conduit dans une petite pièce près de l'entrée principale du bâtiment. Quelqu'un a essayé de rendre la pièce confortable. Les chaises sont rembourrées au

lieu d'être en bois dur, les murs sont propres et peints en bleu clair, et il y a même un tableau au mur, une nature morte mal exécutée de fleurs dans un vase. Je ne pense pas que la pièce soit utilisée très souvent. La plupart des patients ne reçoivent jamais de visiteurs.

Mes parents m'attendaient. Ils ne se sont pas levés ni ont dit quoi que ce soit. Mère avait déjà pleuré – ses yeux étaient rouges et humides – et elle a recommencé, enfouissant son visage dans un mouchoir. Père m'a lancé un regard noir comme si j'avais fait exprès de la contrarier.

Je me suis assis sur une chaise en face de mes parents et n'ai rien dit. Je n'avais pas assez confiance en moi pour ouvrir la bouche. Comment pouvais-je rester poli avec des gens qui m'avaient fait enfermer, qui m'avaient pris tout ce que j'aimais ?

Le Dr Fitzgerald est arrivé peu de temps après. Il a essayé de nous faire discuter, mais aucun de nous n'a mordu à l'hameçon, ce qui l'a rendu triste. Alors il s'est tourné vers moi. « Il n'y a rien que tu aimerais savoir, Billy ? » Ils m'appellent ainsi ici, comme si j'avais régressé en enfance. « Ne veux-tu pas savoir comment vont ton frère et tes sœurs ? »

Je me fiche de savoir comment ils vont. Mes sœurs se sont ralliées à Père et Mère lorsqu'ils ont comploté pour m'envoyer ici, et c'est Edward qui m'a suivi jusque chez toi et donné ton adresse à la police.

Alors, j'ai posé la vraie question, celle qui me taraude depuis mon arrivée ici : « Comment va Johnny ? »

Mère s'est remise à brailler et j'ai cru que Père allait me frapper. Son visage est devenu rouge et sa bouche s'est retroussée comme le cul d'un cochon. « Cet homme a quitté la ville, » a enfin craché Père.

Mais je suis convaincu qu'il ment, Johnny. Tu as ton travail et ta petite maison douillette, et toi et moi nous sommes promis que quoi qu'il arrive, nous serions toujours là l'un pour l'autre. Je m'en souviens, Johnny. Nous nous le sommes promis plus d'une fois. Alors, il est probable que mon père ment.

Ou peut-être as-tu quitté la ville et es-tu près de Jelley's Valley maintenant. Peut-être même à Jelley's Valley. Peut-être es-tu venu pour être plus près de moi, même si nous ne pouvons pas nous voir. Peut-être te familiarises-tu avec le terrain, essayant de trouver un moyen de me faire sortir. Tu ferais quelque chose comme ça, n'est-ce pas ? Tu prétends ne pas être romantique, mais c'était toujours toi qui disais que nous devrions fuir tous les deux, fuir loin de ma famille désapprobatrice. Et c'était toujours moi qui te rappelais que nous mourrions de faim si nous le faisions. Je te disais d'attendre. Qu'un jour les choses s'amélioreraient. Qu'il y aurait plus de travail et que nous pourrions aller où nous voulions.

Si tu viens me chercher maintenant, Johnny, je suis prêt à fuir.

Par la suite, le Dr Fitzgerald a parlé un certain temps. Il leur a dit qu'il m'avait traité, mais que je n'étais pas très coopératif. Ce qui est faux. Je fais toujours tout ce qu'il veut – sauf arrêter de t'aimer. Il a dit qu'il voulait essayer quelque chose de nouveau avec moi, quelque chose appelé insulinothérapie. J'ignore ce que cela entraîne et il ne l'a pas expliqué. Peut-être que faire des recherches à ce sujet sera ta tâche cette fois, au lieu de chercher des mots dans le dictionnaire.

Ton goût me manque, Johnny. S'il te plaît, viens me sauver.

À toi pour toujours,
Bill

William se souvint vaguement d'avoir lu des articles sur l'insulinothérapie dans l'un de ses cours, mais il dut faire des recherches sur Google pour se rafraîchir la mémoire. Le traitement précédait la thérapie par électrochocs et avait été initialement utilisée sur les schizophrènes. On donnait aux patients des doses d'insuline suffisamment fortes pour provoquer des convulsions ou des comas. Le traitement était répété quotidiennement pendant des semaines, parfois des mois. Certains patients finissaient avec des dommages cérébraux. D'autres mouraient.

Il dut s'éloigner de son ordinateur portable avant d'apprendre plus de détails. Il se mit à faire les cent pas. Ses mains tremblaient, et il avait l'impression qu'il allait vomir. Il ne pouvait s'empêcher d'imaginer Bill attaché à un lit d'hôpital, en sueur, tremblant et effrayé. Et il commença à se rappeler les séances de thérapie de sa propre jeunesse, quand prier pour chasser le gay en lui n'avait pas fonctionné et que ses parents l'avaient envoyé… Non. Il n'y penserait pas.

Un peu surpris, William se rendit compte que ses pieds l'avaient fait quitter son appartement pour longer le couloir qui résonnait. Il savait où il allait, même s'il ne semblait pas avoir beaucoup de choix en la matière. C'était comme l'un de ces rêves, lorsque l'on sait qu'on se dirige vers quelque chose d'effrayant, mais qu'on ne peut pas s'arrêter, ou comme regarder un film d'horreur où un idiot avance aveuglement vers sa mort.

Il avait déjà jeté un coup d'œil dans cette pièce, mais juste brièvement. Elle n'était pas très intéressante. Les meubles confortables qu'avait décrits Bill avaient disparu depuis longtemps, tout comme le tableau avec les fleurs. Les murs avaient été repeints depuis 1938 – probablement plusieurs fois – et étaient désormais d'un vert pâle fatigué et écaillé. Mais William était certain que cette pièce était celle où Bill avait rencontré ses parents. Elle était près du hall d'entrée, et une pâle copie du grand lustre de l'entrée pendait au plafond. Le sol n'était ni en marbre ni en bois, ce n'était pas non plus le linoléum et le carrelage simples qui se trouvaient dans le reste de l'hôpital. Le sol de cette pièce était recouvert d'un carrelage fait d'hexagones noirs et blancs formant un dessin plaisant.

Tandis qu'il se tenait sur le pas de la porte, William imagina Bill assis à un bout de la pièce, silencieux et malheureux, alors que ses parents lui faisaient face. Le médecin était tout près, faisant le plus gros de la conversation.

Seigneur, pourquoi Bill ne s'était-il pas enfui avec Johnny quand il en avait eu l'occasion ?

William retourna à son appartement, de la bile lui brûlant le fond de la gorge.

VIII

— Alors, qu'avez-vous pensé de Jesse et Brett ?

William rougit et regarda furtivement autour de lui, même s'il savait Colby et lui étaient seuls dans l'épicerie.

— C'était… intéressant, bredouilla-t-il.

— Intéressant genre « je dois laisser tomber tout ce que je fais pour le terminer » ou intéressant comme un accident de voiture au bord de la route ?

— Plus… plus comme le premier genre, je suppose, répondit William en frottant sa nuque transpirante. Je n'y connais rien en chevaux, alors j'ignore si les trucs de cow-boys sont précis.

Colby leva les yeux au ciel.

— C'est une romance, pas un guide pratique. Même si j'ai appris une chose ou deux au fil des ans en regardant des pornos.

William lui offrit un faible sourire.

— J'ai… hmm… besoin de quelques trucs. Des provisions.

— Mi tienda es tu tienda.

Après avoir pris un panier en fer, William se promena dans les allées. Colby était occupé à jurer sur une calculatrice et une pile de papiers qui ressemblaient à des factures, alors pour une fois, il ne l'accompagna pas pour faire des commentaires. William eut la paix pendant qu'il se décidait entre des petits pois et du maïs en conserve, puis entre des tranches de jambon et de dinde. La paix était moins agréable qu'il ne s'y était attendu. Il prit son temps pour faire ses courses et ne retourna au comptoir que lorsque son panier déborda presque.

Colby mit de côté la pile de factures pour faire de la place aux achats de William.

— C'est un sacré butin. Vous prévoyez de passer en mode survie ?

— J'ai juste besoin de beaucoup de choses.

— Bien sûr. Vous voulez un autre livre ? Si les Stetsons et les jambières ne sont pas votre truc, je peux peut-être vous recommander autre chose. Quel est votre genre, Will ?

William fut trop surpris par la question pour se plaindre du surnom.

— Mon genre ?

— Oui. Quel genre de mec vous attire ? Ours ? Minet ? Sportif ? Homme en uniforme ? Qu'est-ce qui fait battre votre cœur ?

— Je ne… je ne sais pas.

Colby le regarda les yeux plissés, abasourdi.

— Comment ça, vous ne savez pas ? Avec quel genre de mecs est-ce que vous sortez ? Ou au moins rêvez de sortir ?

William se remit à rougir de plus belle.

— Je ne… je n'ai… jamais…

— Oh. Mon. Dieu. Vous êtes puceau !

Cette fois-ci, William sursauta. Puis il baissa les yeux vers le comptoir, comme s'il trouvait son paquet de farine fascinant.

— Pas du tout. J'étais marié, vous vous rappelez ?

— Pfff, fit Colby en agitant dédaigneusement la main. Je parle des *mecs*. Vous n'avez jamais couché avec un mec.

William souhaitait vraiment ne pas avoir cette conversation. Il sentait la chaleur envahir ses oreilles et savait qu'elles devaient être aussi rouges que son visage. Il ne savait pas trop quelle partie le gênait le plus – parler de sexe, parler de sexe *gay*, parler de son manque d'expérience en matière de sexe gay. Il serait bien parti immédiatement du magasin, mais Colby n'avait pas encore enregistré tous ses achats.

En tout cas, Colby n'était pas cruel à ce sujet. Il semblait juste légèrement ébahi.

— D'accord, dit-il. Donc vous êtes puceau. Quel genre de mec vous aimez dans vos pornos ?

— Je ne regarde pas de porno.

— Vous vous branlez sur quoi alors ?

William émit un bruit étranglé.

Mais Colby n'avait aucune pitié, semblait-il.

— Sérieusement, Will. Qu'est-ce qui vous excite ?

— Je ne me masturbe pas.

— Bah, pourquoi ? Je veux dire, d'accord, je suppose que quand vous étiez mariés vous aviez suffisamment d'action hétéro pour vous défouler. Mais avant votre mariage ? Et maintenant ?

— Je… je…

La seule fois que William avait discuté de sexe avec un autre homme était durant ses séances de thérapie et, bien sûr, à ce moment-là, l'autre homme n'avait cessé de lui dire combien l'homosexualité était diabolique. Il n'avait même pas beaucoup parlé de sexe avec Lisa. Le sexe était juste quelque chose qu'ils faisaient ensemble, comme regarder *60 Minutes* ou plier le linge.

Clairement, ce dont il avait besoin ici était une approche clinique.

— Conditionnement, dit William.

— Hein ?

— Je ne me masturbe pas devant de la pornographie homosexuelle parce que les réponses agréables qui en résulteraient ne feraient que renforcer des pensées malvenues.

Colby dut y réfléchir quelques instants.

— Pourquoi vous ne voulez pas qu'elles se renforcent ? Oh ! J'ai compris. C'est aussi pour ça que vous vous êtes mariés. Vous ne vouliez pas être queer.

William acquiesça sèchement.

— Pourquoi ça ? demanda Colby. Religion ? Famille ? Aspiration politique ?

Il sourit en mentionnant la dernière suggestion.

— Hmm, les deux premiers.

— D'accord. Et maintenant ?

— Je suppose… dit William en haussant les épaules. Je suppose que je suis en voie de guérison d'être un ex-gay.

Colby se redressa sur la pointe des pieds.

— Mazel tov ! Je vais vous aider. Je serai votre parrain !

William était certain de n'avoir besoin de l'aide de personne, surtout pas celle de Colby. Mais ce dernier semblait ravi, comme un enfant à qui on offre un nouveau chiot, et William n'avait pas vraiment le courage de le décevoir.

— Je crois que ma glace est en train de fondre, dit-il doucement, en indiquant le carton.

— Sérieusement ?! Vous êtes là, émergeant de votre cocon tout brillant et lumineux, et vous vous inquiétez pour un produit laitier légèrement décongelé ?

Mais Colby finit rapidement d'enregistrer les articles et les mit dans des sacs en plastique. Quand William lui tendit l'argent, Colby lui rendit sa monnaie d'un air pensif. Il réfléchissait clairement à quelque chose.

— Vous savez quoi, dit Colby tandis que William récupérait ses achats. Après-demain, c'est mon jour de repos. Je vais venir à la maison de fous. J'ai toujours voulu voir l'intérieur. Et je vous ferai une super initiation au monde du porno gay. À la fin de la leçon, vous saurez exactement quel genre de mec vous fait baver et vous saurez où les trouver sur le net.

— Je ne…

— Après-demain. Vers midi ? J'aime faire la grasse matinée pendant mes jours de repos.

Il était parfaitement évident que Colby ne se laisserait pas dissuader. Et honnêtement, William n'était pas sûr de vraiment vouloir le décourager.

Il hocha de nouveau la tête et se dirigea vers la porte, les sacs en plastique bruissant dans ses mains. Mais avant de retrouver la chaleur extérieure, il se retourna vers le comptoir.

— Colby ? Quel est votre genre ?

Les fossettes de Colby se creusèrent.

— Les geeks.

Puis il fit un clin d'œil.

LE LENDEMAIN, William analysa de nouvelles données. Mais c'était difficile de se concentrer alors que ses pensées ne faisaient que sauter de Bill à Colby. Il n'arrivait pas à croire qu'il avait accepté de laisser Colby venir pour regarder du porno avec lui. Même y *penser* le faisait rougir. Mais penser à Bill le rendait triste, et peut-être que la gêne était mieux que la dépression.

Tard dans l'après-midi, il reçut un e-mail de Lisa. Il était court et sérieux – elle voulait lui faire savoir que l'avocat avait rempli les papiers préliminaires et que tout se passait bien. Et puis, lui disait-elle, elle reprendrait son nom de jeune fille. Il n'en fut pas surpris. Elle avait toujours détesté être Lisa Lyon. Il n'y avait aucune colère ni accusation dans ses paroles, mais en fin de compte, il n'y en avait jamais eu. Elle avait été déçue et remplie de pitié, mais jamais en colère. « Je peux affirmer que tu as *essayé*, » lui avait-elle dit quand il avait déménagé. Il se demanda si la séparation aurait été plus facile pour eux s'ils s'étaient détestés.

Il lui répondit, la remerciant de l'avoir informé des dernières nouvelles. Il faillit s'excuser à nouveau, mais ne le fit pas. Avant de risquer de s'apitoyer davantage sur son sort, il décida de lire une autre lettre.

Le style de celle-ci était différente des précédentes. L'écriture était moins nette et plusieurs mots avait été barrés puis réécrits. Les lignes de texte n'étaient pas droites. Certaines penchaient vers le haut, certaines vers le bas, et certaines s'inclinaient comme un arc.

> *5 janvier 1939*
> *Mon très cher Johnny,*
> *J'ignorais la date. J'ai dû supplier le Dr Fitzgerald me la dire. J'ai perdu l'été et l'automne.*
> *Je suis prisonnier, mais c'est le Dr Fitzgerald qui devrait être enfermé. C'est un voleur. Il m'a volé tous ces mois. M'a volé des petits bouts de moi. Parfois, je pars à leur recherche, et je découvre qu'ils me manquent.*

Tu me reconnaîtrais à peine maintenant, Johnny. Ils m'ont rasé la tête. Tu te rappelles quand nous étions allongés dans ton lit et que tu aimais faire passer tes doigts dans mes cheveux ? Tu disais qu'ils étaient doux comme de la soie. Maintenant, ce n'est qu'une barbe irritante sur ma tête.

Et je suis devenu gros ! Tu dois trouver ça difficile à imaginer. Je n'ai pas de miroir, mais j'imagine que je dois être horrible. C'est un sentiment étrange, comme si quelqu'un avait remplacé mon corps par un autre pendant que je dormais. Le docteur dit que c'est à cause de l'insuline. Je redeviendrais probablement maigre un jour, à manger l'horrible nourriture d'ici. Ce qui est bien. Au cas où tu viendrais m'enlever, je ne veux pas être trop lourd à déplacer.

Je veux toujours que tu viennes me sauver, mon amour. L'insuline ne m'a pas guéri. Parfois, au cours de ces mois perdus, j'ai presque rêvé de toi, comme si tu étais un fantôme flottant dans mon sommeil.

Parfois, j'en viens à croire que je suis fou et que tu n'as jamais été réel.

L'homme dans la cellule voisine crie et pleure toute la nuit. J'ai entendu le personnel dire que c'était un soldat, qu'il avait perdu la tête durant la Grande Guerre et qu'il ne l'avait jamais retrouvée. Vingt ans, Johnny. Il est ici depuis vingt ans. Je ne survivrai jamais aussi longtemps.

Est-ce que tu te souviens de notre rencontre ? Bien sûr que oui. Personne ne te vole des bouts de toi. Mon père t'avait engagé pour livrer une cargaison de meubles depuis la gare jusqu'au magasin, et le train était en retard alors il m'avait fait rester pour t'attendre. Tu as ri quand j'ai essayé de t'aider à transporter cette lourde table et je voulais être en colère contre toi, mais tu étais trop beau pour ça. Regrettes-tu cet après-midi maintenant ? Souhaiterais-tu que ce soit Edward à la place, Edward qui t'aurait facilement aidé dans ta tâche et qui n'aurait pas rougi sous ton regard ?

Je suis heureux que cela ait été moi.

Ne les laisse pas, ne les laisse pas te voler à moi.

À toi pour toujours,

Bill

IX

L E TÉLÉPHONE portable de William bipa quelques minutes avant midi, le faisant sursauter violemment. Il avait été sur les nerfs toute la matinée. Il n'avait pas du tout été capable de travailler et, à la place, avait arpenté le domaine sans relâche. Il y avait une quantité surprenante de faune. Principalement des oiseaux et des insectes, mais aussi des écureuils ou des lézards, et une fois, il avait vu une couleuvre disparaître dans l'herbe haute. Il s'était demandé s'il y avait eu autant de créatures à l'époque de Bill, et si celui-ci avait eu la chance de les voir par sa fenêtre ou durant ses sorties dans le patio.

En fin de compte, William était retourné à l'intérieur pour se doucher. Il ne savait pas trop quel genre de tenue était approprié pour une leçon de pornographie et, après avoir rejeté la veste sport et la cravate, il avait fini par porter son choix sur son short beige et un tee-shirt gris. Il s'était affairé sur ses cheveux avant de laisser tomber.

Il se sentait stupide.

Et ce fut à ce moment-là que son téléphone bipa et qu'il sursauta vivement.

— Allô ? dit-il un peu essoufflé.

— Je suis au portail. Il faut venir m'ouvrir.

William quitta son appartement, traversa le couloir et se dirigea vers la porte d'entrée au pas de course. Après avoir traversé le parking en courant, il vit une silhouette de l'autre côté de la grille. Colby était à vélo et agitait la main vers lui.

— Vous êtes venu à bicyclette ? demanda William tandis qu'il déverrouillait le portail.

— Tu, lança Colby. Je te l'ai dit. Ma voiture est morte. De plus, ça fait faire du sport.

Colby descendit rapidement de vélo, attendit que William referme derrière eux, puis fit rouler son vélo pendant qu'ils se dirigeaient vers le bâtiment principal. Tandis que William prenait mentalement acte du tout nouveau tutoiement, Colby tournait la tête d'un côté et de l'autre, regardant attentivement les lieux.

— On se mettait au défi de rentrer ici par effraction quand j'étais gamin, mais je ne connais personne qu'il l'ait réellement fait. L'endroit est censé être hanté. Tu y as vu des fantômes ?

William faillit lui dire qu'il n'y avait rien de tel, mais ce n'était pas tout à fait vrai, n'est-ce pas ? L'esprit de Bill ne se baladait peut-être pas sous un drap, mais il l'avait hanté depuis la découverte de la boîte en fer.

— Non, répondit-il.

Colby sembla un peu déçu.

— Mais ce n'est pas un peu effrayant la nuit, quand tu es tout seul ici ?

— Pas vraiment. C'est un endroit triste, Colby, pas un endroit effrayant.

— Oui, peut-être. Comment ça se fait qu'ils l'ont fermé ? Je veux dire, il y avait plus de fous qu'aujourd'hui à l'époque ?

— Non. Mais les médicaments pour traiter les maladies mentales ont été inventés, et la plupart des gens ont fini par être libérés. Sauf qu'un grand nombre n'a ni les médicaments ni les soins ambulatoires qu'ils sont censés avoir, alors ils finissent à la rue ou en prison.

Colby hocha la tête.

— Oui. Il y en avait beaucoup comme ça à San Francisco. Ça me faisait sacrément peur, de voir tous ces sans-abri. Je veux dire, et si c'était moi un jour ? Pas que je sois fou ou autre, mais je suppose que je pourrais l'être. N'importe qui pourrait l'être.

William acquiesça.

— Et la définition de « maladie mentale » évolue, alors ce qui est considéré comme sain d'esprit à une certaine époque et dans certains endroits…

Ils continuèrent le reste du trajet en silence. Colby appuya le vélo contre le mur près de la porte principale. Il regarda avec curiosité autour de lui tandis qu'ils entraient.

— Vous… tu veux visiter ? demanda William.

— Pas encore.

Colby sourit et lui donna un petit coup dans le bras.

— Je parie que tu es un peu nerveux, et je me dis que ça ne va faire qu'empirer, alors nous ferions tout aussi bien de nous y mettre tout de suite.

— Nous y mettre ?

La gorge de William fit un bruit sec lorsqu'il déglutit.

Colby le regarda dans l'expectative, et William leur fit prendre le couloir jusqu'à son appartement. Une fois à l'intérieur, Colby prit quelques minutes pour regarder autour de lui. Il émit quelques bruits appréciateurs en voyant les étagères de livres et déclara la minuscule cuisine adorable. De retour dans la pièce principale, il se retourna lentement.

— J'aime le côté douillet, et tu as aussi tout cet espace.

— C'est… c'est convenable.

— Will, j'ai vingt-sept ans et je vis dans la chambre d'amis de mes grands-parents. Je me déplace à vélo. En gros, j'en suis au même point que quand j'avais douze ans. *Ça*, c'est bien plus que « convenable ».

— Tu as vingt-sept ans ?

— Ah, mais mon enthousiasme débordant me donne l'air plus jeune. Quel âge as-tu ?

— Trente-deux ans, répondit William avec morosité.

— Vieux.

Colby se frotta les mains.

— On s'y met, Padawan ?

— Euh… je suppose.

Colby soupira d'un air théâtral.

— On ne prépare pas ton exécution, Will. C'est censé être amusant. Et tu as un guide fidèle et loyal. Bon sang, quand j'ai commencé à explorer ce truc, j'avais, quoi, treize ans, et j'étais seul. Je suis tombé sur des trucs qui m'ont carrément fait flipper.

Il leva la main en un salut de boy-scout.

— Je jure solennellement de te guider vers des trucs vraiment soft pour commencer. À moins que tu veuilles un peu de piment.

William avait mal à la tête.

— Soft, marmonna-t-il.

— Excellent.

Colby traversa la pièce d'un pas bondissant, se laissa tomber sur le canapé devant l'ordinateur et tourna la tête pour regarder William.

— Viens par ici. Je te promets de ne pas mordre.

Avec une inquiétude croissante, William tira une chaise vers lui et s'assit. Il se sentait ridicule. Il était tout à fait capable de trouver tout seul du porno sur le Net. Sauf que, eh bien, il avait toujours évité de le faire. Et pour être honnête, c'était légèrement excitant d'être à quelques centimètres de Colby, qui avait une odeur de chewing-gum à la cannelle et d'herbe fraîchement tondue et qui lui souriait avec malice.

Colby tapa sur le clavier. Mais avant de quitter la page d'accueil de William pour surfer, il se retourna pour le regarder. Pour une fois, son visage était sérieux.

— Tu sais, ce n'est pas obligatoire. Si tu veux faire l'impasse sur le porno, on peut juste glander.

— Je ne…

— À voir ta tête, on dirait que je vais te faire boire la tasse.

Colby posa une main sur le genou nu de William. Il le fit avec légèreté, pourtant ses doigts lui envoyèrent des frissons électriques à travers le système nerveux. William s'empêcha de s'éloigner d'un bond, mais il était conscient que l'expression de son visage se rapprochait probablement d'une panique complète.

La dernière fois qu'il avait regardé du porno, c'était quand ses parents l'avaient envoyé chez ce psychiatre terrifiant. L'homme avait attaché les électrodes avant de glisser une cassette vidéo dans le magnétoscope. Dès que les hommes nus sur la vidéo s'étaient mis à s'embrasser avec passion, le psychiatre avait appuyé sur un interrupteur et… Non. C'était de l'histoire ancienne. Il n'y avait aucune machine maintenant, et aucune psychothérapie terriblement malavisée. Juste Colby avec son optimisme, sa gentillesse et son doux sourire.

— C'est juste… nouveau, dit doucement William.

— Je sais. Et tu… eh bien, j'ignore quels sont tes problèmes et je ne veux pas te faire flipper. Alors pas de souci si tu ne veux pas le faire.

William appréciait qu'on lui offre une porte de sortie. Mais aussi nerveux fût-il, une grosse partie de lui *voulait* le faire, et une autre grosse partie était, globalement, dégoûtée d'être effrayé par quelque chose d'aussi stupide. Alors il plaqua un sourire sur ses lèvres et réussit même à tapoter plusieurs fois la main de Colby.

— Je suis idiot. Vas-y.

— Hé, ce n'est pas grave. Je panique quand il y a du sang, même dans un film, et les aiguilles me font presque m'évanouir. Nous avons tous notre talon d'Achille.

Le sourire était de retour sur son visage. Il serra le genou de William avant de le lâcher et de se retourner vers l'écran.

— Dac-o-dac. Essayons ça. Oh, mais je dois te rappeler un truc. C'est du porno, d'accord ? Dans la vie réelle, presque personne n'est aussi acrobate, et certaines de ces positions seront principalement pour la caméra.

Il se remit à taper, et une seconde plus tard, une page Web remplie de photos de jeunes hommes séduisants et en bonne santé apparut.

— Bon, j'aime beaucoup ce site. Rien d'explosif, mais les mecs sont plutôt mignons sans avoir l'air de trop simuler.

— Est-ce que… tu passes beaucoup de temps à surfer sur des sites comme celui-ci ?

Colby rit.

— Pas *beaucoup* beaucoup, mais oui. Au cas où tu ne l'aurais pas remarqué, il n'y a pas beaucoup d'activités locales à JV. J'ai quelques potes, on se Skype parfois pour des démonstrations en direct, mais on doit trouver des moments où ils sont libres et où mes grands-parents n'écouteront pas.

William supposa qu'une petite ville et des parents à domicile entraveraient la vie sexuelle de n'importe qui. Il regarda Colby cliquer sur quelques miniatures, plisser les yeux devant les images résultantes puis continuer.

— Est-ce que ça t'arrive de faire des choses, hmm… pas en ligne ? demanda William.

— Avant, oui. Même après avoir réemménagé à JV, je suis retourné à San Francisco quelques jours pour trouver quelques coups rapides. Parfois, je trouvais quelqu'un sur GrinDr ou Manhunt ou un truc du genre et on se retrouvait à Fresno.

Cette fois-ci, il fit démarrer une vidéo qui fit rougir William : un jeune minet à genoux, se caressant le pénis avec enthousiasme pendant qu'un autre jeune homme se tenait devant lui, pressant son entrejambe contre le visage de l'homme à genoux. Mais apparemment, Colby trouva la vidéo peu satisfaisante parce qu'il la ferma à nouveau.

William ignorait ce qu'étaient Manhunt ou Grindr, bien qu'il puisse le deviner. Internet avait été une vraie aubaine pour les personnes sexuellement aventureuses, supposa-t-il.

— Avant ?

La vidéo suivante représentait deux hommes nus sur un lit. Ils étaient allongés face-à-face, s'embrassant et faisant courir leurs mains sur le dos de l'autre. Colby ne ferma pas la fenêtre cette fois-ci.

— Oui, répondit-il, son attention tournée vers l'écran. Ça s'est avéré être beaucoup d'efforts juste pour tirer un coup. Je finissais toujours par rentrer chez moi tout seul, tu vois ? Et maintenant je ne peux plus conduire du tout, à moins d'emprunter la voiture de papi, et je ne veux définitivement pas devoir avoir cette conversation-*là*.

— Il ne sait pas que tu es gay ?

Colby éclata d'un rire bruyant et se retourna pour le regarder.

— Tu déconnes, non ? Allons ! Je déclenche un gaydar à 300 m à la ronde. Quand j'étais en maternelle, j'accessoirisais mes Transformers avec des faux diamants que je volais chez Les Joyaux de Mère-Grand. À neuf ans, j'ai annoncé que j'épouserais Brad Pitt quand je serais grand. J'ai joué dans chaque comédie musicale produite par mon collège et mon lycée et j'étais *fabuleux*. Will, *tout le monde* sait que je suis gay. Je préférerais seulement éviter de discuter des détails avec la génération gériatrique.

À quoi cela ressemblerait-il d'être *out*, pas seulement pour soi-même, mais aussi pour sa famille et la communauté tout entière ? William ne pouvait pas s'imaginer être si ouvert à ce propos, comme si l'homosexualité n'était pas plus remarquable que la couleur des yeux ou une date de naissance.

Sur l'écran de son ordinateur, le baiser s'était intensifié. L'homme à la peau mate avait descendu ses mains sur les fesses de son partenaire pour les caresser et les serrer, tandis que l'homme à la peau claire s'accrochait à ses cheveux et gémissait avec appréciation. Et juste au moment où William commençait à être mal à l'aise de les regarder, ils se séparèrent légèrement. L'homme à la peau claire chuchota à l'oreille de son partenaire – le micro ne capta pas ce qu'il dit – et ils se mirent tous les deux à ricaner. Il y avait une intimité paisible entre eux, se dit William, comme si une fois que la caméra serait éteinte, ils se rhabilleraient pour aller manger des hamburgers ensemble, ou peut-être regarder un match à la télé. Ils recommencèrent à s'embrasser et se caresser, mais il n'y avait rien de sale ni de sordide là-dedans. C'était… eh bien, sexy.

— Est-ce que ça va ? demanda Colby.

— Oui.

La voix de William sembla un peu rauque à ses propres oreilles.

— Bien. Je mettrai le site dans tes favoris plus tard, au cas où tu veux revenir. Ça te coûtera vingt billets pour t'inscrire, mais la qualité est bien meilleure que les sites gratuits.

William hocha la tête. Un des hommes sur l'écran avait roulé sur le ventre, et l'autre était penché au-dessus de lui, léchant et frottant par alternances divers endroits de peau pâle. Ils avaient tous les deux de jolies fesses et un certain nombre de tatouages, et ils semblaient détendus. Heureux. En fait, celui sur le ventre semblait presque s'être endormi, sauf qu'il gigota et rit quand son partenaire lui chatouilla les côtes. Il n'y avait rien d'anormal dans ce qu'ils faisaient. En réalité, leurs échanges semblaient plus spontanés et paisibles que ne l'avaient jamais été les rapports sexuels de William et Lisa. William s'était toujours senti gêné en matière de sexe, comme si quelqu'un devait le noter sur sa performance, et ni lui ni son épouse n'avait été à l'aise pour communiquer ce qu'ils aimaient et appréciaient. Parfois, il avait imaginé des corps masculins – sans visage, sans nom – juste pour arriver au bout, puis il s'en était senti énormément coupable.

Colby glissa un peu sur son siège.

— Tu veux essayer quelque chose d'autre ? Ou rester sur celui-ci pour l'instant ?

— Hmm, celui-là, ça va.

— Bien. Je n'ai jamais vu cette vidéo, mais j'ai parfois regardé ces acteurs. Il y a une bonne alchimie entre eux.

William ne put s'empêcher de se demander pourquoi ces hommes avaient décidé de faire du porno. Avaient-ils tant besoin d'argent ? Ou prenaient-ils leur pied à avoir du public ? Et le porno payait-il bien ? En tant que gardien d'un asile d'aliénés, il ne devrait probablement pas juger des gens sous prétexte qu'ils avaient un travail inhabituel.

L'homme à plat ventre se retourna sur le dos. Il écarta largement les cuisses, révélant une érection impressionnante, et souleva légèrement le bassin en invitation.

— *Tu veux quelque chose ?* le taquina son partenaire.

— *Donne-moi cette putain de magnifique bouche.*

Les mots avaient peut-être été un peu rudes, mais il parlait avec douceur, presque d'un ton suppliant. Puis il ajouta :

— *S'il te plaît ?*

Il avait dû être persuasif, parce que son partenaire le contourna rapidement jusqu'à se retrouver à genoux entre ses jambes écartées. William regarda avec fascination l'homme à la peau foncée se pencher en avant, attraper le sexe de l'autre homme et commencer à lui donner des petits coups de langues taquins.

Colby soupira.

— Bon sang, ces deux-là sont bandants. Euh… Will ? Est-ce que ça va te faire flipper si je… ?

Il appuya sa main contre son propre entrejambe.

Il fallut quelques secondes au cerveau de William pour comprendre ce que Colby lui demandait, et quelques secondes de plus pour se rappeler comment répondre de manière intelligible.

— D'accord, croassa-t-il.

Colby déboutonna immédiatement son short en jean et baissa la fermeture Éclair, se débattit une seconde avec son sous-vêtement, puis sorti son pénis érigé. Il l'enveloppa de sa main et commença doucement à se caresser.

William remarqua que l'un des hommes sur l'ordinateur faisait désormais une fellation à l'autre, ce qui était intéressant à regarder. Il se demanda si la mâchoire de l'homme finirait par fatiguer et comment il réussissait ne pas s'étouffer ni avoir de haut-le-cœur. Pendant ce temps, son partenaire poussait des petits bruits d'encouragement et relevait son pelvis. Mais le regard de William fut attiré par l'homme réel à ses côtés. Colby était affalé sur le canapé, les cuisses écartées. Sa main se déplaçait paresseusement de haut en bas. Parfois, il faisait un petit mouvement supplémentaire du poignet ou un geste rapide du pouce. Ses yeux étaient légèrement plissés sous la concentration, sa lèvre inférieure entre ses dents.

Colby jeta un coup d'œil sur le côté, le faisant sursauter d'embarras. Mais Colby se contenta de sourire.

— N'hésite pas à participer si l'envie t'en prend. Le porno n'est pas qu'un sport à regarder.

Il agita les sourcils avant de reporter son attention sur l'ordinateur.

William ne participa pas, même si son entrejambe pulsait d'inconfort et que son short trop grand lui semblait trop étroit. À la place, il tenta d'étudier la performance à l'écran de manière clinique, comme si quelqu'un risquait de l'appeler pour lui demande d'écrire une analyse de contenu sur la pornographie homosexuelle sur Internet. Il nota l'angle des caméras, l'éclairage et les morceaux d'anatomie qui recevaient le plus d'attention cinématographique. Il se demanda s'il y avait un metteur en scène hors caméra, disant aux acteurs quoi faire, et, si c'était le cas, si des pancartes ou des signaux manuels étaient utilisés afin de ne pas perturber la bande-son. Il s'interrogea pour savoir si les acteurs avaient un scénario par avance ou si on les avait simplement conduits au matelas en leur disant de se donner à fond. Faisaient-ils des pauses café régulières ? Si oui, remettaient-ils des vêtements ou des peignoirs pendant lesdites pauses, et ensuite avaient-ils besoin de temps pour se remettre dans l'ambiance quand les pauses prenaient fin ?

Aussi intrigantes que puissent être ces pensées, William trouva difficile de se concentrer dessus. Il était tout simplement trop difficile de rester un observateur objectif alors que l'acteur plus foncé grimpait au-dessus de son partenaire afin de se retrouver en position du soixante-neuf, alors que chaque homme suçait le sexe de l'autre, alors que l'homme en dessous faufilait ses doigts entre les fesses de son partenaire avant de glisser délicatement le bout du doigt à l'intérieur. Et à côté de William, Colby respirait fort. Sa main bougea plus vite, cachant puis dévoilant le bout rouge et glissant de sa verge.

Les bruits de sexe résonnaient dans l'appartement de William : les gémissements et grognements des acteurs, les petits halètements de Colby et même sa propre respiration rapide, qui lui donnait l'impression d'avoir couru vite. Ses poings étaient douloureusement serrés sur ses cuisses. Il aurait souhaité pouvoir toucher Colby. Juste ses cheveux modelés par le gel, peut-être, ou cet endroit tendre sur son cou où son pouls battait. Cela ne dérangerait probablement pas Colby – après tout, c'est lui qui lui avait serré le genou peu de temps auparavant. Mais William n'en eut pas le courage et se contenta de regarder.

Sur l'écran, l'homme à la peau claire jouit en premier, poussant un cri rauque et arquant le dos. Son partenaire le suivit très rapidement, se retirant de la bouche de l'homme en dessous de lui pour relâcher du sperme sur son visage. Et juste après, ce fut le tour de Colby. Un petit bruit surpris s'échappa de sa gorge et il bougea le bassin très vite avant de retomber sur son fauteuil avec un gémissement de satisfaction. William, bien sûr, ne jouit pas du tout, même s'il avait le sentiment qu'il ne lui faudrait pas plus que quelques va-et-vient pour l'envoyer par-dessus bord.

Avec un sourire idiot et sans complexe, Colby se leva. Il s'étira un peu et rattrapa son short pour l'empêcher de tomber. Il quitta la pièce en direction de la salle de bain, ses tongs couinant dans le mouvement. De l'eau coula brièvement. Quand il revint, ses vêtements étaient en place et refermés.

— Désolé. On n'est pas vraiment allés très loin dans la leçon d'aujourd'hui, hein ? On ne sait toujours pas ce que tu aimes. Tu veux surfer encore un peu ?

William ferma l'ordinateur et se leva, tenant maladroitement ses mains devant son entrejambe.

— Euh, non. Ça allait, merci.

— Tu sais, si tu en avais envie, je pourrais ajouter une partie plus tactile à la leçon.

Colby se lécha les lèvres.

— Je ne prétends pas être aussi talentueux que ces types qu'on vient de regarder, mais je suis partant pour faire de mon mieux.

— Je ne... Non merci.

Les parties les plus primitives du cerveau de William – les parties qu'il aurait nommées son Ça, s'il croyait aux théories de Freud – protestèrent, tout comme les parties négligées de son anatomie. Son surmoi leur dit de la fermer.

Il s'attendit à un certain malaise entre Colby et lui, mais apparemment, le jeune homme n'était pas du genre à être gêné. Il avait probablement l'habitude de ce genre de situation. Il haussa juste un peu les épaules.

— Cool. On fait cette visite maintenant ?

X

SELON TOUTE vraisemblance, Colby adora la visite de l'asile. Il passait d'un endroit à l'autre d'un pas bondissant, rappelant à William les enfants qui ne réussissaient jamais vraiment à se contenter de *marcher*. William aurait pu s'attendre à en être énervé, mais il trouva plutôt l'enthousiasme de Colby adorable. William sourit plus qu'il ne l'avait fait depuis des années et tenta même quelques blagues ratées relatives à la psychologie, qui firent glousser Colby et le frapper dans le dos.

Se souvenant de l'aversion de Colby pour tout ce qui était lié au sang, William évita complètement l'aile médicale. Et pour des raisons qu'il ne pouvait pas vraiment s'expliquer, il évita aussi la petite pièce où il avait trouvé la boîte de Bill remplie de lettres. Mais il montra à Colby la plus grande partie du reste du bâtiment – même les archives poussiéreuses et remplies qu'il n'avait pas encore eu le désir d'explorer. Ils sortirent et visitèrent le domaine, le soleil chauffant au-dessus de leur tête.

Colby se calma légèrement quand William lui montra le cimetière du doigt.

— Même pas de pierres tombales ? C'est triste. C'est comme si ces pauvres gens n'avaient jamais existé.

— Je pense que pour beaucoup de patients, leurs familles voulaient les oublier.

Colby secoua la tête.

— La famille est la famille, et on doit les aimer même s'ils sont fous. J'ai plus d'un parent qui prend des médicaments – bon sang, j'étais sous Ritaline pendant des années – et je les aime tout autant. Ils ont été aussi assez cool avec moi. Tu sais, puisque je suis queer.

— Toutes les familles ne sont pas aussi tolérantes.

William n'avait pas l'intention de paraître mélancolique quand il le dit, mais quelque chose dut transparaître dans sa voix parce que Colby glissa son bras autour de sa taille. C'était un bras fort – pas énorme, mais solide.

— Tu n'as pas fait ton coming-out à ta famille, Will ?

William ne parvint pas le regarder, alors il posa son regard sur le bas grillage en fer et sur les touffes de mauvaises herbes et de gazon où un nombre indéfini de personnes était enterré.

71

— Quand j'avais quinze ans, je connaissais ce garçon. Michael. Nous étions dans le même groupe de jeunes de l'église et, parfois, nous traînions ensemble. Je suppose... je suppose que j'avais le béguin pour lui depuis un moment, mais je ne m'en rendais pas compte. Je me disais juste que nous étions potes.

Colby renifla doucement.

— Ça ressemble à un cas classique de déni, Dr Lyon.

— Assez, oui. Bref, un jour nous étions chez lui. Nous jouions à un jeu vidéo et nous avons commencé à chahuter pour les manettes, et alors... il m'a embrassé.

William se souvenait encore du choc des lèvres gercées de Michael contre les siennes, la façon dont l'autre garçon avait le goût de Doritos, le beuglement de la musique métallique de la PlayStation en bruit de fond.

— Vous êtes faits choper ? demanda Colby en s'appuyant contre lui, parlant doucement.

— Non. Mais... tout le monde me disait depuis des années que l'homosexualité était mal. Un péché. Et je les croyais. J'ai passé des jours terrifié à l'idée de finir en enfer. Alors je suis allé voir mes parents pour leur raconter ce qui s'était passé. Je les ai suppliés de m'aider.

Alors ce qui était arrivé par la suite avait été de sa seule et unique faute.

— J'ai connu des gamins... Quand j'étais à San Francisco, j'ai connu beaucoup de gamins qui s'étaient fait mettre à la porte de chez eux parce qu'ils étaient gays. C'était tellement triste. Quelques chanceux trouvaient des endroits sûrs, mais même là quelques autres se faisaient du mal. Drogue, scarification, comportement à risque.

William avait déjà entendu de telles histoires, et elles le faisaient toujours se sentir coupable.

— Mes parents ne m'ont pas mis à la porte. Ils ont essayé d'aider, à leur manière tordue. Ils m'ont fait parler avec le pasteur Reynolds. Il disait que je pouvais encore être sauvé si j'essayais assez fort.

Un geai se posa sur un arbre voisin et commença à les réprimander, penchant la tête d'un côté et de l'autre et agitant sa queue. Peut-être était-il opposé aux aveux douloureux. William pouvait le comprendre.

— Est-ce que tu as essayé d'être sauvé ? demanda Colby.

— Oui, répondit William avant de soupirer. Mais ensuite j'ai eu seize ans et il y a eu un autre garçon au camp. Léonard. Bon sang, quel genre de parents appellent leur enfant Léonard ? Cette fois-là, quelqu'un nous a vus nous embrasser.

— Et ?

— Mes parents m'ont envoyé chez un thérapeute.

Le geai s'envola, mais n'alla pas plus loin que l'arbre suivant. Il essuya son bec sur une branche.

Colby l'enlaçait toujours, mettant assez de pression contre son corps pour qu'il puisse s'appuyer, juste un peu. Ses parents l'avaient rarement enlacé quand il était enfant, et Lisa et lui s'étaient même rarement tenu la main. C'était agréable. Confortable. Réconfortant.

— L'un de ces ex-gays obsessionnels ? demanda Colby.

— Oui. Il m'a dit de prier. Mais il croyait aussi aux méthodes de secours, alors il a aussi utilisé des techniques de comportements modernes. Des techniques douloureuses.

Il ferma les yeux et chassa le souvenir du regard reptilien du Dr Eastman, de sa voix rauque et de la petite pièce contenant les électrodes et le magnétoscope et…

William s'écarta de Colby, mais n'alla pas loin, et quand il s'arrêta sous l'arbre du geai, Colby le rejoignit et l'enlaça à nouveau, cette fois des deux bras.

— Je suis désolé, dit Colby avant de le relâcher. Les salauds. Il n'y a rien chez toi qui nécessite d'être sauvé ou chassé par la prière ou soigné… tu le sais, n'est-ce pas ?

William le savait. Du moins, il le savait dans sa tête. Il n'était simplement pas sûr de le croire dans son cœur.

— Je leur ai fait croire que j'étais guéri. Je me suis aussi convaincu que je l'étais. Ou du moins vraiment proche de l'être. Et j'ai rencontré Lisa et je l'appréciais énormément, alors j'ai cru… Ma foi, c'était une erreur.

— Et c'est pour ça que vous divorcez.

— Je ne pouvais plus lui mentir. Ni à moi-même. C'est tout.

Il rit sans humour.

— Mes parents ne savent toujours pas pourquoi nous avons rompu. Ils pensent que j'ai juste échoué en tant qu'époux, pas aussi en tant qu'hétérosexuel.

Colby sourit.

— Mais ça te laisse une fabuleuse occasion de réussir haut la main en tant qu'homosexuel !

William était persuadé d'être aussi mauvais là-dedans, alors il changea de sujet.

— Laisse-moi te montrer ce qu'il reste des anciens ateliers.

Ils passèrent presque deux heures à parcourir les lieux d'un pas tranquille, jetant un coup d'œil aux diverses structures. Ils trouvèrent les restes de ce qui était autrefois un joli jardin avec une fontaine – William se demanda si les patients avaient été autorisés à se promener ici – et ils admirèrent les boiseries élaborées de la maison du directeur. Ils finirent couverts de poussière et de sueur, et William était quasiment certain que son visage habituellement pâle arborait un joli coup de soleil.

Colby regarda sa montre avec regret.

— Je dois rentrer chez moi. J'ai promis à papi de préparer le dîner ce soir.

— Tu veux boire quelque chose de frais avant ?

— Ce serait super. Merci.

Par bonheur, l'appartement sembla frais, surtout avec le ventilateur en route et les verres d'eau fraîche dans leurs mains. Colby ôta de son front une couche de transpiration.

— Tu vas rôtir ici quand l'été sera au plus chaud.

Une rare expression d'inquiétude passa sur son visage.

— Tu restes, n'est-ce pas ?

— Au moins jusqu'à l'automne. Je dois d'abord finir ma thèse et je n'ai aucun autre endroit où aller. Le Dr Ochoa va essayer de m'ajouter à sa bourse pour la prochaine année universitaire, et à ce moment-là, j'aurais probablement un salaire suffisamment important pour trouver un endroit où vivre, surtout si je peux donner un cours ou deux.

— Oh. Eh bien, ça nous laisse au moins quelques mois. Et tu deviens mon nouveau projet !

— Projet ?

— Quatre mois pour passer de « dans le placard » à « fabuleux » ! Nous avons déjà pris un bon départ aujourd'hui.

Colby fit un geste en direction de l'ordinateur portable, ce qui suffit à faire rougir légèrement William. Au moins, le coup de soleil le cachait probablement cette fois-ci.

— Tu veux que je regarde d'autres pornos en ligne ? demanda William.

— Ça peut être tes devoirs à faire. Passe au magasin demain pour prendre d'autres romances – ce sera en extra. Mais je pense que nous allons avoir besoin de nous diversifier un peu plus.

Une légère panique s'empara de William.

— Comment ça ?

— Il te faut rencontrer des hommes réels, dit Colby en hochant la tête. Nous irons dans un bar.

William imagina des boules à facettes, des go-go danseurs et beaucoup de paillettes.

— Je ne pense pas…

— Ne t'inquiète pas. Je connais l'endroit parfait. Voyons voir… mercredi prochain, c'est mon jour de repos, donc nous pouvons y aller mardi soir. Viens me récupérer au magasin à 18 h et nous irons d'abord dîner quelque part.

Colby posa son verre vide sur la table.

— Vous m'aidez à me faire la belle, gardien ?

Ils avancèrent côte à côte jusqu'au portail, Colby faisant rouler son vélo et fredonnant. Il attendit que William ouvre le cadenas, mais avant de monter sur son vélo, il l'attrapa par les cheveux et l'attira à lui pour un baiser. Ce fut quelque chose de très rapide, sans un seul soupçon de langue, mais cela fit picoter les lèvres de William et son sexe se rappela qu'on l'avait trompé plus tôt dans la journée.

— Merci pour la visite, dit Colby.

— Merci pour la leçon.

— Quand tu veux, Will. Vraiment, quand tu veux.

Colby sauta sur son vélo et parcourut le chemin de gravier. Avant de prendre le premier virage, il se retourna légèrement et fit un signe de main.

William resta planté devant le portail ouvert pendant un long moment, les doigts sur ses lèvres.

WILLIAM TRAVAILLA très dur ce soir-là. Il termina un nombre assez important d'analyses et, quand il trouva quelques résultats qui le déroutèrent, passa plus de temps à lutter avec son manuel de statistiques. Mais le livre s'avéra très peu utile, alors à la fin, il rédigea un résumé de ce qu'il avait fait jusque-là, accompagné d'une liste de questions en découlant, et envoya le tout au Dr Ochoa. L'homme était un expert en statistiques, ce qui était l'une des raisons principales qui avaient poussé William à lui demander de présider son jury. Jusqu'ici, William avait fait très attention de ne compter que sur sa propre volonté et ses propres efforts, mais il se dit que demander quelques conseils à cet instant était raisonnable. Le Dr Ochoa lui avait rappelé sans cesse de solliciter de l'aide en cas de besoin.

Une fois ceci accompli, William s'attaqua péniblement à quelques articles de revue supplémentaires. Il mangea tout en lisant – des blancs de poulet saisis, ce qui lui rappela d'acheter un petit barbecue. Il fit sa vaisselle, lança une lessive et balaya l'appartement. Se sentant nerveux, il attrapa la lampe torche et, après avoir testé les piles, alla se promener sur le domaine.

Les vaches semblaient meugler davantage le soir, ou peut-être que la brise transportait mieux les sons vers lui. Les grillons crissaient. Quelque chose courut rapidement dans l'herbe sèche près de son pied. Il surmonta sa légère appréhension et se pencha pour découvrir un énorme scarabée noir faire avec détermination ses trucs de scarabée. Quand il était petit, il attrapait des insectes dans des bocaux et les regardait à travers une petite loupe en plastique. Sa mère l'avait encouragé à ce passe-temps, lui confectionnant des couvercles à partir de chutes de moustiquaire. Il avait tout oublié de cette époque-là.

Aux abords du domaine de l'hôpital, où des machines rouillées étaient empilées les unes sur les autres, il entendit des grenouilles coasser. Il se demanda s'il y avait un cours d'eau ou une mare saisonnière dans les environs. Peut-être juste un abreuvoir pour le bétail. Colby devrait savoir.

Colby avait le genre de peau qui dorait au soleil, contrairement à lui, qui passait de pâle à rouge écarlate presque instantanément. Il imagina un Colby plus jeune, venant en douce à l'hôpital avec un ami ou deux pour fumer un joint dans les broussailles juste à l'extérieur de la clôture. William n'avait jamais touché à la marijuana – ni à aucune autre drogue illégale, d'ailleurs. Une fois, à l'université, il avait été saoul, mais il n'avait pas aimé la sensation de perte de contrôle – ni les vomissements le lendemain matin – et, depuis, il s'était limité à un ou deux verres par soirée. Bien que le 21ème siècle soit désormais bien entamé, William avait vécu de bien des manières une vie plus restreinte et renfermée que Bill plusieurs décennies auparavant. Au moins, Bill avait été suffisamment courageux pour prendre un amant.

De retour dans son appartement, William posa la lampe torche, retira tous ses vêtements excepté son short et se dirigea directement vers son ordinateur. Il ouvrit le site que Colby avait mis dans ses favoris pour lui. Il ne s'interrompit que brièvement avant d'entrer les références de sa carte de crédit. C'était une carte toute neuve, uniquement à son nom. Lisa et lui avaient fermé leurs comptes joints. Il n'avait droit qu'à une infime somme d'argent, mais il pouvait au moins se permettre un mois d'inscription à un site porno sur Internet.

Après quelques minutes à cliquer un peu partout, il découvrit qu'il pouvait rechercher les vidéos par nom d'acteur. Il fut légèrement déçu d'apprendre que chacun des acteurs de la vidéo qu'ils avaient regardée dans l'après-midi avait également été filmé avec divers autres partenaires. Il avait un peu espéré que ces deux-là étaient en couple dans la vraie vie. Mais il y avait d'autres vidéos d'eux ensemble, et il cliqua sur l'une d'elles. Elle se déroulait dehors, dans ce qui semblait être une forêt encaissée. Tandis que William regardait, les hommes se déshabillaient lentement l'un l'autre, puis s'allongeaient sur une couverture pour une séance de caresses et de pelotage.

Se sentant coupable – puis se sentant stupide de se sentir coupable –, William déboutonna son short. Il se rendit compte qu'il était assis dans le fauteuil où était installé Colby lorsqu'il s'était masturbé. Cette pensée mit en érection complète son sexe déjà à moitié raide. Il se caressa tout en regardant l'action à l'écran.

William s'était *déjà* masturbé. C'était un homme, après tout. Mais il l'avait fait très rarement, furtivement et sans aucun stimulus visuel. En fait, il avait gardé ses yeux clos et avait essayé de ne penser qu'à des courbes douces, à des poitrines qu'il pouvait prendre dans ses mains. Il n'avait pas eu beaucoup de succès. Il avait toujours fini par imaginer les grandes mains d'un homme sur sa peau, le corps d'un homme contre le sien, une voix grave d'homme et des joues poilues. Alors, quand il finissait par jouir, il ressentait plus de honte que de soulagement.

Toutefois, maintenant, il s'autorisait enfin à se concentrer sur les deux hommes devant lui. Ils étaient tous les deux très forts et souples. Peut-être y avait-il des programmes d'entraînement spéciaux pour les acteurs de pornos. Et, tout comme dans la vidéo précédente, ils semblaient sincèrement s'amuser. Il doutait de pouvoir être un jour aussi détendu pendant l'acte, même sans être dans les bois avec une équipe vidéo pour regarder chacun de ses mouvements. Et il n'y avait rien de violent ni d'agressif dans ce qu'ils étaient en train de faire. En fait, les hommes étaient incroyablement tendres l'un avec l'autre, se poussant du nez, se caressant, se frottant lentement l'un contre l'autre.

William aussi se caressait. Et tout en s'exécutant, ses pensées dérivèrent des hommes sur l'écran à Colby, dont les pupilles s'étaient dilatées et dont le visage avait rougi, qui avait laissé ses lèvres pulpeuses s'ouvrir, qui avait poussé ces petits soupirs gutturaux et sexy…

William termina avant la vidéo. Il se lava, essuya le fauteuil avec des mouchoirs en papier, éteignit l'ordinateur et sortit la lessive du lave-linge pour le mettre dans le sèche-linge. Puis il se pelotonna dans le fauteuil avec la boîte en fer.

18 septembre 1939

Mon très cher Johnny,

J'espère que tu me pardonneras. Je t'ai trahi deux fois : d'abord, en ne t'ayant pas écrit depuis très longtemps, et ensuite… eh bien, j'expliquerai plus tard.

Peu de temps après ma dernière lettre, j'ai été transféré dans l'un des dortoirs. J'ignore pourquoi. Parfois, je me dis que le personnel est aussi fou que les patients, à faire des changements arbitraires uniquement parce qu'ils ont la possibilité de le faire. Certains patients préfèrent les dortoirs. On y mange en premier, quand la nourriture est encore presque mangeable, et il n'y aucune heure de solitude oppressante. On est quand même gardés derrière des portes fermées à clé et les fenêtres ont toujours des barreaux, mais la pièce bien plus grande donne une illusion de liberté. Et on y a un lit – un vrai lit, étroit et en fer – au lieu d'un simple matelas posé par terre. Il y a même des toilettes qu'on peut utiliser à volonté (tant qu'on n'est pas attaché à son lit la nuit), même si elles sont à la vue de dizaines d'autres personnes.

Mais je préfère ma propre chambre. Le dortoir est bruyant. Quelqu'un y est toujours en train de pleurer, parler, ronfler, hurler dans son sommeil. Il y a toujours quelqu'un pour nous regarder. Et bien sûr, je ne pouvais pas du tout t'y écrire.

Quand j'ai réalisé que j'allais retourner dans une cellule – encore une fois, pour des raisons inconnues –, j'ai eu peur que c'en soit une nouvelle. Tu peux imaginer combien j'ai été soulagé d'être de retour dans mon ancienne chambre, tes lettres toujours bien cachées dans le mur. Et n'est-ce pas étrange, Johnny ? J'étais soulagé d'être enfermé !

Mais j'ai appris à apprécier les petites choses. Une des infirmières a une jolie voix et elle chante lorsqu'elle effectue ses corvées. La semaine dernière, on nous a donné de la glace en cadeau pour le dessert. L'autre jour, quand j'étais dans le patio, je me tenais vraiment immobile et une abeille s'est posée sur mon bras. J'ai pu bouger très très lentement, jusqu'à rapprocher l'insecte de mes yeux. Et alors, j'ai pu voir combien elle était belle, avec son corps duveteux et ses ailes transparentes, et des petites boules de pollen jaune coincées entre ses pattes tels des bas. J'imagine qu'elle me regardait droit dans les yeux, même si j'ignore ce qu'elle pensait de cet homme au crane rasé.

Certains des autres patients peuvent être divertissants parfois. Il y a un homme appelé Moony. Je ne connais pas son vrai nom. Il est vieux, je crois, même si c'est difficile à dire. Nous avons tous l'air âgés après quelques mois d'enfermement. Il croit que les étoiles et la lune chantent pour lui la nuit – d'où son surnom – et qu'elles lui racontent les secrets du monde. Récemment, par exemple, les étoiles lui ont dit que le Président Roosevelt était un artiste, un peintre qui recouvrait les murs intérieurs de la Maison Blanche d'illustrations de *forêts et de déserts. Et que quand le président mange des oignons, il se transforme en chat, se glisse hors de la Maison Blanche et arpente les rues à la recherche de souris. Moony a une histoire différente tous les jours, et il aime que nous nous regroupions autour de lui pour l'écouter.*

Et puis il y a le pauvre Danny Meadows, qui était un autre soldat de la Grande Guerre. Il dit qu'il a été gazé et que ça lui a embrouillé la tête, et c'est peut-être vrai. Les infirmières disent qu'il a eu un stress post-traumatique et qu'il ne s'en est jamais remis. Après la guerre, il est retourné chez lui pour retrouver sa femme et ses enfants, mais une nuit, il s'est réveillé avec ses mains autour de la gorge de son épouse. Heureusement, elle n'est pas morte, mais il a été enfermé, et depuis il est ici. Il sursaute aux bruits trop forts et il perd son calme assez facilement, surtout quand il pense être acculé. Mais il construit des structures incroyables à partir de cure-dents ou d'allumettes brûlées. Des maisons, des églises, des granges. Même des wagons et des camions comme celui que tu conduis. C'est le seul moment où ses mains sont stables.

L'un des patients n'arrive pas à se nourrir sans mettre le désordre et a besoin d'aide aux toilettes, et pourtant, il récite n'importe quel verset de la Bible qu'on lui demande. Un autre peut dire avec précision à quel moment le soleil va se lever ou se coucher à n'importe quel jour donné. Et Tommy Pickens pleure pendant des heures sur des biens qu'il s'imagine avoir perdu, puis soudain, il sourit et rit et raconte à tout le monde des plaisanteries loufoques.

Ces choses me font tenir d'heure en heure, de jour en jour.

Et bien sûr, la nuit, j'ai mes souvenirs de toi, mes rêves. J'imagine que tu te réveilles au matin avec tes boucles en désordre et ta barbe toute râpeuse. Tu grognes comme un ours jusqu'à ce que tu aies ton café et ton bacon, mais ensuite tu t'adoucis et tu commences à sourire. Tu t'habilles lentement, me taquinant, prétendant que peut-être, aujourd'hui, tu reviendras simplement dans le lit avec moi. Tu t'en vas dans ton gros camion ronflant – cela commence toujours tranquillement dans mon imagination ; pas avec les jurons que tu dis d'habitude – et je lave la vaisselle du petit déjeuner parce que je sais que cela te fera plaisir de revenir chez toi et de te rappeler que j'étais là pour prendre soin de toi. Je sais que quand tu te coucheras le soir, tu sentiras mon odeur sur les draps. Et j'aurai ton odeur sur mon corps, je continuerai à sentir ton contact, alors même que je travaillerai dur dans l'entrepôt de mon père, ajoutant des lignes sans fin de nombres ennuyeux.

J'aimerais que les étoiles et la lune chantent pour moi, qu'elles me disent que ces rêves deviendront réalité.

Je ne suis plus gros. En fait, je crois que je suis plus mince que je ne l'ai jamais été. Mon pantalon tombe si je ne le tiens pas. Ils ne veulent pas me donner de ceinture.

Mais l'insulinothérapie a eu d'autres effets à long terme. Ou peut-être est-ce juste la chaleur qui s'abat sur nous tout le temps, volant mon air. Ou les bruits et les odeurs qui m'entourent. Peu importe la cause, je n'arrive plus à me concentrer. Je commence une pensée avec toute ma bonne volonté, mais ensuite elle devient fuyante et elle s'échappe, et il ne me reste plus rien du tout. Souvent, cela ne me dérange pas, parce que j'ai découvert que la meilleure façon de gérer ma privation était de laisser mon esprit s'effacer. C'est un peu comme être endormi, quand nos sens n'enregistrent que vaguement les choses. C'est comme quitter le temps pour arriver dans un autre monde où tout est indistinct et flou. Mais maintenant que je suis capable de t'écrire à nouveau, je vais essayer de rester dans ce monde-ci.

Ma première trahison est mon long silence, ce pour quoi j'espère être pardonné. Mais la seconde trahison, Johnny, est bien plus amère.

J'ai dit au Dr Fitzgerald que le remède fonctionne, que je ne te désire plus ni, en fait, ne désire aucun homme. C'est un mensonge. Je t'aime toujours aussi profondément. Mais je lui dis que je comprends maintenant combien mes pensées étaient malsaines, combien mes actions passées me dégoûtent à présent. Si je parviens à le convaincre, peut-être serai-je libéré.

Mais je ne suis pas et ne serai jamais guéri. Mon cœur bat toujours uniquement pour toi, mon très cher Johnny.

À toi pour toujours,
Bill.

XI

QUAND WILLIAM se réveilla le lendemain matin, la première chose qu'il fit fut de se masturber devant une autre vidéo ayant les mêmes deux acteurs. Il ne prévoyait pas de devenir accro au porno, mais il ne s'était jamais masturbé le matin. C'était... assez agréable.

Puis il se doucha et mangea du pain grillé avec de la marmelade. Son garde-manger recommençait à se vider. Un voyage jusqu'à Mariposa était à prévoir – cette fois-ci sans Colby, qui travaillait.

Il sifflota en ouvrant le portail, sortit la voiture et ferma le portail. Il salua de la main les vaches voisines lorsqu'il leur passa devant, régla la radio sur une station de musique country et inventa des paroles loufoques pour les chanter à tue-tête.

Sa bonne humeur n'était qu'en partie le résultat de deux orgasmes en moins de douze heures, bien qu'il ait probablement eu beaucoup d'endorphines dans son système. Il visualisa son sexe joyeusement pelotonné dans son sous-vêtement, agréablement submergé par l'activité inattendue. Mais sa joie était principalement le résultat d'avoir trouvé un bon ami – un ami avec qui il pouvait être lui-même – et de s'être réveillé pour découvrir qu'aucun châtiment divin cosmique ne s'était abattu sur lui parce qu'il était excité par les hommes. Il était content d'avoir été légèrement moins poule mouillée que d'habitude.

Bill aurait été fier de lui, pensa-t-il.

Il sourit en passant rapidement devant l'épicerie. Quatre voitures étaient garées sur le parking ; Colby devait être occupé.

Il s'arrêta au kiosque au bord de la route pour prendre des fraises, des champignons, de la laitue et des petits pois.

— Les cerises seront bientôt là, l'informa la cousine de Colby.

Elle avait une quarantaine d'années et avait les mêmes yeux bleus que son cousin.

— On devrait avoir les premières dans une semaine environ. C'est tôt, mais ça a été un printemps doux.

— J'aime bien les cerises.

81

— Ce sont mes fruits préférés, et leur saison est courte comparée à beaucoup d'autres fruits. Colby les adore aussi. Il les achète par seaux. Une fois, quand il était petit, il en a mangé à s'en rendre malade, mais le lendemain il était prêt à en manger d'autres.

— Oh, dit William, parce qu'il n'avait pas d'autre réponse.

Il remarqua qu'elle avait aussi les mêmes fossettes que Colby.

— Au fait, je m'appelle Missy. Colby nous a beaucoup parlé de vous. Il dit que vous êtes un genre de génie.

William la regarda en clignant des yeux. Il ne lui était pas venu à l'esprit que Colby pourrait avoir discuté de lui avec sa famille.

— Je suis… je suis juste étudiant.

— Eh bien, Colby pense que vous marchez sur l'eau. C'est une bonne chose. Ce garçon est seul depuis trop longtemps.

— Nous sommes juste amis… lança William.

Elle éclata d'un rire profond et guttural.

— Je n'ai jamais envisagé plus que ça. Je ne savais même pas que vous étiez du même bord que lui. Je disais juste que ce garçon avait besoin d'amis. Il y a très peu de gens de son âge ici, et ceux qui sont restés dans le coin ont un travail et des enfants. De plus, Colby passe de très longues heures au magasin.

— Il est… c'est un homme très gentil. Je suis heureux de l'avoir comme ami.

— Ce garçon a un cœur en or. C'est un bon petit gars. Vous ne pouviez pas trouver mieux.

Et elle lui fit un clin d'œil.

William ne savait pas s'il devait être humilié ou soulagé d'avoir apparemment fait son coming-out à la cousine de Colby – et par extension, très probablement, à la population tout entière de Jelley's Valley. Il lui offrit un faible sourire tandis qu'elle encaissait ses achats, puis il s'échappa vers sa voiture.

Mais sa bonne humeur resta. Ce n'était pas comme si la cousine de Colby l'avait mal jugé parce qu'il était gay, et savoir que Colby avait vanté ses mérites lui procura un sentiment chaleureux.

Comme toujours, la circulation rapide sur la nationale le rendit nerveux, et il fut soulagé quand il arriva à destination. Des bannières jaune vif étaient partout. Les plus petites étaient suspendues aux poteaux indicateurs et une plus grande était étendue au-dessus de la rue principale, annonçant toutes le Festival du Papillon de Mariposa pour le week-end suivant. Il ne savait pas trop en quoi consistait un festival du papillon, mais il prit mentalement note d'éviter la ville pendant la durée du festival. Il n'avait jamais vraiment apprécié la foule.

Le déjeuner au Java Joint fut savoureux, mais loin d'être aussi amusant sans Colby. Pendant qu'il mangeait, il feuilleta un guide touristique de la région et écouta le couple âgé de la table voisine, qui se disputait pour savoir s'ils devaient remplacer leur chauffe-eau ou essayer de le faire réparer.

Frank's Grab'em était bondé de monde. Dans une allée, un bambin faisait un caprice de tous les diables, et dans une autre, quelqu'un avait accidentellement fait tomber une bouteille de vin, ce qui avait créé un désordre spectaculaire. À plusieurs endroits, des groupes de clients s'étaient amassés pour cancaner. William pilota le caddie pour éviter les divers obstacles. Il trouva un petit barbecue et un sac de charbon, plus un set bon marché de matériel pour barbecue qui ferait l'affaire, se dit-il.

Il prit un assortiment de nourriture qu'il ne trouverait jamais dans le magasin de Colby, des bières et, en souriant, un second short. Il était identique au précédent sauf qu'il était vert au lieu d'être beige. Il acheta même une paire de sandales en cuir, mais n'alla pas jusqu'à acheter des tongs. Sur un coup de tête, il plaça une paire de petits haltères dans le chariot.

De retour à JV, il remarqua qu'il y avait encore plusieurs voitures sur le parking du magasin, plus un regroupement de vélos posés contre le côté du bâtiment. William faillit se dégonfler et retourner directement chez lui, mais la voiture ralentit et tourna, puis ses jambes le menèrent vers l'intérieur.

Dès que William entra, Colby leva le regard du congélateur droit, où il semblait aider un homme et un jeune enfant à prendre une décision concernant une glace. Il souriait déjà, mais son visage s'illumina de plusieurs watts quand il vit William.

— Hé ! Will !

— Salut, Colby.

— Je t'ai mis quelques livres de côté, comme je l'avais promis. Ils sont dans un sac derrière le comptoir si tu veux les prendre.

Cela semblait un peu étrange d'aller derrière le comptoir, comme si William entrait par effraction. Mais Colby était à présent occupé à trouver de l'écran solaire pour un homme en short de cycliste – un homme qui ne devrait vraiment pas porter quelque chose d'aussi étroit que des shorts de cyclistes, remarqua William de manière peu charitable –, alors il plongea et trouva le sac en plastique. Il ne l'ouvrit pas pour voir quels titres Colby avait choisis pour lui.

— Merci ! l'interpella-t-il depuis le pas de la porte, soulevant le sac.

Et puis, avant de perdre courage, il ajouta :

— Tu veux venir dîner à la maison ce soir quand tu en auras terminé ici ? J'envisage de faire griller de la viande.

— Tu veux déjà une autre leçon ? lui cria Colby en réponse.

William rougit, même si aucun des clients ne pouvait savoir de quoi il parlait. Peut-être croiraient-ils que Colby lui apprenait à jouer du piano ou quelque chose d'autre.

— Pas ce soir. Juste… de la compagnie.

S'il trouvait que le sourire de Colby était lumineux auparavant, il avait tort. Celui-ci pouvait être vu depuis l'espace.

— Vingt heures ? demanda Colby.

— Parfait.

WILLIAM NE fut capable de terminer que très peu de son travail cet après-midi-là. Il passa le reste du temps à s'affairer avec une énergie nerveuse, réarrangeant des revues et nettoyant des choses qui n'étaient pas sales. Il finit par même abandonner tout cela. Il enfila un bas de jogging miteux et un tee-shirt tout aussi miteux, étala de la crème solaire sur chaque bout de peau exposée et alla courir sur le domaine.

Il ne courait pas souvent, et il fut à bout de souffle effroyablement tôt. Il devait s'astreindre à un meilleur entraînement sportif. Pas juste de la cardio, mais ses nouveaux haltères aussi. Il devrait travailler incroyablement dur pour être aussi musclé que Colby, mais la moindre chose serait une amélioration par rapport à sa maigreur actuelle.

Quand il fut trop en sueur et épuisé pour continuer, il retourna à l'intérieur pour se doucher. Il enfila son nouveau short et le tee-shirt gris. Puis il se retrouva face à un dilemme : où placer de gril ? Les sorties du bâtiment étaient toutes loin de son appartement et utiliser le gril à l'intérieur n'était décidément pas une bonne idée. Après une courte réflexion, il finit par traîner l'une des chaises en bois vers une fenêtre, ce qui lui permit de l'enjamber et de se laisser glisser vers le sol. Au milieu des mauvaises herbes, il trouva un gros morceau de béton qu'il manœuvra avec de gros efforts pour le ramener sous la fenêtre afin de lui servir de marchepied.

Ce n'était pas vraiment élégant, mais l'hôpital n'avait clairement pas été construit dans l'optique de faire des barbecues.

Il prépara une salade en utilisant les légumes qu'il avait achetés au kiosque le matin et vérifia que les bières étaient fraîches. Puis il fit semblant de lire l'un des livres que Colby lui avait prêtés – celui impliquant des vampires sexy –, mais aucun des mots ne s'imprima dans son cerveau.

Son téléphone sonna à 19h45, juste après qu'il eut fini d'allumer le gril.

— Je suis en avance, dit Colby à bout de souffle. Est-ce que ça va ?

— Bien sûr. Je viens ouvrir.

William parcourut le couloir, quitta le bâtiment et se rendit au portail en courant.

Ce soir, Colby portait une tenue de cycliste, qui lui allait bien mieux que l'homme dans le magasin. Même à la lueur de la lune, le Lycra ne cachait rien de sa silhouette tonique. William essaya de ne pas l'observer.

— Je ne cuisine pas de thaï surgelé, expliqua-t-il tandis qu'ils se dirigeaient vers le bâtiment principal. J'espère que ça te va. Je fais griller du poulet, ce qui est à peu près tout ce que je sais bien cuisiner. Mais la marinade est vraiment bien et j'ai fait une bonne salade et je pense que ça ira.

Son bavardage fit ricaner Colby.

— Je suis sûr que ça ira. Je suis content que tu m'aies invité. J'avais un peu peur de t'avoir effrayé hier. Je suis peut-être allé trop loin.

— Pas du tout, dit William avec douceur.

Ils restèrent silencieux une minute, bien que les roues du vélo de Colby fassent de petits sifflements sur la chaussée.

— Je suis désolé, déclara enfin Colby.

— Pourquoi ?

— Pour avoir dit que tu avais un balai dans le cul. Ce n'était pas très gentil. Je ne savais pas… Eh bien, je n'ai aucune excuse. Je n'aurais pas dû te juger.

William attendit que Colby appuie le vélo contre le bâtiment, puis ils rentrèrent ensemble. L'intérieur était sombre, uniquement éclairé par la lueur de la lune qui filtrait à travers les fenêtres. Mais William connaissait le chemin désormais et il ignora l'interrupteur permettant d'allumer les lampes au-dessus de leur tête.

— Tu avais raison. J'avais vraiment un balai dans le cul. Je l'ai toujours. Regarde « réprimé » dans le dictionnaire et tu verras probablement ma photo.

— Impossible. Je veux dire… d'accord. Tu es encore un peu coincé. Mais tu y travailles, Will, et ça demande beaucoup de courage. Beaucoup de mecs n'essaieraient même pas.

William soupira.

— Beaucoup de mecs n'auraient pas passé la moitié de leur vie à faire semblant d'être quelqu'un qu'ils ne sont pas.

Il pensait à Bill, bien sûr. Entêté, loyal, aimant.

L'appartement de William était accueillant et douillet grâce aux lampes allumées et à la musique country jouant doucement sur une vieille radio trouvée à l'intérieur d'un placard de la cuisine. Colby attrapa l'avant-bras de William et le regarda sérieusement.

— Il y a toujours des gens qui pensent avoir le droit de décider ce que les autres sont censés être. À l'époque où je grandissais à JV, des types m'ont dit que je devrais parler d'une voix plus grave. Être plus viril. Puis j'ai déménagé à San Francisco et on s'est moqué de moi parce que j'étais un bouseux. Et… je me suis amusé pendant un certain temps. Mais ensuite, j'ai commencé à me dire que je voulais peut-être me caser. Tu vois, le Grand Amour.

Il battit des cils d'un air théâtral.

— Et il y avait des gens qui n'aimaient pas ça non plus. Une amie de l'université m'a sorti ce grand discours comme quoi je me rabaissais aux valeurs hétéronormatives. On aurait cru que je sapais personnellement toutes les améliorations des droits gays depuis Stonewall.

— Les gays ne sont pas censés se caser ?

— Les gays sont censés faire tout ce qui leur semble bien, tout comme les hétéros ! Si tu veux te marier et avoir des gamins, super. Si tu veux baiser tout ce qui a deux jambes, assure-toi juste de ne pas te mettre en danger. Si tu veux porter un tutu rose, voter républicain et rouler en semi-remorque, c'est ton problème !

Son ton avait monté, mais à présent, il souriait d'un air penaud.

— Désolé. Je me suis laissé emporter.

— Ce n'est pas grave.

— Bon sang, tu ne votes pas Républicain, si ?

William rit en voyant l'air horrifié de son ami.

— Non. Mais mes parents, oui.

— Oui, bon, il fallait s'y attendre. Bref, ce que je veux dire, c'est que tu dois être toi-même. Tu n'es pas moi, Will. Si écouter du Beethoven et porter des cravates, c'est être William Lyon, alors je ne devrais pas te dire le contraire.

— Et si je ne sais pas qui je suis ?

Waouh, ça avait l'air vraiment triste et pathétique.

Colby leva le bras et lui caressa la joue.

— Alors je suppose que maintenant tu as l'occasion de le découvrir.

Il laissa retomber sa main.

— Nous sommes amis, Will. Je t'apprécie beaucoup. Alors, tu vois... n'aie pas peur que je te laisse tomber si, en fin de compte, tu n'es pas exactement comme je le souhaite.

William lui sourit. Sa peau lui picota d'avoir été touchée par Colby.

— Merci.

— Seigneur, et me voilà en train de te faire la morale, comme si tu ne l'avais pas déjà assez vécu. Désolé.

— Ça ne me dérange pas. Tu es bien meilleur que le pasteur Reynolds.

— Je parie que le pasteur Reynolds n'avait pas des fossettes et un cul comme le mien.

Colby agita la partie de son corps en question avant de claquer William sur le bras.

— Je meurs de faim. Tu n'avais pas promis de me nourrir ?

Colby rit lorsqu'il vit l'installation que William avait bricolée pour accéder au gril. Jetant un coup d'œil par la fenêtre, il dit :

— Je ne pense pas être capable de retourner à l'intérieur sans qu'on me soulève. Que dirais-tu que je reste à l'intérieur et que je te fasse passer les choses ?

— Ça semble bien.

William grimpa sur la fenêtre, sursautant un peu quand Colby lui tapota gratuitement les fesses. Il jeta un coup d'œil sur le gril et vit que le charbon était prêt.

— Il y a un sac plein de poulet dans le frigo. Est-ce que tu pourrais me l'attraper ?

Colby disparut, puis réapparut quelques secondes plus tard et se pencha par la fenêtre avec la nourriture dans sa main. William arrangea le poulet sur le gril pendant que Colby regardait.

— Tu es sûr de ne pas vouloir venir ? demanda William.

— Non, ça va. Bon sang, je déteste être petit.

— Tu mesures combien ?

— 1,75 m. Non, d'accord, c'est faux. 1,70 m.

Il soupira.

— Et tu mesures quoi ? 1,85 m ?

— 1,90 m.

— Bon sang. Je suis tellement jaloux.

William baissa les yeux vers ses longues jambes maigres et ses genoux cagneux. Il avait toujours été grand et mince, et il avait fait sa poussée de croissance tôt. Les gamins à l'école l'appelaient cigogne ou haricot vert ou, en jeu de mots avec son nom, Lyon, l'Épouvantail Peureux. Ce qui n'avait aucun sens, mais l'énervait toujours. Il regarda à nouveau Colby.

— Pourquoi serais-tu jaloux de *ça* ?

— Parce que des centimètres supplémentaires sont toujours les bienvenus, chéri, dit Colby en lui faisant un clin d'œil.

Puis il leva les yeux au ciel.

— Bon sang. Tu n'as absolument aucune idée de ton charisme geek, n'est-ce pas ?

— Mon charisme ?

— Absolument.

William essaya de cacher sa gêne en réarrangeant poulet. Ça sentait déjà bon.

— Tu veux une bière ? demanda-t-il par-dessus son épaule. Elles sont aussi dans le frigo.

— Bien sûr. Et toi ?

William hocha la tête. Colby avait dû trouver l'ouvre-bouteille, parce que lorsqu'il passa la bouteille par la fenêtre, elle était décapsulée.

— Tu ne les as pas achetées dans mon magasin.

— Hmm, non. Désolé. Tu n'as pas…

— Autre chose que de la pisse. Je sais. Un autre sujet de dispute avec papi. Je te jure, les goûts culinaires de cet homme se sont figés en 1972.

— Mes parents ne boivent pas du tout.

— *Évidemment.*

William tapota les blancs de poulet avant de les retourner. Un geai se posa sur une branche toute proche. Peut-être était-ce le même que la veille. Peut-être planifiait-il une sorte de vengeance aviaire maintenant qu'il l'avait surpris en train de cuisiner un oiseau. Une seconde plus tard, un papillon jaune et noir voleta devant lui, lui rappelant les banderoles qu'il avait vues à Mariposa.

— C'est quoi le Festival du Papillon ?

— Oh, ça ! C'est simplement une foire avec des insectes. Et bien moins de nudité gratuite que je le voudrais. Il y a une parade, des kiosques, de la musique… des trucs comme ça. Pourquoi ? Tu envisageais d'y aller ?

William frissonna.

— Non. J'étais simplement curieux.

— Le Jour du Cow-boy est plus amusant en tout cas.

— C'est quoi ?

— La soirée mondaine annuelle de JV. Il y a quelques années, Tante Deedee a essayé de changer le nom en Jour des Cow-hands parce que c'est neutre, mais personne ne l'a écoutée. C'est en septembre. Toute la ville se rassemble dans le petit parc près de l'école et se goinfre de steaks et de saucisses. Il y a beaucoup de Stetsons et de jambières impliquées. Les enfants se font peindre le visage, les adultes cancanent et il y a des feux d'artifice le soir. Même mamie y va, et elle quitte rarement la maison depuis quelques années.

Il se frotta le nez.

— Je ne suis pas sûr qu'elle y ira cette année, mais papi dit qu'il l'y traînera, quoi qu'il arrive.

Colby semblait un peu triste et mélancolique, et il appuya ses coudes sur le rebord de la fenêtre.

— Tu es proche de tes grands-parents, dit William. Je veux dire, en plus de vivre chez eux.

— Ils m'ont plus ou moins élevé. Je n'avais que huit ans quand papa est mort, et maman s'est remariée assez vite. Mais mamie a Alzheimer, et la plupart du temps, elle ne me reconnaît même plus.

William s'était apprêté à transférer le poulet sur un plat, mais il s'arrêta pour regarder Colby.

— Je suis désolé.

Colby haussa les épaules.

— Oui, ça craint.

Après quelques instants, son sourire éclatant revint.

— Mais elle a encore papi. Ils sont mariés depuis presque soixante ans. Tu imagines ?

Non, William ne pouvait pas l'imaginer. Il n'avait même pas duré six ans avec Lisa.

Il déplaça prudemment le poulet, puis tint le plat en équilibre dans une main pendant qu'il replaçait le couvercle sur le gril de l'autre. Il tendit le plat à Colby, qui inspira profondément et d'un air appréciateur.

— Oh bon sang, c'est fantastique à voir et à sentir !

Quelques minutes plus tard, ils étaient assis à table, s'attaquant à leur plat. Colby mangeait en poussant des petits gémissements de bonheur. Les bruits rappelèrent à William ceux qu'il avait faits la veille, ce qui, bien sûr, le fit rougir.

— Tu es très doué, dit Colby, la bouche pleine.

— Merci. C'est un de mes rares talents.

— Eh bien, c'est un talent utile. Je ne t'éliminerais carrément pas de l'île si tu cuisinais comme ça.

William réfléchit un instant, puis se leva pour aller leur chercher une nouvelle bouteille. Il se rassit et prit une longue gorgée. La bière avait merveilleusement bon goût.

— Mon père m'a appris à utiliser un gril. Il prend ça presque aussi au sérieux que la religion.

— Mamie faisait tous nos repas et ne m'a jamais rien appris. Elle était très territoriale par rapport à sa cuisine. Alors papi et moi mangeons principalement des trucs qui viennent du magasin – des trucs qu'on peut réchauffer aux micro-ondes. Parfois, tante Deedee a pitié de nous et nous apporte un ragoût ou un truc du même genre.

— Ne pouvais-tu pas apprendre à partir de livres de cuisine ? J'en ai vu un tas à la bibliothèque.

Colby sourit.

— J'ai essayé. Ça a brûlé. J'ai tendance à être distrait.

William pouvait facilement le croire. En fait, alors même que Colby mangeait, il s'interrompait souvent, la fourchette en l'air, pour dire quelque chose et son regard errait sans cesse dans la pièce et dehors, par la fenêtre, atterrissant fréquemment sur le visage de William.

Ce fut un repas très bon.

Par la suite, Colby aida à débarrasser et ils s'entassèrent tous les deux dans la cuisine minuscule. Puis William dit :

— Tu veux rester un peu ? On pourrait regarder la télé ou autre chose.

Il était un peu inquiet, redoutant que Colby veuille encore regarder un porno. Et William n'était pas vraiment opposé à l'idée de regarder du porno, pas même avec Colby, mais ce soir, il souhaitait juste une compagnie détendue.

Peut-être que Colby aussi.

— Avec plaisir.

Ils s'assirent sur le canapé, qui semblait assez grand quand il était vide, mais s'avéra plutôt petit une fois occupé par deux adultes. William ne sut comment, mais Colby finit par se retrouver en possession de la télécommande. Il mit l'un de ces télé-crochets où des pseudo-célébrités insipides faisaient des remarques désobligeantes sur des participants ayant passé plus de temps sur leur garde-robe et leur maquillage qu'à s'entraîner à chanter. Mais ça ne le dérangea pas, parce que Colby faisait aussi des remarques désobligeantes, ce qui était amusant, et parfois il chantait en chœur.

Colby sautillait beaucoup, et chaque bond semblait le rapprocher un peu plus de William, jusqu'à ce qu'ils soient collés l'un à l'autre. La nuit était douce, aussi leurs bras étaient-ils couverts de sueur lorsqu'ils se touchèrent, mais Colby ne sembla pas le remarquer.

Durant les rares occasions où Lisa et lui avaient regardé la télévision ensemble, ou peut-être mis un DVD, William s'était installé dans le fauteuil pendant qu'elle s'étendait sur le canapé. Elle aimait tricoter en la regardant, et si William se rapprochait trop, elle se plaignait et lui risquait de perdre un œil à cause d'une aiguille à tricoter.

Le télé-crochet prit fin et fut remplacé par un truc avec des détectives. Colby sembla assez heureux, jusqu'à ce qu'une scène de crime arrive et qu'il change rapidement de chaîne.

— Désolé, dit-il timidement. J'espère que tu n'étais pas vraiment intéressé par cette série.

— Non, ça, c'est bien mieux, répondit William en indiquant du bras le programme actuel, qui était en espagnol.

Colby bascula contre lui.

— Le sang. Je t'ai dit que je deviens une vraie mauviette devant lui.

— Je te déconseille de regarder la chaîne chirurgicale alors.

Posant la télécommande sur les genoux de William, Colby soupira.

— Je te déclare désormais zappeur en chef. N'importe quoi, mais pas de sang.

William prit l'objet et passa un moment à changer de chaînes. Il s'arrêta quand il arriva sur un programme dans lequel un couple guilleret essayait de choisir un appartement en Suède. Très peu de chances de mutilation, décida-t-il, et il posa la télécommande. Colby sembla satisfait et s'appuya confortablement contre son épaule et son bras.

— Durant ma première année de collège, dit Colby, un garçon de mon cours de maths s'est mis à saigner du nez. Je me suis évanoui. Le prof a dû appeler une ambulance et tout le reste. C'était tellement gênant. Pendant des années, les gamins faisaient semblant de s'évanouir à mes pieds.

— Je suis allé dans une école chrétienne. Une fois, je suis resté éveillé tard le soir pour lire et le lendemain je me suis endormi pendant les prières matinales.

Il se rappelait encore l'humiliation douloureuse qu'il avait ressentie quand un professeur l'avait réveillé en le secouant et que tous les étudiants avaient éclaté de rire.

Le rire de Colby était doux. William pouvait sentir son corps trembler.

— Je squattais le canapé de quelqu'un pendant quelques semaines à San Francisco. C'était un endroit assez chaotique. Une fois, je me suis réveillé au milieu de la nuit et un type que je ne connaissais pas était assis par terre juste à côté, en train de se shooter. Cette fois-là, j'ai vomi.

— C'est une amélioration par rapport aux évanouissements ?

— Pas vraiment. Pas d'ambulance, mais j'ai dû tout nettoyer. Et le mec qui possédait l'appartement m'a mis à la porte.

Ils restèrent silencieux pendant quelques minutes alors que le couple à la télévision se plaignait du minuscule réfrigérateur et du manque d'espaces de rangement.

— Tu pourrais te faire traiter pour ce problème, tu sais, dit William. C'est une phobie assez courante, je pense. Ils peuvent faire… je ne suis pas sûr. Une désensibilisation systématique. Des médicaments contre l'anxiété, peut-être.

— Oui, je sais. Mais c'est plus facile de se contenter d'éviter le sang.

Le couple regarda un autre appartement qui avait une grande cuisine, mais était hors budget et nécessitait un long trajet depuis le centre de la ville. Il avait aussi un mur rose, mais au moins, c'était facile à arranger. Ils visitèrent un troisième endroit qui avait un joli jardin et était bien situé, mais n'avait qu'une seule chambre au lieu des deux qu'ils auraient voulu.

— *Nous devons réfléchir*, dit la femme avant la coupure publicitaire.

— Ils devraient choisir la première, annonça Colby.

William était d'accord. Son bras commençait à devenir douloureux à cause du poids de Colby, alors il l'enveloppa avec hésitation autour de ses épaules. Cela fit soupirer de contentement Colby et le fit se blottir un peu plus contre lui. Ses cheveux fixés par le gel chatouillèrent le cou de William.

— Mon père s'est suicidé, dit Colby sur un ton inhabituellement maîtrisé.

Il tourna la tête pour voir le visage de William.

— Est-ce que ça t'embête d'entendre ça ? Je ne suis pas obligé d'en parler.

Il y avait une petite ride entre ses sourcils froncés, et ses yeux semblaient plus sombres que d'habitude.

— Je t'ai balancé mes problèmes parentaux, Colby, et je n'ai même pas demandé. Vas-y.

Un petit sourire réapparut et Colby se nicha à nouveau contre lui. Mais il ne reparla pas tout de suite. Il attendit que le couple à la télévision prenne sa décision, qui finit par être le second appartement.

— Stupides, marmonna Colby. Le lieu, le lieu, le lieu.

William se demanda si l'homme qui était revenu vivre à Jelley's Valley réalisait l'ironie de ses paroles.

— Je suppose que papa a lutté contre la dépression une bonne partie de sa vie. Je ne le savais pas à cette époque-là. Il était juste... parfois, il traversait des périodes où il ne parlait pas beaucoup, ou alors il se mettait en colère très facilement. Je savais que je devais rester loin de lui à ce moment-là.

Il haussa les épaules.

— La plupart du temps, il allait bien. Il était drôle, même dingue. Il passait beaucoup de temps à jouer avec moi.

Décidant que rester silencieux était le mieux, William se contenta de le serrer très légèrement.

— Il s'est tiré une balle dans la tête. C'était un homme très efficace, mon père. S'il devait faire quelque chose, il le faisait correctement. Il l'a fait dans la baignoire, parce que c'était plus facile à nettoyer, je suppose. Et il a appelé le 911 juste avant de tirer sur la gâchette, parce qu'il voulait que... le désordre soit rangé avant que quelqu'un d'autre rentre à la maison. Maman était au travail, j'étais à l'école. Seulement, je m'étais rendu compte que j'avais oublié mes devoirs de maths ce matin-là – les tables de multiplication –, alors je suis rentré à la maison à l'heure du déjeuner pour les récupérer. Notre maison n'était qu'à quelques pâtés de maisons de l'école et, quand je suis arrivé, j'ai eu besoin de pisser.

— Bon *Dieu*, Colby.

Même si la foi de William avait disparu depuis longtemps, son habitude d'éviter de blasphémer était bien imprimée. Que les mots lui échappent maintenant était un signe qu'il était très secoué.

— Oui. C'est pour ça que le sang est impossible pour moi. Ou quelque chose qui me fait penser qu'il pourrait y avoir du sang, comme des aiguilles. Ça a mis fin à ma prometteuse carrière de phlébologue.

— Tu avais huit ans. Tu ne savais pas ce qu'était un phlébologue.

Colby ricana et se pelotonna davantage contre lui.

— J'étais précoce.

Ils regardèrent un nouvel épisode de l'émission – celle-ci sur une île tropicale –, puis ils se mirent tous deux à bâiller. Colby s'écarta de William afin de pouvoir s'étirer.

— Je devrais rentrer chez moi. Je dois travailler demain matin.

— Désolé. Les soirées avec moi ne sont pas vraiment très excitantes.

— J'ai passé un *très bon* moment ce soir. Vraiment.

Colby se leva. Il offrit à William une main pour le soulever. Ensemble, ils quittèrent l'appartement et parcoururent le couloir jusqu'au hall d'entrée, où les taches de lueur de lune avaient trouvé de nouvelles positions sur le sol en marbre. À l'extérieur, Colby récupéra son vélo, et ils avancèrent lentement sur l'allée. Après avoir attendu que William déverrouille le portail, Colby lui tira une nouvelle fois la tête pour un baiser.

— Merci de m'avoir fait venir, Will. Ça faisait une éternité que quelqu'un n'avait pas voulu juste traîner avec moi.

— C'est amusant de traîner avec toi.

Même dans la relative obscurité, l'immense sourire de Colby était étincelant. Il grimpa sur son vélo.

— Tu veux que je te ramène ? offrit William.

— Non. J'ai un phare, tu vois ? Et ça me fait faire du sport.

— Tu devrais porter un casque. C'est dangereux ici.

— Ça ruinerait ma coiffure, répondit Colby avec un sourire. À mardi !

Une fois encore, William le regarda s'en aller, même si cette fois, Colby fut avalé par l'obscurité avant d'atteindre le virage sur la route. William eut soudainement hâte d'être à mardi soir.

XII

3 DÉCEMBRE 1939

Mon très cher Johnny,

Parfois, je me réveille très tôt le matin, avant qu'ils ne viennent tambouriner aux portes pour tous nous réveiller. Et si j'ai de la chance, tous les autres fous sont encore endormis et tout est silencieux. Ce n'est pas toujours encore l'aube, mais lorsque ça l'est, le brouillard s'appuie très fort contre ma fenêtre. J'imagine alors que le monde entier a disparu, me laissant seul dans ma cellule. Et je me demande ce qui me manquera le plus.

Toi, bien sûr. Tu es toujours au sommet de ma liste. Chaque jour qui passe, tu me manques un peu plus, jusqu'à ce que je me dise qu'il ne reste presque plus rien de moi qu'une absence, un non-Bill à forme humaine en pyjama.

L'intimité me manque.

Faire des choix me manque – ce que je mange, quand je dors, même quand prendre un bain ou utiliser les toilettes.

Ton amitié me manque. Oui, je sais, je t'ai déjà mentionné plus haut, mais tu mérites d'être mentionné plus d'une fois. Il y a ta force, ta sensation autour de moi, en moi, ton goût. Mais il y a aussi le bonheur de ta compagnie. Tu racontes ces plaisanteries grossières qui me font grogner de rire, et tu aimes m'écouter lire. Tu peux démonter du matériel et le remonter avant que je termine une tasse de thé. Tu fais ces merveilleuses imitations d'acteurs. Je te trouve meilleur en Clark Gable, même si ton Errol Flynn est très élégant.

Un lit confortable avec des couvertures épaisses et des coussins rembourrés me manque.

Mes livres me manquent. Oh Johnny, mes livres me manquent.

Les enfants me manquent. Je n'en ai pas vu un seul depuis qu'ils m'ont enfermé ici.

Être traité comme un homme me manque.

Et tu me manques. Je veux que tu saches que je n'ai pas besoin de te toucher. Si je pouvais seulement te voir, ne serait-ce que quelques secondes, ce serait suffisant. Le personnel ici ne te connaît pas. Tu pourrais utiliser un subterfuge pour te rapprocher. Prétendre effectuer une livraison. Même obtenir un travail ici.

Ces colonnes interminables de nombres dans les registres de mon père ne me manquent pas, ni l'odeur de poussière dans les entrepôts de son magasin. La façon dont mon frère et lui me regardaient, comme si je n'étais bon à rien – une déception –, ne me manque pas.

Hier, on m'a donné un bain. C'était très agréable – cela faisait tellement longtemps que l'eau en était marron. J'ai eu un pyjama propre juste après. Puis un rendez-vous avec le Dr Fitzgerald, durant lequel je lui ai assuré être guéri. Il m'a posé les mêmes questions habituelles. « Te souviens-tu quand tu as ressenti ces besoins dépravés pour la première fois ? Te souviens-tu d'avoir désiré ta mère quand tu étais enfant ? Sur quoi fantasmes-tu ? »

Je lui dis les mêmes demi-vérités et mensonges partiels. Peut-être me croit-il parfois ; je ne sais pas. Il m'observe toujours de ses yeux marron humides jusqu'à m'en donner la chair de poule.

À toi non plus, je n'ai jamais dit certaines de ces choses. Tu sais que tu n'étais pas mon premier, tout comme je n'étais pas ton premier. La première fois que j'ai désiré un garçon d'une manière contre nature, j'avais quatorze ans. Le garçon était affublé du malheureux nom de Comet Halley Brown – je suppose qu'il était né au moment du passage de ce corps céleste – et c'était un camarade de classe d'Edward. Il était magnifique. Je les ai suivis partout jusqu'à ce qu'Edward perde patience et me chasse. Je crois que même à cette époque, il savait que quelque chose n'allait pas chez moi.

Je ne me souviens pas d'avoir jamais désiré ma mère. Pauvre femme, j'ignore même si mon père l'a un jour désirée, du moins en dehors de son petit héritage. Je suis certain qu'Edward et moi devons notre existence au sens du devoir de mon père et à son désir de garder Mère occupée pendant qu'il était à ses affaires. Plus d'une fois, je l'ai vu se cacher dans son bureau avec une jeune femme séduisante. C'est à

96

peine un secret. Mais personne ne trouve ce comportement
contre nature ni digne d'incarcération.

    Et mes fantasmes sont simples aujourd'hui. Cette
sensation dans ma poitrine quand je cours chez toi les
dimanches matin. Un café fort et des pancakes dans ta
cuisine, avec la radio jouant doucement dans un coin.
Somnoler paresseusement dans ton lit, dans tes bras.

    Le Dr Fitzgerald fait des recherches, dit-il. Il a une
idée qu'il voudrait essayer.

    Je ferai n'importe quoi si cela signifie que je peux être libéré.

    Avant, tu m'apaisais quand les choses me rendaient
anxieux. « Ce n'est rien, » dirais-tu. « Ne t'inquiète pas pour
ça. » Pourquoi ne peux-tu pas être là aujourd'hui, pour me
chuchoter ces mots à l'oreille ?

    Et si je deviens comme Moony ou Danny Meadows ou
les autres ? Et si tout le monde m'oublie et que je meure ici ?

    M'as-tu oublié, Johnny ?

    Les geais m'appellent parfois quand je suis dans ma
cellule. L'un d'eux – je suis presque certain que c'est toujours
le même – se pose des fois sur le rebord de ma fenêtre et il me
regarde, à l'intérieur. Il se demande sans aucun doute ce qu'un
humain fait dans une cage, et si je chante pour mes maîtres. Il
est très beau, bleu et gris et blanc vif et noir. Il me crie dessus
comme s'il me posait une question. Il me plaît beaucoup.

    À toi pour toujours,

    Bill

William prit une gorgée de son café. Même si ce dernier avait refroidi, il avait meilleur goût que la bile au fond de sa gorge. William était assis sur le canapé – celui qu'il avait partagé avec Colby la veille – avec la boîte en fer fermée nichée sur ses genoux.

Il avait nié sa sexualité, même une fois adulte, alors que les sanctions qu'il encourait étaient relativement minimes. Comment avait-il pu nier ce qu'il était, surtout avec tout ce que Bill avait enduré uniquement pour avoir été amoureux ?

Comment pouvait-il continuer à cacher son vrai lui ?

Son téléphone portable était posé sur la table à côté de lui, muet. Il y avait quelque chose d'accusateur dans ce petit morceau de verre et de plastique.

Bon sang, il était en train d'anthropomorphiser ses objets. Peut-être était-ce *lui* qui devenait fou maintenant.

Il se saisit du téléphone, ouvrit ses contacts et appuya sur un nom. Le téléphone à l'autre bout finit par sonner trois fois avant que quelqu'un décroche.

— Allô ? Résidence Lyon.

— Bonjour, maman.

— William !

Sa voix trahissait sa surprise, mais William ne pouvait dire si c'était de plaisir ou de panique.

— Quelque chose ne va pas ?

— Non, tout va bien.

— As-tu changé d'avis à propos du divorce ? J'ai parlé à Lisa l'autre jour et elle semblait très seule. C'est une femme adorable. Elle n'arrête pas de me dire que vous avez divorcé parce que vous aviez des buts différents. Qu'est-ce que cela signifie ?

— Je n'ai pas changé d'avis.

Sa mère exprima sa déception.

— Si seulement vous vouliez bien essayer une thérapie conjugale. Notre église en fait, tu sais. Le pasteur Saez dirige même des retraites pour couples. Bon, ton père dit que ces retraites sont des âneries, mais je pense qu'elles sont bien. Elles se déroulent près du lac Tahoe, je crois.

— Maman. Lisa et moi, c'est terminé.

Cette fois-ci, elle soupira.

— Les jeunes gens d'aujourd'hui attendent que tout soit parfait tout le temps. Ça ne l'est pas. Ça ne l'est jamais. Nous devons faire des sacrifices. Mais si nous essayons suffisamment et que nous prions aussi très fort, le Seigneur nous conduit sur le droit chemin. Il ne nous trahit jamais, William.

Il ferma les yeux. Ses parents savaient qu'il avait perdu sa foi il y a longtemps, mais ils n'arrêtaient pas d'espérer qu'il reviendrait dans le troupeau, tel un agneau égaré. Leur propre fils prodigue. Parfois, sa mère lui envoyait des prospectus d'église, et à chaque anniversaire, elle lui envoyait une carte remplie de versets de la Bible et de promesses de prier pour lui. Il avait cessé de se disputer à ce propos ; cela semblait bien inutile.

La boîte en fer semblait très lourde sur ses genoux.

— Maman, j'ai besoin que tu m'écoutes.

Il parla lentement, comme il le ferait en s'adressant à un petit enfant.

— Je ne vais pas me remettre avec Lisa. Une thérapie, des prières et des voyages dans les montagnes n'aideront pas. Je ne l'aime pas comme j'en ai besoin. Je suis gay, maman. Je suis attiré par les hommes.

Il y eut un lourd silence. Enfin, d'une voix tendue, elle répondit.

— Nous en avons discuté, William. Tu peux t'éloigner de ce style de vie. Il y a des organisations…

— Ce sont des conneries.

Elle hoqueta, probablement devant son juron, mais il continua.

— L'Association Psychologique Américaine ou n'importe qui ayant une fichue notion en psychologie, ils savent tous qu'on ne guérit pas l'homosexualité. C'est qui je suis, maman. Je ne peux pas plus changer qui j'aime que je ne peux me rendre plus petit. Je peux… je peux me courber. Je peux *prétendre* être petit. Mais c'est un mensonge.

— Nous ne pouvons accepter cette décision ! Ton père et moi ne l'accepterons pas.

— Ce n'est pas une décision, maman. C'est qui je suis. C'est moi… ton fils.

Sa voix se brisa presque, mais il parvint à se contrôler.

Sa mère était une femme forte et elle ne faiblit pas.

— Tant que tu insisteras à adopter le mode de vie homosexuel, nous ne pourrons pas t'avoir dans nos vies.

Il faillit rire. Le mode de vie homosexuel ? Jusqu'ici, cela avait signifié un total de quatre baisers, une soirée de voyeurisme et un petit porno. Le lycéen moyen avait une vie amoureuse plus active que lui. Quand les prédicateurs de ses parents vitupéraient contre les méfaits du mode de vie homosexuel, pensaient-ils réellement aux types qui finissaient leur doctorat tout en étant enfermés dans d'anciens hôpitaux psychiatriques au milieu de nulle part ?

— C'est comme ça, maman. C'est moi. Je serai toujours gay.

— Nous ne pouvons pas avoir cela dans nos vies.

— Je suis désolé de l'entendre.

— Ne nous…

Cette fois, la voix de sa mère se brisa. Il n'aurait pas dû être ravi de l'entendre, mais il le fut.

— Ne nous contacte plus, à moins que tu sois prêt à prier pour ton salut.

— D'accord, maman.

Elle raccrocha.

Il aurait dû être dévasté. Le rejet de sa mère aurait dû le rendre triste ou au moins très en colère. Assez bizarrement, il ne ressentait aucune de ces émotions. En fait, il réalisa après plusieurs minutes d'introspection que ce qu'il ressentait principalement était du soulagement.

Il se leva, reposa la boîte en fer sur l'étagère et alla lire les réponses du Dr Ochoa à ses questions.

XIII

WILLIAM ÉTAIT conscient qu'il ne pouvait pas se forger un physique remarquable en trois jours. Malgré tout, il s'empiffra de calories riches en protéines, courut pendant des heures dans tous les couloirs de l'hôpital – il faisait trop chaud et ensoleillé dehors – et commença à soulever des poids. Il se promit d'acheter plus d'équipements lors de son prochain voyage à Mariposa. Quoi qu'il en soit, le mardi après-midi, il était aussi maigre que d'habitude.

Il n'avait pas non plus énormément progressé sur sa thèse. Il avait essayé, mais son attention n'arrêtait pas de se disperser. Toutefois, il avait lu les trois livres qu'il avait empruntés à Colby. Ce n'était peut-être pas de la grande littérature, mais ils étaient amusants et mieux écrits qu'il ne s'y était attendu. Et il avait regardé deux autres vidéos où jouaient ses acteurs préférés.

Il fut surpris lorsque la ligne fixe sonna le mardi après-midi et il sentit un frisson d'inquiétude en décrochant.

— Bonjour, William. Jan Merrick. Je suis heureuse de vous avoir.

— Oh. Bonjour.

Il n'avait pas l'intention de paraître impoli, mais il craignait que quelque chose n'aille pas. Et si elle appelait pour le virer ? Il savait que les fonds pour le poste de gardien étaient un peu incertains, reposant principalement sur les donations et quelques bourses de l'État.

— Comment ça va, William ? Vous devez être bien installé maintenant.

Bien, ça ne semblait pas trop inquiétant pour l'instant.

— C'est super. L'appartement est vraiment confortable et j'apprécie le calme et la tranquillité.

Et l'un des habitants de la ville, n'ajouta-t-il pas.

— N'est-ce pas incroyable tout ce qu'on peut faire sans un million d'interruptions ? Il y a des moments où j'aimerais avoir à nouveau ce travail. Mais mon mari et mes enfants ne seraient probablement pas enchantés. La solitude ne vous pèse pas trop ?

— Non, ça va.

— Vous sortez de temps en temps de la propriété, n'est-ce pas ?

— Bien sûr. Je suis un client régulier de l'épicerie locale et j'ai exploré les délices de Mariposa.

Elle rit.

— Je suis heureuse de l'entendre. Et l'hôpital lui-même a tellement de choses à raconter ! J'aimerais vraiment qu'un jour nous puissions rassembler les fonds nécessaires pour utiliser réellement cet endroit. Peut-être en transformer une partie en musée. Ce serait fantastique d'éduquer le public sur l'histoire des traitements des maladies mentales.

William songea aux traitements que Bill avait reçus au sein de ces murs et grimaça.

— Oui.

— Des milliers de patients ont vécu là. Des centaines sont morts. J'aimerais que nous puissions raconter leurs histoires.

— Je pense que la plupart de ces histoires sont vraiment tristes.

— Elles le sont. C'est pour ça qu'elles doivent être racontées, William. Afin que nous puissions en tirer des leçons. Oh, et voilà maintenant que je vous fais la morale ! Désolée. Mauvaise habitude. Je le fais aussi avec mon mari et mes enfants. Bref, je vous appelais juste pour m'assurer que tout allait bien et pour voir si vous aviez besoin de quelque chose.

— Merci, Jan. Tout va bien. Oh, j'ai vu quelques fourmis dans une pièce.

— Tant qu'elles ne sont pas dans votre appartement, ignorez-les. C'est impossible de s'en débarrasser.

Ils se dirent au revoir et raccrochèrent. William fut soulagé de savoir qu'il ne perdait pas son travail, mais il se mit aussi à réfléchir à ce que Jan lui avait dit. De ce qu'il avait glané dans les lettres, Bill semblait être un homme secret. Faudrait-il que son récit soit partagé avec d'autres ?

William s'installa devant son ordinateur et fit une recherche relativement rapide sur la littérature théorique concernant le traitement de l'homosexualité. Comme attendu, il trouva un certain nombre d'articles sur la thérapie de conversion et d'autres tentatives modernes pour remettre les gays dans le droit chemin. Il ne fit que les parcourir rapidement parce que les détails lui auraient rappelé de douloureux souvenirs. Il trouva des écrits plus anciens sur les causes supposées de l'homosexualité, comme le traité de Stekel, *La Névrose Homosexuelle,* datant de 1922, qui déclarait que les homosexuels étaient des narcissiques qui détestaient et craignaient les femmes et étaient incapables d'aimer quiconque à part eux-mêmes. Toutefois, ce qu'il ne trouva pas, c'était la façon dont des gays avaient été incarcérés de force dans des endroits comme Jelley's Valley et soumis à des abus et des privations. William savait que le récit de Bill n'était pas inhabituel, pourtant peu de gens semblaient enclins à écrire sur le sujet.

101

Avaient-ils honte ? se demanda-t-il. Ou pensaient-ils que les gens comme Bill ne comptaient pas ?

Faire des suppositions sur le sujet lui permit d'ignorer temporairement l'autre information qui lui grignotait le cerveau depuis des jours : la pile de lettres non lues dans la boîte diminuait rapidement. Il ne restait plus beaucoup de feuilles. Il ne voulait vraiment pas penser à ce que cela pouvait signifier.

QUELQUES MINUTES avant dix-huit heures, William gara sa Toyota devant l'épicerie. Il y avait une autre voiture sur le parking, une vieille Ford marron avec une aile arrière peinte en sous-couche grise. Quand il entra dans le magasin, il prit quelques secondes pour apprécier la fraîcheur de l'air conditionné. Mais il sursauta quand il remarqua qu'une femme se tenait derrière la caisse enregistreuse. Elle feuilletait un magazine et n'avait pas levé les yeux quand il était entré.

Hésitant, William resta planté là un certain temps et fut soulagé quand Colby sortit de la réserve de la section bureau de poste.

— D'accord, tout est... Hé, Will !

Colby lui fit signe de la main avant de sauter par-dessus le comptoir. Il courut vers lui et l'enlaça d'un bras. Il portait son tee-shirt DANCE-ADDICT et son jean le plus étroit.

La femme derrière le comptoir leva enfin la tête. La première impression que William eut d'elle fut que c'était une personne qui avait mené une vie difficile. Son visage était ridé, ses yeux fatigués. Elle avait l'air habituée à être déçue et à n'attendre rien d'autre. Mais ensuite, il remarqua la couleur de ses yeux, la forme de son menton et de son nez. Il ne fut pas particulièrement surpris quand Colby dit :

— Maman, voici mon ami William.

Son expression ne changea pas et elle ne dit rien.

Colby sautillait dans sa direction, entraînant William avec lui comme un chiot réticent.

— Will, je te présente ma mère.

— J'ai un nom, Colby, rétorqua-t-elle.

Sa voix était profonde et rauque.

— Se plaint la femme qui a donné à son fils le nom d'un fromage.

Il sourit d'un air espiègle et sauta hors de portée de sa main.

William ne put s'empêcher de sourire aussi. Colby avait toujours l'air jeune, mais à cet instant précis, il agissait comme un gamin capricieux de douze ans. Il s'inclina profondément d'un air théâtral.

— William Lyon, je suis heureux de te présenter Camilla Marie Owens.

— Cammie, grogna-t-elle.

— Ravi de vous rencontrer, dit William.

Il reçut un brusque hochement de tête en réponse.

— Bon, la poste est complètement fermée et tout le reste est prêt. Tu te rappelles comment fermer la caisse enregistreuse, pas vrai, maman ?

Elle lui lança un regard noir.

— J'ai travaillé ici depuis l'âge six ans, Colby. Je n'ai pas besoin d'être baby-sittée.

— Oui, mais ça fait longtemps.

— Je n'ai pas oublié. Fiche le camp d'ici.

Aussi brusques que furent ses paroles, il y eut une petite étincelle dans ses yeux quand elle regarda son fils.

— Oui, oui. Oh, attends ! Reste là, Will.

Colby contourna le comptoir à toute vitesse et passa la porte en direction de l'arrière-boutique.

William et Cammie se regardèrent.

Une série de bruits étouffés leurs parvinrent de la réserve, mais Cammie se retourna pas. Au lieu de cela, elle plissa les yeux et baissa la voix en un chuchotement inélégant.

— Ne brisez pas le cœur de mon bébé, vous m'entendez ?

William en resta bouche bée.

— Je... euh... nous ne sommes qu'amis.

L'expression de Cammie ne flancha pas. Colby réapparut, tendant d'un air triomphal un sac en plastique.

— J'ai failli oublier ça. Et ensuite j'ai failli oublier où je l'avais mis.

Il s'interrompit suffisamment longtemps pour embrasser bruyamment sa mère sur la joue. Puis il contourna le comptoir, attrapa la main de William et tira.

— Allons-y ! Je meurs de faim. Au revoir, maman !

Elle agita dédaigneusement la main. William marmonna également un au revoir, mais elle ne dut pas l'entendre.

Une fois sur le parking, Colby bondit sur place.

— Je suis tellement excité à l'idée de te présenter au monde de la drague ! Viens. Allons manger avant de tracer la route.

William n'eut pas l'occasion de demander où ils allaient manger, parce que Colby l'entraînait de l'autre côté du parking en direction du seul restaurant de JV. Dos Hermanos était situé dans un petit bâtiment en stuc. La porte était encadrée par un banc en bois et deux immenses pots de fleurs mexicaines couvertes de bourgeons colorés. L'intérieur n'était pas particulièrement impressionnant – des murs blancs couverts de photos en noir et blanc de personnes qui avaient dû être des célébrités, mais ne lui semblaient pas familières. Quelques plantes en pot bien trop grandes. Environ une dizaine de tables en chrome et Formica, chacune entourée de quatre chaises. Une grande ouverture dans un mur, encadrée de bois, révélait la cuisine, occupée par une minuscule femme qui s'affairait et un homme baraqué équipé d'un filet à cheveux. Toutefois, le restaurant sentait merveilleusement bon, chaud et épicé. Un autre homme costaud les accueillit dès qu'ils entrèrent.

— Colby ! ¿ *Cómo estás, mi amigo ?* Rafa a des *tamales* frais aujourd'hui.

— Hé, Luis ! Je suis heureux de l'apprendre, parce que je suis d'humeur à en manger. Voici Will.

Luis serra la main de William avec enthousiasme.

— Le mec de l'hôpital ! Nous nous demandions quand vous passeriez. Ravi de vous rencontrer, mon vieux. Vous devez essayer les *tamales* de mon frère. Il est *gordo y feo*, mais c'est un très bon cuisinier.

L'homme dans la cuisine cria quelque chose en espagnol qui fit rire Luis. Ce dernier les conduisit à une table et attendit qu'ils s'assoient.

— Boissons ?

— Coca Light pour moi, dit Colby. Will ?

— Juste de l'eau, s'il vous plaît.

Luis hocha la tête.

— Vous voulez des menus ou vous prendrez juste les *tamales* ?

— Est-ce que Rafa a fait ceux fourrés au poulet sauce *mole ?*

— *Claro que sí.*

Colby regarda William pour avoir son approbation, puis hocha la tête en direction de Luis.

— Juste les *tamales.*

— Ça arrive tout de suite.

Tandis que Luis s'éloignait rapidement pour préparer leurs boissons, William regarda un peu plus autour d'eux. Seules deux autres tables étaient occupées, toutes les deux par des couples d'une soixantaine d'années. Colby leur fit un signe de main et ils lui répondirent de la même manière.

William devina que c'était des gens du coin, ce qui était logique. Très peu de touristes traversaient la ville un mardi soir.

— Je croyais que ta mère vivait à Redding, dit William.

Colby fit une grimace.

— Oui. Mais elle s'est disputée avec son mari et elle s'est pointée à notre porte hier.

— Oh. Je suis désolé de l'apprendre.

— Pas de soucis. Ça arrive plusieurs fois par an. Ils se réconcilieront bientôt. Ce n'est pas un mauvais gars, et maman est un peu difficile à vivre, je crois.

Comme toujours, Colby semblait incapable de ne pas avoir le moral trop longtemps. Il offrit à William un sourire lumineux.

— Et finalement, c'est très bien tombé. Je n'ai pas eu à fermer le magasin de bonne heure, et elle peut s'assurer qu'on prenne soin de papi et mamie ce soir.

— Tu as beaucoup de responsabilités sur tes épaules.

William avait cinq ans de plus que Colby et n'avait aucune responsabilité en dehors de lui-même. Malgré son côté bondissant et sa légèreté, Colby s'avérait être l'une des personnes les plus stables qu'il connaissait.

Luis arriva avec leurs boissons, quelques chips et de la sauce *salsa*, jasa une minute avec Colby sur un résident local qui avait été récemment arrêté pour conduite en état d'ivresse, puis partit. William goûta les chips – elles étaient probablement faites maison, encore chaudes. La sauce aussi était bonne, avec sa base de tomates rehaussée de coriandre et de piments forts.

— Cet endroit a été l'une des choses qui m'ont manqué quand je vivais dans la grande ville, dit Colby, la bouche pleine. Bien sûr, il y a plein de bons Mexicains là-bas aussi, mais ce n'est pas pareil.

— Quoi d'autre t'a manqué ?

— Beaucoup de choses. La famille. Le fait que tout le monde sache tout sur tout le monde. L'ensoleillement doux. Les vaches. Même cette stupide boutique m'a manqué.

— Mais ça doit quand même être difficile pour toi ici. Je veux dire…

— Le manque total de populations gay ? Oui. Mais… je ne sais pas. Papi a parlé de vendre le magasin. Je ne peux pas me permettre de l'acheter. Je veux dire, il me ferait une ristourne. Mais je ne peux pas m'en occuper tout seul et je ne pourrais pas me permettre de payer un employé. Papi me donne bien moins que le salaire minimum.

William n'aimait pas voir les sourcils de Colby se froncer. Cela allait contre l'ordre naturel des choses. Malgré tout, il dut demander :

— Qu'est-ce que tu feras, alors ?

— Je ne sais pas. Peut-être que je retournerai à l'université. J'aimerais voyager. Je connais un type qui bosse sur un bateau de croisière. Ça pourrait être cool. Peut-être que le Prince Charmant viendra m'enlever, que nous nous marierons et que nous aurons 2,3 enfants et passerons toutes nos vacances à Disneyland.

Il dit cette dernière phrase en levant les yeux au ciel, comme si le concept était trop ridicule à envisager, mais William eut l'impression que le fantasme du Prince Charmant n'était très éloigné de ses véritables espoirs.

Leur nourriture arriva et ils restèrent silencieux quelques instants pendant qu'ils mangeaient. William devait reconnaître que tout le monde avait raison à propos des *tamales* de Rafa. Ils étaient divins. Il regrettait de les avoir évités durant ses premières semaines.

Colby prit une bouchée de ses haricots frits, puis gloussa.

— Je suppose que je limite mes chances de romantisme pour ce soir.

Quand William le regarda, abasourdi, Colby développa sa pensée.

— Ne jamais manger de haricots avant un rapport anal. C'est la recette pour un désastre.

William fut horrifié, ce qui dut se voir sur son visage, faisant rire Colby encore plus fort.

— Hé, Will. Si je dois devenir ton Yoda, je dois t'offrir toute la vérité. Il vaut mieux que ce soit moi qui te le dise plutôt que tu l'apprennes de la manière dure. Et je suppose que Lisa et toi n'êtes jamais allés là où aucun homme n'est allé auparavant.

Avaient-ils vraiment cette discussion au milieu d'un restaurant ? William sentit ses joues lui brûler et voulut se fondre sous la table. Sauf que… c'était vraiment un sujet qui le taraudait. Sans croiser le regard de Colby et gardant sa voix au niveau d'un chuchotement, il demanda :

— Comment est-ce qu'on sait qu'on… tu sais. Qu'on en a *envie*.

Colby haussa les épaules et avala une bouchée de poulet sauce *mole*.

— On essaie, je suppose. Mais lentement, et avec quelqu'un en qui on a confiance. De préférence, quelqu'un d'expérimenté. Mon premier… eh bien, en trente minutes, il m'a fait chanter l'opéra et conduit à deux doigts de signer le contrat d'Éternel Passif.

Ses paupières papillonnèrent brièvement à ce souvenir.

— Mais ce n'est pas toujours génial. Ça peut faire mal, surtout si tu n'es pas détendu, et ça peut être dégoûtant... d'où la zone d'exclusion aérienne pour *frijoles*.

Il pointa sa fourchette en direction de William.

— Mais quand c'est bon, Will, c'est très *très* bon.

Le visage de William se plissa.

— Je ne sais pas.

— Voilà ce qu'il en est. Certains types disent qu'ils sont exclusivement passifs ou actifs, et je suppose que la plupart des mecs préfèrent l'un ou l'autre en quelque sorte. Comme moi. De par mon expérience, les mecs qui jurent haut et fort qu'ils sont exclusivement actifs et qu'ils ne laisseraient jamais une bite approcher de leur précieux anus... eh bien, la plupart d'entre eux ont de sérieux problèmes et ce sont de mauvais coups. Je pense qu'on doit essayer l'autre côté au moins une fois ou deux si on veut être vraiment bon.

— D'accord.

William eut la légère l'impression qu'il devrait prendre des notes.

— Tu sais quoi d'autre ? Tu as surfé sur ces sites Web, n'est-ce pas ?

— Oui.

— Bien. Tu obtiens un A pour avoir terminé tes devoirs à temps. Si tu as fait attention, tu as probablement remarqué qu'il y a beaucoup de choses que des mecs peuvent se faire pour jouir. La sodomie n'est pas le Saint Graal. Certains types ne l'aiment pas et ils continuent à avoir une vie homosexuelle épanouie.

William était soulagé de l'entendre. Vu l'étendue limitée de son expérience jusqu'ici, il ne savait pas combien de temps cela lui prendrait pour qu'il se sente à l'aise à l'idée de devenir plus intime avec un homme. C'était probablement un peu prématuré de s'inquiéter des positions exactes dans lesquelles un partenaire hypothétique et lui pourraient être engagés. Malgré tout, une chose de moins pour laquelle s'inquiéter. Il soupira.

— Le sexe hétéro est plus facile, je pense. Ça semble plus simple. Peut-être parce que nous y sommes tous exposés plus souvent.

— Je ne saurais dire.

— Tu veux dire que tu n'as jamais couché avec une femme ?

William posa cette question un peu plus fort qu'il ne l'avait voulu. Heureusement, personne, en dehors de Colby, ne sembla l'entendre.

— Non. Je te l'ai dit, je sais dans quelle équipe je joue depuis la maternelle, quand j'ai complètement craqué pour Tony Vieira. Je disais à tout le monde que nous nous marierions un jour, et Tony et moi jouions à la dînette pendant des heures.

Il éclata de rire.

— Je me demande si Tony s'en souvient ? Il a une femme et deux enfants. Peut-être que je le lui rappellerai la prochaine fois qu'il viendra à la boutique.

Si William avait eu des pensées sexuelles ou romantiques pour quelqu'un, homme ou femme, avant son quinzième anniversaire, il les avait refoulés méticuleusement.

— Mais es-tu…

— Si tu me demandes comment je peux être sûr de ne pas vouloir de chatte si je n'en ai essayé aucune, je vais faire le tour de cette table et te gifler.

William ouvrit la bouche pour répondre, mais l'air de fausse fureur de Colby le fit renoncer, et il se mit à rire.

LE GRAVIER crissa sous leurs pieds tandis qu'ils traversaient le parking du bureau de poste.

— Tu ne prévois pas de porter *ça*, si ?

William s'arrêta avant de grimper dans sa voiture. Il baissa les yeux pour se regarder : pantalon beige, chemise, cravate bleue, veste de sport. Il regarda Colby.

— Mon tee-shirt DANCE-ADDICT est au lavage.

Colby lui tira la langue.

— Bien. Je me doutais que ça allait arriver. On fait un arrêt chez toi.

— Je n'ai rien de mieux à porter, Colby.

— Fais-moi confiance, oh Padawan.

Et ils se dirigèrent vers l'asile.

Colby emporta son sac en plastique à l'intérieur. Ce soir, il semblait plus exalté que d'habitude, dansant le long des couloirs et chantant des bouts de chansons. William le suivait difficilement, avec un petit sourire sur le visage.

Quand ils arrivèrent dans l'appartement, Colby le regarda de haut en bas.

— D'accord. À poil.

— Euh…

— Il n'y a rien que je n'aie déjà vu, petit. Vas-y.

Colby attendit impatiemment tandis qu'il retirait tout, excepté son caleçon, ce qui fit grogner Colby de dédain.

— Ce machin ne met vraiment pas tes fesses en valeur, Will. Tu as un joli petit cul. Tu dois le mettre en avant. Et tu dois probablement l'avoir naturellement. Je dois travailler mon fessier comme un dingue pour arriver à cette perfection.

Il se claqua le postérieur, et William essaya de ne pas l'observer. C'étaient de très jolies fesses.

Colby plissa la bouche sur le côté.

— Un string est probablement une étape de trop pour toi. Il te faut des boxers. D'accord, bon, la prochaine fois. L'heure tourne.

William fut soulagé. Il ne s'imaginait pas en string.

Colby était déjà en train de fouiller dans sa commode, jetant sur le côté les habits rejetés.

— Aha ! dit-il en soulevant un jean. Nous avons du denim !

— Il est… il est vieux. Je crois que je l'ai depuis mes premières années de fac. Je ne sais même pas pourquoi je le…

— Mets-le.

William s'exécuta. Le jean lui allait encore, et il était un peu usé et presque blanc à certains endroits. Il avait oublié à quel point il était confortable.

Colby le contourna.

— Pas mal. Pas assez moulant, mais ça fera l'affaire.

Il alla vers la table et fouilla dans le sac en plastique, en sortant un bout de tissu vert foncé. Il le tendit à William.

— Enfile ça.

Il s'avéra que c'était un tee-shirt, et il était deux tailles plus petites que William n'en avait l'habitude. Il le moulait comme une seconde peau.

— Pas mal ! s'exclama Colby. Je savais que ça irait. Ça fait ressortir les petites touches de vert de tes yeux.

William avait toujours cru que ses yeux avaient la couleur d'une mare boueuse. Ils n'étaient certainement pas du magnifique bleu ciel de ceux de Colby. Et il était touché que Colby ait fait les magasins pour lui, lui achetant quelque chose parce qu'il pensait que ce serait assorti à ses yeux.

Lisa ne lui avait jamais acheté de vêtements, sauf ses pyjamas d'anniversaire ou quelques paires de chaussettes lorsqu'elle se rendait chez Target.

Mais Colby n'en avait pas terminé. À présent, sa tête était plongée dans l'armoire alors qu'il parlait tout seul. Il sélectionna une chemise ayant des rayures verticales bleues et blanches.

— Celle-ci n'est pas mal.

William ne se sentait pas trop mal à l'aise dans la tenue que Colby avait choisie pour lui ; elle n'était pas si différente de ses tenues ordinaires. Mais ensuite, Colby lui regarda les cheveux d'un air pensif.

— Pas de gel ! s'écria William.

— Bien. Assieds-toi pour que j'arrive jusqu'en haut, Géant Vert.

William s'assit. Pour un homme pressé, Colby semblait prendre un temps démesuré à fourrager ses cheveux, les coiffant dans un sens puis dans l'autre. William fut un peu choqué lorsqu'il réalisa combien les doigts de Colby étaient agréables sur son crâne.

— Ils sont vraiment doux. Quel genre de produit est-ce que tu utilises ?

— Euh... du shampooing ? répondit William. Parfois, j'utilise un après-shampooing.

— Chanceux. Jolie couleur aussi.

— C'est... quelconque. Ma mère appelle ça châtain clair.

— Eh bien, ne les décolore pas. C'est très mignon comme ça.

William essaya de ne pas sourire.

— Je n'envisageais pas de les décolorer.

Enfin satisfait, Colby lui tapota légèrement la tête.

— D'accord. Ne bouge pas. Je reviens tout de suite.

Avant que William ait l'occasion de demander où il allait, Colby attrapa son sac et courut dans la salle de bain.

William attendit sur la chaise, agitant ses genoux avec anxiété. Il se rendit compte que Colby ne lui avait donné aucune instruction pour ses chaussures, alors il finit par enfiler une paire de mocassins – ce n'était pas comme s'il avait beaucoup de choix.

Colby ne mit pas longtemps à réapparaître, et quand il le fit, William retint son souffle. Colby portait une chemise violet vif avec de fines rayures d'un violet plus foncé. Elle n'était pas aussi étroite que ses tee-shirts habituels, mais elle avait une coupe ajustée qui mettait en valeur sa musculature et sa taille fine. Il portait aussi un pantalon couleur charbon et des chaussures habillées noires à bout fin. Il avait souligné ses yeux d'un peu d'eye-liner.

— Waouh, réussit à dire William.

Le visage de Colby s'illumina d'un léger sourire timide.

— Vraiment ? J'ai ces vêtements depuis un moment et n'ai jamais eu l'occasion de les porter.

— Pourquoi t'être soucié de ce que j'allais porter ? N'importe qui aurait l'air terne et... et ennuyeux à tes côtés.

— C'est faux. Tu as l'air délicieux. Ils vont nous dévorer, Will.

Colby se précipita vers lui, déposa un baiser bruyant sur sa joue et fit un geste en direction de la porte.

— Allons draguer.

110

XIV

COLBY FIT la conversation presque non-stop pendant tout le trajet jusqu'à Fresno. Cela ne dérangea pas William – la discussion l'aidait à calmer ses nerfs. Le plus gros problème était la façon dont ses yeux n'arrêtaient pas de passer de la route à la créature éblouissante à ses côtés. Bien sûr, il avait su depuis le début que Colby était séduisant, mais le voir dans une tenue plus… adulte avait grillé quelques synapses dans son cerveau.

William connaissait la route jusqu'à Fresno, mais Colby dut lui indiquer le chemin une fois qu'ils furent en ville. Leur destination se trouvait dans le quartier nord-est, pas loin de l'université. Le club s'appelait L'Enclos, et vu de l'extérieur, il n'avait pas vraiment l'air d'en être un. Il était situé au bout d'un petit centre commercial, juste à côté d'une onglerie et à deux portes d'un magasin qui vendait des cigarettes bon marché. Le bar semblait être le seul commerce ouvert à cette heure de la nuit, et le parking était relativement plein.

William coupa le moteur, mais ils restèrent dans la voiture pendant quelques minutes. Ses mains agrippaient toujours fermement le volant.

— Je ne suis jamais…

— Je sais, l'interrompit Colby. Ne t'inquiète pas. Je venais ici de temps en temps pour retrouver des mecs que j'avais rencontrés sur le Net. C'est un endroit cool.

William hocha la tête avec raideur, mais ne fit aucune tentative pour sortir de la voiture.

— Will, je te le promets. Personne ne va te mordre. Sauf si tu le leur demandes très gentiment.

Colby lui enfonça le doigt dans les côtes et ouvrit la portière passager.

Conduire une heure jusqu'à Fresno pour rester assis dans la voiture était ridicule. William se fit un petit discours d'encouragement silencieux. *Tu peux le faire. Tu veux le faire. Pense à Bill ; il aurait été reconnaissant d'avoir cette opportunité.* Ce fut cette dernière pensée qui le convainquit enfin.

Ses attentes concernant un bar gay furent contredites dès qu'ils entrèrent. Il n'y avait pas un seul homme nu en train de danser sur le comptoir ou suspendu dans une cage. Aucune orgie sadomaso dans un coin. Aucune drag-queen. Et aucune boule à facettes en vue. La petite scène était vide, mais un juke-box diffusait une chanson des années 80'. Huey Lewis, peut-être. Le bar ressemblait fortement à tous les autres bars dans lesquels il était entré, ce qui le soulagea – et le déçut un peu.

Comme le parking l'avait suggéré, L'Enclos était relativement bondé. La plupart des clients étaient des hommes, principalement des trentenaires et des quadragénaires, même si certains étaient plus jeunes et d'autres, plus vieux. Il y avait aussi une poignée de femmes. Les gens riaient, buvaient et passaient un bon moment. Jeans et tee-shirts constituaient les tenues les plus courantes, mais certains types étaient un peu plus habillés, comme Colby, et d'autres avaient opté pour une tenue western, avec des bottes de cow-boy et des boucles de ceinturon démesurées.

Colby les guida vers une table pour quatre libre, et le serveur se pointa presque immédiatement. C'était un homme grand avec un sourire paisible.

— Qu'est-ce que ce sera ? demanda-t-il, offrant un clin d'œil à Colby.

Ce dernier regarda William.

— Je conduirai au retour. Tu as besoin d'alcool plus que moi.

William demanda une Sierra Nevada et Colby voulut un Coca Light. Quand le serveur revint avec leurs boissons, Colby insista pour payer.

— Alors, qu'est-ce que t'en penses, Will ? Pas effrayant, n'est-ce pas ?

— Pas vraiment. En fait, je suis surpris que tu viennes dans un endroit aussi… tranquille.

— Les choses sont un peu plus vivantes les week-ends, mais oui. J'ai fait mon temps dans plein de clubs animés, mais… je ne sais pas. Je m'en suis lassé. Cet endroit est bien si tu veux t'asseoir avec un ami sans t'inquiéter que quelqu'un te cogne dessus si tu lui tiens la main ou si vous dansez ensemble.

Il hocha la tête en direction du bar, où un jeune homme mignon avec une coupe Faux Hawk les regardait.

— Ou pour rencontrer de nouveaux amis.

L'estomac de William se tordit étrangement.

— Hé, si tu as envie de… Ne te retiens pas pour moi. Je veux dire, si tu vois quelqu'un et que tu veux…

Il laissa la phrase en suspens, mort d'embarras.

Colby lui adressa un regard étrange qu'il ne sut interpréter.

— Bien sûr. Je ne te casserai pas non plus tes coups. Mais promets-moi juste que si tu dragues un mec, tu ne t'en iras pas en me laissant coincé ici.

Il prononça ces paroles avec un sourire, comme s'il plaisantait, mais son regard s'assombrit.

Oh Seigneur, se dit William. Des gens avaient déjà fait ça à Colby...
l'avaient abandonné pour quelqu'un d'autre.

— Je ne ferais jamais ça, dit-il doucement.

Une autre expression étrange traversa le visage de Colby avant qu'il
ne sourie et lui prenne la main pour la serrer brièvement.

— Je sais.

Ils burent et regardèrent autour d'eux, et l'homme au bar continuait à
observer. Juste au moment où William allait trouver une excuse pour quitter
la table, un trio d'hommes ayant des instruments de musique apparut de
nulle part et commença à s'installer sur la scène.

— Concert ? demanda bêtement William.

— Oui. Ne mets pas la barre trop haut. S'ils les ont réservés un mardi,
c'est qu'ils sont probablement nuls. Je parie que l'attrait principal de ce
groupe, c'est le plaisir des yeux.

Il fit un geste en direction de la scène.

— Le chanteur est canon.

Il avait raison pour le chanteur, un homme séduisant aux longues boucles
noires. Il avait déchiré son tee-shirt, exposant un torse large et sculpté, et tout
ce qu'il portait était un jean en lambeaux et dangereusement taille basse. Son
eye-liner et son rouge à lèvres rouge ne l'empêchaient en rien d'être masculin.

— Tu vois ? dit Colby. Tu te présentes comme ça et tout le monde se
fout de te façon de chanter.

Le groupe passa quelques minutes à s'échauffer avant de se lancer
dans leur première chanson. William ne la reconnut pas, mais Colby se tapa
le front sur la table.

— Oh bon sang. Ils jouent du Bon Jovi.

William ne savait pas trop s'il aimerait Bon Jovi dans d'autres
circonstances, mais même ses oreilles inexpérimentées furent capables de dire
que le chanteur chantait légèrement faux et avait du mal à atteindre les notes les
plus aiguës. De plus, il chantait sur un rythme différent de celui du guitariste et
du batteur, les forçant occasionnellement à accélérer pour le rattraper. Quand
ils finirent, tout le monde applaudit. Peut-être que le public était simplement
heureux que la chanson soit finie. Ou peut-être qu'il applaudissait la légère
couche de sueur qui provoquait un intéressant jeu de lumières sur ses muscles.

La chanson suivante fit gémir Colby – « Il massacre Bowie ! » –,
mais William ne trouva pas que c'était aussi horrible que la première. Cette
opinion avait peut-être un rapport avec sa deuxième bière.

Après la troisième chanson, quelque chose de vaguement heavy metal, le barman approcha de la scène. Il eut une brève discussion avec le groupe, ce qui fit bouder le chanteur, mais le barman retourna à son poste en ayant l'air satisfait. Le groupe commença une nouvelle chanson, qui était plus rythmée et parlait d'amour. La foule applaudit et les gens commencèrent à se diriger vers la piste de danse.

Colby se leva et contourna la table d'un pas sautillant. Il tendit la main vers William.

— Allez viens.

— Je ne sais pas…

— M'en fous !

Colby le tira de sa chaise et l'entraîna sur la piste de danse à présent bondée. Puis il commença à danser. Il était très doué, bougeant son corps de manière incroyable. William piétina sur place, se faisant l'effet d'un gros empoté, mais chaque fois qu'il était prêt à abandonner, Colby plaçait ses mains sur ses hanches et les secouait un peu, ou il se retournait pour frotter ses fesses contre son entrejambe. Enfin… il *essayait* de frotter ses fesses contre son entrejambe, mais comme William était bien plus grand, l'effet était un peu raté. Mais William s'en fichait. Il continua à danser, sur cette chanson puis une autre et encore une autre, et à un moment donné, il se rendit compte qu'il s'amusait.

Le groupe commença une chanson lente. Colby sourit et se pressa contre lui, passant ses bras autour de sa taille. Colby était en nage – ils l'étaient tous les deux –, mais ce n'était pas grave. William crut l'entendre soupirer contre son torse.

William n'avait jamais dansé avec un homme, et rarement avec une femme. Il n'avait non plus jamais tenu un homme en public comme ça. Il aurait pu s'attendre à se sentir mal à l'aise. Mais ce ne fut pas le cas. Oh Seigneur, ce ne fut vraiment pas le cas. Colby s'emboîtait tellement bien avec son corps, si ferme et si fort. Et ses cheveux lui chatouillaient le menton, et ils bougeaient avec tellement d'aisance tous les deux, comme s'ils s'entraînaient depuis des mois.

D'autres couples les entourèrent lentement. Principalement des couples d'hommes, mais aussi quelques couples de femmes et un ou deux couples mixtes. Deux hommes ayant de courtes barbes grises passèrent très près d'eux, se regardant dans les yeux avec plus d'amour que William n'en avait jamais vu. Comment pouvait-on croire qu'il y avait quelque chose de malsain là-dedans – quelque chose qui nécessitait d'être guéri ? Danser avec Colby lui semblait aussi naturel que tout ce qu'il avait pu faire d'autre.

La chanson toucha à sa fin.

— Les gars, on prend cinq minutes, annonça le chanteur.

Colby ne s'éloigna pas immédiatement. Mais il relâcha finalement sa prise, et William se rendit compte que ses propres bras l'entouraient toujours fermement. Il le libéra.

— C'était sympa, dit Colby d'une voix traînante.

Il semblait plus calme que d'habitude, une expression rêveuse dans le regard.

— Tu es doué.

— C'est uniquement parce que je t'ai laissé mener.

Ils se tenaient très près, se touchant presque. William surprit du mouvement du coin de l'œil. Le type au Faux Hawk avançait dans leur direction, le regard posé avec insistance sur Colby. *Ne pas casser son coup*, se morigéna William. Il recula d'un pas.

— Je dois aller aux toilettes.

— D'accord. Euh, Will ?

William s'immobilisa, attendant.

— Ne soit pas surpris si tous ceux qui sont là-bas ne sont pas en train de pisser.

Oh.

— J'essaierai de ne pas tomber dans les pommes, dit-il d'un ton pince-sans-rire.

Colby rit et secoua la tête.

— Parfois, j'oublie combien tu peux être drôle.

Réfléchissant pour savoir si c'était un compliment, William chercha les toilettes pour hommes. Il les trouva quelques secondes plus tard, mais dut se frayer un chemin à travers un couloir rempli d'hommes. Ces derniers étaient principalement en train de s'embrasser, bien que certains couples fassent bien plus que ça. Il rougissait furieusement lorsque qu'il poussa la porte marquée « taureaux ». Il se demanda s'il y avait aussi une porte quelque part marquée « vaches » et, si c'était le cas, ce que les clientes du bar en pensaient.

Il s'était préparé mentalement après l'avertissement de Colby, mais le savoir à l'avance ne fut pas suffisant pour l'aider à surmonter son choc quand il aperçut un homme appuyé dans un coin des toilettes, le jean baissé sur les cuisses, et un second homme agenouillé devant lui et bougeant la tête de haut en bas avec enthousiasme. Aucun d'eux ne faisait attention à lui ni à la demi-douzaine hommes qui utilisaient les urinoirs ou se lavaient les mains.

William détourna rapidement le regard et se précipita vers un urinoir libre.

Il était en train de baisser sa fermeture Éclair quand l'homme à sa droite dit :

115

— Hé !

Pas certain que ce soit à lui qu'on s'adresse – et un peu scandalisé si c'était le cas –, William tourna la tête. L'homme était presque aussi grand que lui et considérablement plus musclé. Il était également plus âgé. La petite quarantaine, probablement. Ses cheveux noirs étaient coupés très courts, peut-être pour cacher un début de calvitie. Il avait un visage carré avec un menton ferme couvert d'une barbe de quelques jours. Ses yeux étaient également noirs, profondément ridés au coin, et ses dents étaient très blanches et droites.

— Salut, répondit William avant de s'échapper vers les lavabos.

La foule dans le couloir fut encore plus nombreuse. La traversant, il se fit un peu l'impression d'être un saumon qui remontait le courant. Avant qu'il atteigne la pièce principale, le groupe recommença à jouer, le rythme résonant dans son corps.

Il était à moitié arrivé jusqu'à la piste de danse lorsqu'il repéra Colby dansant avec Faux Hawk.

Ce sentiment au fond de ses entrailles ? Cela ne pouvait pas être de la jalousie. Être jaloux serait stupide. Colby n'était qu'un ami, rien de plus. Il l'avait amené ici afin que William puisse rencontrer d'autres hommes, et si lui aussi en rencontrait, tant mieux pour lui. Le pauvre gars était seul. Il méritait un peu de compagnie. Et Faux Hawk était un choix pertinent pour lui, du moins physiquement. Tout comme Colby, il était très séduisant et en pleine forme, et il bougeait presque aussi gracieusement que lui sur la musique.

L'estomac de William protestait probablement parce qu'il avait beaucoup dansé. Un autre verre réglerait tout ça. Il se dirigea vers le bar bondé et se fit une petite place entre deux hommes. Sa taille s'avéra être un réel avantage pour accrocher l'œil du barman.

— Sierra Nevada, s'il vous plaît, dit William.

Le barman hocha la tête et lui servit sa bière. Il la glissa vers lui et William lui donna un billet de cinq avant de prendre une gorgée et de se retourner. Il allait trouver une table libre et se détendre. Se mettre à regarder attentivement les gens. Ce serait comme faire des recherches sur le terrain. Il sourit à lui-même, imaginant le titre d'un article de journal : « Observation Participante dans un Bar Gay du Centre de la Californie ».

— Re !

William s'arrêta brusquement, renversant un peu de bière. Il était presque rentré dans quelqu'un. L'homme des urinoirs, et il souriait.

— J'allais te demander si je pouvais te payer un verre, mais je suppose que c'est un peu tard. Et si je m'en prenais une et qu'on s'installait ensemble ?

Il y avait un très léger accent du Sud dans sa voix.

— D'accord, répondit William, se sentant incroyablement nul.

Il ne savait pas s'il devait trouver une table ou attendre le type, mais ensuite quelqu'un le bouscula et il s'écarta des embouteillages.

— Celle-là, ça te va ?

Le type était revenu avec une bière, et il indiquait une table éloignée de la piste de danse.

— D'accord.

Ils durent prendre un chemin détourné pour y parvenir, et quand ils arrivèrent à destination, l'homme s'affala sur un fauteuil avec un petit gémissement de satisfaction. William s'assit en face de lui.

— Steve.

— William.

Ils se serrèrent la main par-dessus la table, ce qui semblait un peu étrange, mais Steve n'en sembla pas du tout perturbé.

— Je ne trouve pas de manière de demander ça sans que ça fasse vraiment cliché, mais tu es nouveau ici, non ?

— Oui. C'est ma première fois.

William ne précisa pas que c'était sa première fois dans *n'importe quel* bar gay.

— C'est ce que je me suis dit. Fresno est une ville plutôt petite, en définitive. C'est sympa de voir un nouveau visage. Tu viens d'où ?

— La Zone de la Baie.

Steve gémit.

— Seigneur, on doit ressembler à un tas d'arriérés pour toi.

— Pas vraiment. Je n'ai pas… je n'étais pas très actif là-bas. Occupé avec les cours, le travail.

— C'est sûr, dit Steeve en hochant la tête. Je connais ça. Je possède ma propre affaire. Le problème quand on est son propre patron, c'est qu'on ne peut se plaindre de personne quand le patron te fait travailler trop dur.

Steve avait un rire grave et charmant, et un sourire chaleureux et sincère. Il portait un polo bleu marine, et des petites touffes de poils ressortaient par la pâte ouverte du polo. Il y avait encore plus de poils noirs sur ses bras et sur le dos de ses longs doigts larges.

William décida de tenter une approche.

— Tu n'as pas l'air d'être originaire d'ici.

— Zut, mon accent de Caroline-du-Sud finit toujours par me trahir !

Steve prit une longue gorgée de sa bière, sa gorge bougeant lorsqu'il avala.

— Oui, j'ai emménagé ici après l'université. Je ne l'ai jamais regretté.

Un silence légèrement gênant s'ensuivit. Bon, William se sentit gêné. Steve le regardait très franchement et ne semblait pas du tout perturbé. Finalement, William eut le sentiment qu'il devait dire quelque chose.

— Le groupe est, hum… polyvalent.

Steve éclata de rire.

— Oui, ils sont assez nuls dans tous les genres. Parfois, il y a des groupes sympas les week-ends, mais on doit alors payer un droit d'entrée. Quel genre de musique est-ce que tu aimes ?

— Je ne suis pas très bon en musique. J'écoute principalement du classique quand je travaille.

— Moi aussi ! Ça ne te distrait pas, c'est ça ?

— Exactement.

— Mon compagnon avait…

Il fronça les sourcils.

— Merde. Je m'étais promis de ne pas le faire.

— Faire quoi ?

— Parler de mon compagnon. Ex-compagnon. Défunt compagnon. Hmm… putain. Désolé. Oublie la dernière partie de la conversation, d'accord ?

Steve sourit.

— Alors, ces Niners ? tenta-t-il de détourner la conversation.

— Ce n'est pas grave. Et je suis vraiment désolé.

Steve haussa légèrement les épaules.

— Ça fait déjà deux putains d'années. Ce n'est vraiment pas un bon sujet à aborder durant les cinq premières minutes de conversation avec un type mignon qu'on vient de rencontrer. À moins que la compassion ne me mène quelque part avec toi ?

Il ponctua sa dernière phrase d'un clin d'œil, faisant savoir à William qu'il ne faisait que plaisanter.

Mais William se sentit un peu troublé de s'entendre dire qu'il était mignon.

— Je viens de rompre avec mon ex, lança-t-il. Nous étions ensemble depuis presque huit ans.

Ce qui était vrai, si on faisait le compte depuis qu'ils s'étaient rencontrés.

Steve lui tapota le bras.

— Waouh. Alors au lieu d'être le Mec qui Recueille de la Compassion je suis en lice pour le titre de Mec de Transition ?

William grimaça.

118

— Hé, William, pas d'inquiétude. Je sais ce que ça fait de remettre le pied dans le bain après un long moment. Tu n'arrêtes pas d'avoir peur des requins. Je suis partant pour… quelque chose de rapide et facile. Mais si tu préfères te débattre un peu et qu'on prenne le temps de faire connaissance, c'est vraiment cool.

Rapide et facile. William visualisa les corps qu'il avait vus ruer les uns contre les autres dans le couloir, les hommes dans les toilettes. Il pouvait avoir ça s'il le voulait. Et Steve était très séduisant et vraiment sympathique, ce qui ne gâchait rien. William l'appréciait. Il était curieux de savoir quelle sensation auraient ces grandes mains contre sa peau. Les doigts étaient-ils calleux ? Et qu'est-ce que cela ferait de toucher quelqu'un d'aussi… poilu ? D'aussi *costaud* ? Lisa était mince et faisait presque 30 cm de moins que lui. Et Colby…

— Continuons juste à parler, si ça ne te dérange pas, dit-il.

De profondes rides de sourire apparurent.

— Au contraire.

Ils discutèrent pendant un bon bout de temps. Steve raconta qu'il avait grandi à Charleston et qu'il avait rêvé d'être acteur, mais qu'il avait choisi une situation et un revenu plus stable en tant que responsable RH dans le milieu médical. À présent, il faisait du conseil en stratégie. Il aimait voyager, et il parla des endroits qu'il avait visités. William discuta de sa thèse, tentant de rendre le sujet légèrement intéressant. Steve sembla très intrigué par sa description de l'hôpital psychiatrique. Ils découvrirent qu'ils aimaient beaucoup de mêmes auteurs, et ils nommèrent à tour de rôle leurs films préférés.

Le serveur passa et ils commandèrent une nouvelle tournée de boissons. William paya, malgré la résistance amusée de Steve.

Quand William laissa accidentellement échapper que l'ex dont il venait de se séparer était une femme – et son épouse –, Steve ne sembla ni choqué ni contrarié. Il dit qu'il connaissait un bon nombre d'hommes gays ayant été mariés. En fait, Steve lui-même avait fréquenté des femmes pendant toute sa période universitaire.

William se détendit. Il s'amusait. C'était génial de discuter simplement avec quelqu'un et de ne pas avoir à faire semblant d'être une autre personne. Quand Steve captura sa main sur la table pour la tenir, William ne la retira pas.

De temps en temps, il apercevait Colby sur la piste de danse. La foule était intense et la table n'avait pas un bon point de vue, mais la chemise vive et les cheveux éclatants de Colby aidaient à le faire sortir du lot. Même lorsqu'il retira sa chemise – tout comme un bon nombre de danseurs –, William n'eut aucun mal à le repérer. Colby dansait beaucoup avec Faux Hawk, mais aussi avec d'autres hommes. Une fois, William le vit pris en sandwich entre deux hommes à moitié nus, tous les trois bougeant le bassin de manière synchronisée.

La foule avait légèrement diminué. Steve paya à William sa cinquième bière. Puis il se pencha par-dessus la table.

— J'aimerais vraiment garder contact, William. Peut-être dîner ensemble ce week-end ? On pourrait regarder ce James Bond.

Steve était incroyablement séduisant. William se redressa. Mais quand il ouvrit la bouche, ce qui sortit fut :

— Je ne peux pas. Désolé.

Chagriné mais pas en colère, Steve pencha la tête sur le côté.

— Est-ce que j'y suis allé trop fort ? Ou…

— Non. Tu es génial.

William soupira.

— Et je suis idiot. C'est juste que… il y a Colby. Ce n'est qu'un ami et je ne lui plais pas, mais…

— C'est celui que tu n'arrêtes pas de regarder ?

William rougit un peu.

— Désolé. Je ne veux pas être grossier, vraiment pas. Mais je ne peux pas…

Levant les mains en l'air, Steve dit :

— Je comprends. Ricky et moi avons longtemps été amis avant de devenir amants. Il baisait tous ces autres mecs et j'étais juste là, à attendre. Ça lui a pris du temps pour le remarquer.

Il sourit.

— Et quand il l'a fait, *oh* bon Dieu ! Ça valait l'attente.

— Ça n'arrivera pas avec Colby. Il est vraiment… Il est *spécial*, tu vois ? Et il est là-bas à danser, et je suis… je suis M. Répression.

— Tu risques d'être surpris, M. Répression. Mais tiens…

Steve sortit son portefeuille, retira une carte de visite et la poussa de l'autre côté de la table.

— Au cas où tu changes d'avis. Si tu veux sauter dans la mare avec moi, appelle-moi.

William prit la carte avec un sourire.

— Merci. Merci d'être tellement cool à ce sujet. Je suis paumé.

Steve fit un clin d'œil.

— Paumé, mais mignon.

À sa grande surprise, Steve ne partit pas. Ils continuèrent à discuter tranquillement de divers sujets. Steve le mit au défi de mettre une note de un à dix à tous les hommes qui les entouraient, puis ils comparèrent leurs notes. William rit beaucoup.

— Salut.

Colby avait remis sa chemise, mais l'avait laissée déboutonnée. Son torse était trempé de sueur, son visage était rouge et ses cheveux en épis s'étaient légèrement fanés. Il avait l'air épuisé, mais il souriait.

— Je ne peux pas vous interrompre, mais…

Steve se leva.

— Pas du tout. Justement, je partais.

Il se pencha pour serrer le bras de William.

— C'était vraiment très sympa de faire ta connaissance, William. J'espère avoir de tes nouvelles.

— J'ai passé un très bon moment à discuter avec toi, répondit William.

Et Steve l'embrassa. Pas très bien, puisque la table était entre eux et que William ne s'y était pas attendu. Mais un baiser ferme, lèvres contre lèvres. De près, il sentait bon, et sa barbe était un peu râpeuse. Puis il chuchota à l'oreille de William :

— Parfois, un peu de jalousie, ça aide.

Il se redressa, fit un clin d'œil et marmonna quelque chose à Colby avant de s'éloigner.

Colby se laissa retomber sur le fauteuil désormais vacant.

— Waouh ! C'est un sexe sur pattes ! Félicitations pour ton premier essai, Will ! Mais tu l'as laissé partir. Tu veux que je m'efface ?

— Non. Merci.

William joua avec son verre vide.

— Tu avais l'air de t'amuser.

— En effet. Ça faisait bien trop longtemps que je ne l'avais pas fait. Mais je dois vieillir parce que je suis *lessivé*. Tu es prêt à rentrer ?

William cilla.

— Mais Faux… le type avec qui tu dansais…

— J'ai dansé avec beaucoup de types. Mais c'est avec toi que je retourne à JV. Alors, à moins que tu n'aies changé d'avis à propos de ce Grand, Ténébreux et Séduisant…

— Non.

— Alors reprenons la route.

William revisita les toilettes. Il y avait moins de monde sur le chemin cette fois-ci, aucun spectacle sexuel en cours. Il retrouva Colby sur le parking, où l'air nocturne était agréablement frais. Il lui passa les clés de la voiture et se glissa sur le siège passager. Il dut bidouiller le dossier du siège pour l'ajuster correctement. D'aussi loin qu'il s'en souvienne, il ne s'était jamais assis ici.

Colby baissa légèrement la vitre du conducteur et la laissa ainsi pendant tout le trajet jusqu'à la nationale. Sa chemise était toujours déboutonnée, et les lampadaires et les panneaux illuminés se reflétaient sur son torse imberbe. Il souriait tout seul, fredonnant doucement tout en manœuvrant le volant. William ferma les yeux et appuya la tête contre la vitre. Quelque chose semblait irréel concernant la soirée tout entière, comme si c'était un rêve. Danser. Être dragué par un homme séduisant et flirter un peu en retour. Regarder Colby bouger dans la foule comme un papillon lumineux au milieu de papillons de nuit gris.

Oh Seigneur.

— Hé ! Tu vas bien, Will ?

— Hein ?

William ouvrit les yeux et tourna la tête pour le regarder.

— Tu as… gémis, on dirait. Tu as trop bu ? Fais-moi savoir si tu as l'intention de gerber. Je ne veux pas que tu vomisses dans ta voiture.

— Je vais bien.

Colby lui adressa un immense sourire.

— Tu regrettes d'avoir laissé filer ce mâle ? Je vais te dire, tu m'impressionnes carrément, d'avoir réussi un home-run pour ton premier coup de batte.

— On n'a fait que s'embrasser, tu l'as vu.

Colby le frappa.

— Je ne parlais pas de ce genre de home-run. Ce serait bien trop avancé pour toi.

Sans raison particulière, William en prit offense.

— Ah oui ? Pourquoi ? Parce que ce balai est enfoncé tellement profondément dans mon cul qu'il n'y aura jamais assez de place pour y fourrer autre chose ?

Il se sentit immédiatement mal de son éclat quand les coins de la bouche de Colby s'affaissèrent.

— Je t'ai dit que j'étais désolé d'avoir dit ça.

Avec un profond soupir, William conclut que cinq bières consécutives étaient probablement trop. Il avait mal à la tête. Il serra légèrement le biceps de Colby.

— Je sais. Désolé. Je me sens… un peu hors de mon élément.

Le sourire fut de retour, quoi que légèrement plus timide.

— Bien sûr. Hé, c'était un grand pas pour toi ce soir. T'afficher en public – je veux dire en tant que gay –, danser avec un mec. Ce n'était pas facile pour toi.

— Tu es vraiment un bon danseur.

— Je sais, dit Colby, son sourire lumineux réapparaissant. Tu n'étais pas trop mauvais toi-même. Je m'attendais à bien pire.

Cela valut une tape à Colby.

XV

WILLIAM S'ÉTAIT légèrement assoupi, mais il fut réveillé quand la voiture ralentit. Il cligna des yeux en direction de la vitre, mais vit principalement l'obscurité.

— Hé, Will ? commença prudemment Colby.

— Oui ?

— Je me demandais... Il est tard. Si je rentre chez moi maintenant, je réveillerai probablement papi et peut-être maman. De plus, j'ai laissé mes autres vêtements chez toi. Est-ce que je peux passer la nuit à l'hôpital ?

William fut soudain complètement réveillé, son cœur battant la chamade.

— Euh... bien sûr. Pas de problème.

Un instant plus tard, Colby quitta la nationale pour prendre la route de gravier. Les phares semblaient à peine toucher l'obscurité, et la civilisation parut éloignée d'un million de kilomètres. William s'inquiéta un peu des vaches sur la route et finit par conclure qu'à cette heure-ci, les vaches devaient être bien gardées. Il rit intérieurement à sa blague idiote et réalisa quelque chose ; il se sentait légèrement étourdi, et ce n'était pas dû à l'alcool. Les bières avaient perdu leur effet à présent.

Il déverrouilla le portail. Colby pénétra dans la propriété et avança la voiture de l'autre côté, attendant qu'il referme. Quand Colby gara la voiture, il le fit n'importe comment, utilisant au moins trois emplacements. Cela énerva William, mais il parvint à ne rien dire.

Tandis qu'il déverrouillait la porte d'entrée, ils se rendirent tous les deux compte qu'ils devaient aller pisser, mais qu'il n'y avait qu'une seule salle de bain. Ils se mirent à courir dans le couloir, leur rire se répercutant sur les murs. Avec ses jambes plus longues, William gagna. Mais Colby attrapa la porte de la salle de bain avant qu'il puisse la fermer, puis se tint sur le pas de la porte, se tortillant comme un gamin de six ans.

— *Dépêche-toi* ou je vais devoir partager.

William ne pensait pas qu'il y aurait assez de place pour tous les deux dans la minuscule salle de bain, du moins pas sans se serrer beaucoup, et il ne voulait pas se serrer alors qu'il était en train d'essayer se soulager. Il vida sa vessie aussi rapidement que possible et fut légèrement dégoûté quand

123

Colby lui passa devant, n'attendant même pas qu'il tire la chasse. William se lava les mains dans l'évier de la cuisine et resta planté là, regardant par la fenêtre, les yeux dans vide.

— Tu veux boire quelque chose ? demanda-t-il quand Colby sortit enfin. Manger ? J'ai des chips, ou…

— Ça va.

William le suivit jusqu'à la pièce principale et alluma la lampe de chevet, créant une douce ambiance. Il y eut une légère pause chargée de sens, puis Colby dit :

— Je peux dormir sur le canapé. Je ne serai pas vraiment à l'étroit. C'est l'un des avantages d'être petit.

— Viens juste partager le lit, Colby.

C'était, après tout, un grand lit.

Apparemment, Colby n'eut pas besoin qu'on le lui dise deux fois. Il se débarrassa de sa chemise et la jeta de côté, vira ses chaussures avec ses pieds, ôta ses chaussettes, puis se dandina pour retirer son pantalon et son sous-vêtement en un seul mouvement. William en resta immobile, bouche bée devant un homme entièrement nu alors que lui-même était encore habillé.

Et oh, Colby était magnifique.

William avait déjà vu son torse et ses bras, qui étaient bien dessinés sans être surdimensionnés. Il avait des mollets minces et des cuisses bien proportionnées. Sa taille et ses hanches étaient fines. Et… il était imberbe des épaules jusqu'aux orteils, d'après ce qu'il pouvait en voir. Sa peau semblait brunie sous la lumière dorée. Son sexe était mou et bien proportionné. Il ressemblait à une antique statue grecque d'un personnage mythique et espiègle.

— Je fais beaucoup de muscu. Il n'y a pas grand-chose d'autre à faire quand je ne suis pas à la boutique.

William ne parvint pas à dire un seul mot. Il ne pouvait pas non plus bouger. C'était peut-être lui, la statue.

Colby pencha légèrement la tête sur le côté avant de le regarder d'un air lubrique. Il tourna lentement jusqu'à ce que son postérieur soit face à William, et bon *Dieu*. Il avait déjà eu un bon aperçu de la jolie forme des fesses de Colby puisqu'il l'avait vu en cycliste. Mais même le Lycra ne tenait pas la comparaison avec la peau douce de deux globes rebondis qui semblaient merveilleusement touchables. Léchables. Tripotables. Colby rit par-dessus son épaule et secoua les hanches avec taquinerie.

— Euh, fit William.

Il aurait peut-être dit quelque chose d'autre, mais Colby termina son tour et William remarqua qu'il était maintenant à moitié en érection. Alors même qu'il regardait, le sexe de Colby se gonfla jusqu'à être complètement redressé. Il avait une légère courbe. Ses testicules étaient roses et aussi parfaits que le reste de son corps.

— Être admiré m'excite, dit Colby. Est-ce que ça fait de moi un narcissiste, Dr Lyon ?

— Tu es…

William déglutit bruyamment.

— Tu es sensationnel.

Colby s'inclina profondément.

— Ravi de plaire, lança-t-il quand il se redressa à nouveau.

William avait envie de le toucher, mais il était trop loin.

— Ça a été une longue journée, Will. Mais… est-ce que tu partant pour une leçon plus approfondie ce soir ?

Colby jeta un coup d'œil à son entrejambe.

— Moi je le suis.

Quand il releva la tête, son habituel sourire taquin était présent. Mais il y avait quelque chose d'autre dans son expression, quelque chose que William avait du mal à lire.

William savait qu'il devait refuser. Il avait refusé toute sa vie ; il était doué pour ça. Mais Colby lui souriait, Colby était nu et dur, et Colby était plus que tout ce dont il avait toujours rêvé.

— Oui, dit William.

Colby tapa des mains et sauta sur place.

— Déshabille-toi.

— Mais…

— Ce n'est que justice.

Même si Colby l'avait déjà vu torse nu, William se sentit énormément intimidé lorsqu'il retira sa chemise et fit passer le tee-shirt vert par-dessus sa tête. Pour une fois, il ne plaça pas ses vêtements sales dans le lave-linge. Cette fois-ci, il les jeta sur une chaise. Ses mocassins furent retirés facilement et il ne portait pas de chaussettes. Il ôta ensuite son jean, ne gardant que le caleçon que Colby avait critiqué un peu plus tôt dans la soirée. La respiration tremblante, il le retira aussi.

William était maigre et pâle. Il avait quelques poils sur le torse et d'autres sur le ventre. Ça ne lui était jamais venu à l'idée de s'épiler ou de se raser ou quoi qu'ait fait Colby à ses poils pubiens. Son sexe était absolument moyen – il avait regardé les statistiques. Il ne ressemblait pas à une statue grecque. Il ressemblait à un homme de grande taille qui passait trop de temps devant son ordinateur et pas assez de temps à faire du sport ou à être dehors. Colby était exquis, extraordinaire. William était... bof.

Bien sûr, Colby le savait déjà, donc il n'eut pas l'air déçu. En fait, il réussit à garder son immense sourire alors qu'il s'approchait lentement d'un William légèrement terrifié.

— Waouh, fit Colby.

Et il dit aussi autre chose, mais William ne comprit pas les mots parce qu'au même moment, Colby plaça les paumes de ses mains sur ses hanches et colla leur corps l'un contre l'autre. Il nicha sa tête contre la clavicule de William. Exactement comme lorsqu'ils avaient dansé ensemble, sauf que maintenant, il n'y avait aucune couche de vêtements entre eux. William leva ses propres mains – qui, jusque-là, pendouillaient stupidement le long de son corps – et les posa juste au-dessus de la courbe des fesses de Colby.

— Ça va, jusqu'à maintenant ? chuchota Colby.

— Oui.

— Tu n'as pas changé d'avis sur le fait d'être gay ?

— Non, dit William en riant. Et si j'avais été indécis, tu aurais certainement suffi à m'en convaincre.

— Oui, mais tu n'es pas quelqu'un qui se laisse influencer, répondit Colby.

Il bougea ses mains lentement depuis les hanches de William, remonta ses flancs jusqu'à son dos.

— J'entends ton cœur.

La montée de sang dans les oreilles de William ne lui permit plus d'entendre grand-chose par la suite. Mais il pouvait très certainement ressentir : la peau douce des fesses de Colby sous ses paumes, la dureté du sexe de Colby contre sa hanche, la moiteur de la langue de Colby le long de sa clavicule et puis – oh Seigneur – autour de son mamelon.

Colby recula légèrement ses hanches, appuyant davantage ses fesses contre les paumes de William.

— J'aime tes mains.

Il bougea la tête et mordilla très légèrement l'autre téton, faisant hoqueter William.

— Tu as des doigts tellement longs et élégants. Comme un pianiste.

Personne n'avait jamais décrit des bouts de William de manière aussi élégante

William essaya de répondre quelque chose, mais n'arriva pas à se souvenir comment faire fonctionner convenablement sa bouche. De toute façon, l'effort devint inutile lorsque Colby tira sa tête vers lui pour un baiser. La langue de Colby taquina ses lèvres jusqu'à ce qu'elles s'écartent. William faillit rire parce que Colby avait un goût de sucre. C'était probablement les sodas qu'il avait bus, mais quel autre goût que sucré Colby pourrait-il avoir ?

C'était un baiser très agréable, suffisant pour faire flageoler les jambes et battre le cœur de William. Mais alors, Colby glissa une de ses mains entre eux et entoura le sexe de William. Elle n'avait aucun cal, mais sa main était forte et indéniablement masculine.

— Oh, souffla William après avoir rompu le baiser.

— Tu veux poursuivre au lit ? demanda Colby.

William fut satisfait de l'entendre légèrement essoufflé.

— D'accord.

Aucun d'eux ne bougea immédiatement, peut-être parce qu'aucun d'eux ne voulait rompre le contact. Colby avait commencé un va-et-vient ferme qui faisait voir des étoiles à William, et William caressait et pétrissait les fesses de Colby. Ils reprirent leur baiser, cette fois-ci encore plus passionnément qu'avant.

Un picotement prit naissance au bas de son dos et dans ses testicules. Avec de gros efforts, il s'écarta légèrement.

— Je vais…

— Oui. Lit ou fiasco.

Ils se tinrent la main pendant la courte traversée de la pièce.

Colby baissa impatiemment la couverture, puis manœuvra William pour qu'il se retrouve dos sur le matelas. Avant que William ait l'occasion de se demander ce que son partenaire avait en tête, Colby grimpait au-dessus de lui, le recouvrant de son corps ferme et chaud. Ils restèrent un long moment à simplement se regarder. William savait qu'il devait avoir l'air abasourdi, et pour une fois, le visage de Colby était sérieux.

— C'est *bon* d'être contre toi, dit Colby.

William avait pensé la même chose. Il aimait la façon dont Colby se moulait contre lui. Il aimait les surfaces dures de son corps, le renflement de ses muscles contre ses os. Et, alors qu'il réinstallait ses mains là où elles aimaient le plus se trouver, il décida qu'il aimait réellement le fessier de Colby.

Émettant un ricanement guttural, Colby gigota.

— J'aimerais pouvoir te chevaucher. Ce serait tellement bon de t'avoir en moi, Will.

— Je… Je…

— Trop loin, trop tôt. De toute façon, *frijoles*.

Ils rirent en chœur. C'était étonnamment merveilleux d'être nu dans un lit avec un homme magnifique, à *rire*. D'après les pornos qu'il avait regardé, il avait déduit que le sexe entre deux hommes n'était pas nécessairement le sport de contact violent et rude qu'il avait imaginé. Ça pouvait être tendre. Ça pouvait être amusant. Mais pour une raison inconnue, il ne lui était jamais venu à l'esprit que ça puisse être tendre et amusant pour lui.

Les lèvres et la langue de Colby étaient sur sa mâchoire inférieure, dans son cou, sur ses épaules et son torse, et même sur son ventre. Et William ne se lassait pas de le toucher, de cartographier chaque centimètre du corps de Colby, comme s'il aurait un examen plus tard. Colby embrassa ses testicules. Il embrassa le bout de son sexe, puis y passa le plat de la langue, le faisant frissonner.

— Tu as bon goût, aussi, annonça Colby.

William se demanda de quel goût était le sexe d'un autre homme. Salé ?

Il n'allait pas le découvrir ce soir, semblait-il, parce que Colby remonta vers lui et lui écarta délicatement les jambes pour pouvoir se nicher entre elles. Puis, il aligna prudemment leurs verges, hampe contre hampe, et commença à les caresser.

Cette fois-ci, William posa ses mains sur les hanches de Colby, comme s'il avait décidé que celui-ci avait besoin d'encouragement pour rester en place. Toutefois, en voyant l'expression concentrée de Colby, il devina qu'il resterait avec joie là où il était ; il observait William droit dans les yeux, ses pupilles dilatées, son souffle sortant en halètements bruyants.

Et William fut submergé. Il imagina que son corps était un maelstrom d'hormones et de neurotransmetteurs, chaque cellule nerveuse stimulée instantanément, chaque partie de son cerveau s'illuminant comme un flipper. La seule chose qui l'empêcha de s'envoler complètement, peut-être de léviter au-dessus de son propre corps, était le visage de la personne au-dessus de lui. L'homme au-dessus de lui. *Colby* au-dessus de lui.

Ce n'était en rien comparable à ces moments passés à se masturber devant des images pixélisées sur un écran d'ordinateur. Colby était tellement *là*, tellement réel.

— Bon Dieu ! Bon Dieu, Will ! cria Colby.

Puis il émit un petit bruit qui sembla presque étonné. William sentit la semence chaude de Colby les atteindre tous les deux.

— Oh, fut tout ce que William réussit à dire avant de jouir à son tour, son corps tout entier frissonnant sous la force de son orgasme, sa vision se brouillant.

Après quelques va-et-vient supplémentaires qui furent presque trop, Colby s'écroula sur lui. Leur peau collait de sueur et de sperme.

— Bon Dieu, dit Colby dans un long soupir épuisé.

L'activité cérébrale de William avait suffisamment repris pour qu'il s'inquiète.

— Pardon. Je n'étais pas sûr… je ne savais pas…

— Ch't.

Colby posa son doigt sur les lèvres de William… son doigt humide et collant, en fait, ce qui fit que William eu vraiment l'occasion de le goûter. De les goûter tous les deux.

— Tu as été incroyable, Will.

— Mais je…

— Tais-toi. Je te mets un A+. Ne le réfute pas.

Avec légèreté, il tapota les doigts de son autre main sur les côtés de la cage thoracique de William, le faisant glousser.

— Et tu es chatouilleux ! Bon sang, j'aurais aimé le savoir plus tôt. Bon, je vais juste devoir m'en souvenir pour la proch…

Il se tut brusquement, son visage se faisant soudainement neutre.

— Qu'est-ce qu'il y a ? demanda William en essayant de s'asseoir.

Colby le poussa à se rallonger.

— Rien.

Les commissures de ses lèvres se relevèrent dans un sourire.

— Tu veux te laver ? Ou on s'occupera du bazar demain matin ?

William ne pensait pas que ses jambes soient déjà opérationnelles, et il était brusquement fatigué. Il était très tard.

— Demain.

— Bien.

Colby roula pour se retrouver à côté de lui et, ensemble, ils remontèrent les couvertures. William éteignit la lampe de chevet. Après un certain nombre de déhanchements et d'ajustements d'oreiller, Colby se lova contre William, dos contre son torse. William passa son bras gauche par-dessus la taille de Colby et glissa le droit en-dessous. Le bras droit allait probablement finir par s'engourdir, mais à cet instant-là, il s'en moquait. Il ne s'était pas attendu à ce que Colby se pelotonne contre lui et c'était tellement bon de le prendre dans ses bras.

— Je n'ai pas l'occasion de rester dormir, d'habitude, marmonna Colby.

Il semblait à moitié endormi.

— C'est chouette.

William l'embrassa sur la nuque, et en quelques minutes, le sommeil l'emporta.

XVI

WILLIAM SE réveilla en premier et fit attention à ne pas bouger. Colby était face à lui, leurs jambes emmêlées et le bras de Colby posé sur le ventre de William. Avec sa bouche légèrement ouverte et ses cheveux en désordre, Colby semblait très jeune.

William ne fut pas sûr de ce qu'il vit sur le visage de Colby quand ce dernier se réveilla. De la confusion ? Du regret ? Mais quand les yeux bleus s'ouvrirent et se concentrèrent, Colby se contenta de lui faire un sourire endormi.

— Salut, dit-il.

— Bonjour.

— Tu sais ce qu'il y a de mieux quand on dort chez quelqu'un ?

— Quoi ?

Une lueur malicieuse apparut dans son regard.

— Trique matinale.

Et avant que William puisse répondre, Colby plongea sous les couvertures, se dirigeant tout droit vers son entrejambe.

Donc, huit heures après sa première expérience sexuelle avec un homme, William recevait sa première fellation masculine. Il n'avait pas assez d'expérience pour juger ces choses – Lisa avait été très peu intéressée par le sexe oral –, mais il était assez sûr que Colby était doué. En un temps très court, ce qui en était presque gênant, il hoqueta et explosa dans sa gorge.

Puis Colby réapparut avec un sourire digne du Chat du Cheshire.

— Salut !

— Je… je vais être très loin d'être aussi doué.

— Essayons plutôt ça.

Colby lui attrapa la main et l'approcha de son sexe dur.

— En gros, serre et masse. Comme tu le fais sur toi.

Mais ce n'était pas comme se masturber. L'angle était différent, bien sûr, et l'expérience sensorielle n'était pas du tout la même. Le pénis de Colby était très différent du sien, même s'ils avaient approximativement la même taille. William découvrit rapidement qu'il aimait caresser Colby, expérimentant divers mouvements et notant ses réactions quand il touchait diverses zones de son sexe, ses testicules et son périnée. Certains trucs faisaient gémir Colby

130

ou soulever son bassin, d'autres lui faisaient retomber la tête sur le coussin et fermer les yeux. C'était comme jouer d'un instrument de musique, décida William, et Colby était le public le plus reconnaissant au monde.

— B- bon Dieu, Will… oui, comme ça. Comme…

Colby l'attrapa par les cheveux et l'attira à lui pour un baiser sauvage. C'était étrange de goûter son propre sperme dans la bouche d'un autre homme, mais pas déplaisant. Colby ne semblait pas se soucier de l'haleine matinale de William. Peut-être était-il parti trop loin pour se soucier de quoi que ce soit, parce que, sans rompre le contact avec la bouche de William, Colby se tortilla, frissonna et jouit.

William déplaça sa main et caressa délicatement la hanche de Colby jusqu'à ce que celui-ci mette fin au baiser et soupire.

— C'était cool, dit Colby. La meilleure partie du réveil. Comment est-ce que tu te sens ce matin ?

— Plutôt bien maintenant.

— Bien. J'avais un peu peur que tu… paniques à cause d'hier soir.

— Aucune panique à retardement, répondit William avec honnêteté.

— Et bien, je suis fier de toi, Padawan. Tu as été un petit grille-pain courageux.

Colby se redressa et s'étira.

— Et je devrais probablement te laisser tranquille.

— C'est bon. Tu peux rester. C'est ton jour de repos, non ?

Colby le regarda étrangement.

— Oui. Mais je dois faire un truc pour papi, et je dois… est-ce que ça te dérange si j'utilise la douche en premier ? Je pue un peu.

Ne comprenant pas pourquoi Colby était si pressé, William haussa les épaules.

— Bien sûr. Vas-y. Je nous préparerai le petit déjeuner pendant que tu te laveras.

Colby l'embrassa rapidement sur la joue.

— Parfait.

William le regarda traverser lentement la pièce – nu et magnifique. Ce ne fut que lorsqu'il entendit l'eau couler qu'il s'extirpa du lit. Il enfila le caleçon et le jean de la soirée précédente, qui l'attendaient sur la chaise où il les avait laissés. Dans la cuisine, il essaya en vain de dompter ses cheveux avec ses doigts et se lava les mains.

Peu de temps après que le café fut prêt, Colby émergea de la salle de bain, les cheveux mouillés et une serviette nouée de manière précaire autour de ses hanches.

— Ça sent super bon, Will.

William lui sourit et cassa quelques œufs dans la poêle.

Lorsque le petit déjeuner fut sur la table, Colby avait revêtu son tee-shirt DANCE-ADDICT et son jean moulant. Ils mangèrent ensemble, discutant avec légèreté du groupe de la veille et de la météo. Colby s'emballa au sujet de ses autres plats préférés de chez *Dos Hermanos*. Puis, pendant que William se vidait la vessie, se brossait les dents et finissait de s'habiller, Colby lava la vaisselle. William trouva cela gentil de sa part.

Bien sûr, il dut raccompagner Colby chez lui. Ils ne dirent pas grand-chose durant le court trajet. Colby semblait un peu renfermé, comme s'il avait quelque chose en tête. Quand il arriva en ville, il dit :

— Dépose-moi simplement à la boutique, s'il te plaît.

William se gara sur le parking. Il s'arrêta près de la porte principale du bâtiment, mais ne coupa pas le moteur. Colby se tourna pour le regarder.

— Tu vas appeler ce type ? Steve ?

Surpris, William cilla.

— Je… je…

— Parce que j'ai eu un bon feeling le concernant. Je parie qu'il est ton genre. Mais si tu veux rencontrer quelqu'un d'autre… ou beaucoup d'autres… nous pourrons retourner à Fresno.

— Mais… je pensais…

Colby ouvrit la porte et sauta hors de la voiture, le sac en plastique avec ses autres vêtements dans sa main.

— Merci de m'avoir laissé être ton premier, Will. Je ne pense pas avoir jamais été le premier de personne. C'est spécial.

Et avant que William puisse répondre, Colby ferma la portière et s'éloigna.

18 août 1942

Mon très cher Johnny,

Cela fait très longtemps que je n'ai pas eu accès à du papier et un stylo. Ça a été... oh, Johnny, c'en est fini pour moi.

Tu m'as oublié désormais, je pense. C'est peut-être mieux ainsi. Bien mieux que mon destin. Si je n'avais pas été aussi têtu, tu vois... mais bon, j'ai toujours été têtu. Père me battait pour ça et ça t'exaspérait tellement. J'enviais ton caractère facile à vivre et aurais aimé pouvoir t'imiter.

Le Dr Fitzgerald avait un remède, disait-il. J'avais peur qu'il parle d'autres chocs insuliniques, ou peut-être d'une nouvelle technique qu'ils utilisent maintenant. Cela s'appelle sismothérapie. Ils soumettent le patient à de forts chocs électriques pour provoquer des convulsions. Je ne sais comment, c'est censé produire une guérison. Ça fait fureur ici, le dernier truc à la mode en science psychiatrique. J'ai parlé aux patients qui ont eu le traitement. Ils disent que ça ne fait pas mal parce qu'ils perdent connaissance. Mais ça les rend doux et confus pendant un certain temps, et ça brouille leurs souvenirs. Mes souvenirs sont la meilleure chose que j'ai – la seule chose que j'ai – et je ne voulais pas qu'ils soient brouillés.

Mais il s'est avéré que le Dr Fitzgerald avait un traitement différent en tête. Celui-ci est destiné spécialement aux patients comme moi : les déviants sexuels.

Devrais-je te dire ce qu'ils m'ont fait ? On ne m'a pas demandé ma permission. Je suppose que ma permission n'est pas nécessaire – mon corps et mon esprit appartiennent à l'hôpital. Je ne sais pas si mes parents ont donné leur autorisation. Je n'ai pas eu de leurs nouvelles depuis très longtemps et le bon docteur ne parle plus d'eux. On ne m'a même pas dit ce qui était prévu. J'ai été emmené dans l'aile médicale. Un examen, a dit le Dr Fitzgerald. Je me suis allongé sur un lit et il m'a mis un masque sur le visage jusqu'à ce que j'aie très envie de dormir. Et quand je me suis réveillé...

As-tu déjà deviné ce qu'il est advenu de moi ? À ta place, j'arrêterais probablement de lire cette lettre à partir d'ici. Mais de toute façon, tu ne la lis pas du tout, n'est-ce pas ?

Je vais t'épargner les conséquences immédiates de l'opération, qui était douloureuse et... éprouvante. Il y a eu une infection persistante. J'ai dû rester attaché pendant un certain temps, et le Dr Fitzgerald se postait à côté de mon lit, me disant que c'était pour mon bien, que j'en serais bientôt reconnaissant.

Mon pénis est toujours intact, si cela peut te consoler. Je suis au moins reconnaissant de ça. Le Dr Fitzgerald a tout un lot de joyeux contes sur des eunuques royaux qui

133

devaient s'accroupir pour pisser, qui devaient s'insérer des bouchons dans le corps car ils étaient incontinents ou qui transportaient du matériel qu'ils devaient insérer dans le trou qui se refermait afin de vider leur vessie. Je peux pisser debout, comme toujours. N'ai-je pas de la chance ?

Durant les mois qui ont suivi l'opération, mes désirs sexuels ont diminué, tout comme l'avait prédit le docteur. En cas de solitude – peut-être juste une couverture dans un dortoir bondé – je ne me touche plus la nuit, pensant à toi. Je ne rêve plus de sexe. Je ne me réveille plus dur. En fait, cela fait très longtemps que je n'ai pas eu d'érection. Je ne suis pas sûr d'y parvenir et je n'ai pas envie d'essayer.

Alors, à cet égard, le traitement a été un succès. Je ne souhaite plus avoir de rapports sexuels avec des hommes.

Mais bien sûr, mes sentiments pour toi incluent plus que ça. Le sexe était agréable. Presque divin parfois. Mais il y avait l'amitié... et l'amour. Et mon cher Johnny, je t'aime toujours. Ils pourraient me couper chaque partie du corps que cela ne changerait rien.

Je ne suis pas sûr que tu m'aies jamais aimé. Tu ne l'as jamais dit, même quand je le faisais. Mais c'était ta façon d'être. Tu n'exprimais pas souvent tes sentiments par des mots.

De toute façon, peu importe... je t'aime quand même et je t'aime toujours.

Je ne pense pas que le Dr Fitzgerald se soucie de l'amour. Il ne peut pas le mesurer. Mais il m'a montré des images d'hommes nus et m'a dit de me masturber en les regardant, et il a été très satisfait que je ne puisse pas durcir. Il m'a regardé pendant que j'essayais, gardant un visage très neutre. Je me demande s'il a ses propres fantasmes sexuels ?

Il m'a déclaré provisoirement guéri. Il décrirait mon cas dans un journal médical, a-t-il dit.

J'ai été transféré dans une autre partie de l'hôpital, une partie que je n'avais jamais vue. Elle n'était pas située dans le bâtiment principal ; c'était des petites maisons juste derrière. Je partageais une chambre avec trois autres hommes, tous censés être en voie de guérison mentale ou, du moins, représentant peu de danger pour les autres. Il y avait cinq autres chambres similaires. J'avais un vrai lit, ce qui était très agréable. Au début, je pouvais à peine y dormir, tellement peu habitué à un matelas souple. Nous pouvions utiliser les toilettes à volonté, et avec la porte fermée. Nous cuisinions nos propres repas, avec l'aide des infirmières et des deux employés qui vivaient là avec nous. Je ne te dis pas combien cette nourriture avait un goût merveilleux après la pâtée que j'avais mangée.

Le jour, nous travaillions dans un atelier, fabricant des meubles et réparant de petits objets. J'étais très mauvais. Tu te souviens combien je suis maladroit avec mes mains ! Mais c'était bien d'avoir quelque chose pour nous occuper, et le soir, nous écoutions une radio. J'avais été tenu éloigné des nouvelles du monde depuis tellement longtemps, Johnny. Peux-tu imaginer mon choc quand j'ai appris que nous étions à nouveau en guerre ? Et dans des endroits tellement éloignés.

Les samedis soir, les autres patients de confiance et nous étions emmenés dans une grande salle pour regarder des films, et les dimanches matin, on nous faisait la morale dans cette même salle.

Je crois, Johnny, qu'ils avaient décidé que je n'avais plus besoin d'être enfermé. Mais ils ne parvenaient pas à décider quoi faire de moi, parce qu'il n'y avait personne pour me recueillir. J'ai entendu quelqu'un parler de me trouver peut-être un travail de concierge quelque part. Quelque chose de simple, disait-on.

J'aurais pu attendre, et en fin de compte, j'aurais été libre. Mais je n'ai pas pu attendre. Je n'arrêtais pas d'entendre les nouvelles de la guerre et je ne cessais de penser à toi, et j'ai commencé à craindre que tu sois devenu soldat. Je savais qu'il était possible que tu sois déjà parti, et chaque jour d'attente, je te sentais t'éloigner de plus en plus.

Je crois que je savais, au fond de mon cœur, que je t'avais perdu depuis longtemps. Mais je refusais de l'accepter. Je ne le pouvais pas. Parce que si je ne t'avais pas, qui aurais-je ? J'avais perdu ma famille et ne pourrais jamais avoir d'enfants.

Qui m'accepterait comme amant, alors que je ne serais jamais intéressé par le sexe ? Qui me voudrait comme ami, alors que j'étais un non-homme brisé, un inverti, un fou, un monstre ?

Alors je me suis enfui.

J'ai été aussi malin que je pouvais l'être. Je suis parti de nuit, quand je pouvais sortir de la maison et traverser la propriété en rampant sans être vu. Il y a des gardes en activité, mais ils ont été faciles à éviter. Leurs bottes et leurs clés sont bruyantes et tu peux voir la lueur de leur cigarette de très loin. Il n'y a qu'une seule route menant – et repartant – à l'hôpital, alors je l'ai suivie tout le long jusqu'à arriver à une route plus grande. Je n'avais qu'une vague idée de l'endroit où je me trouvais et aucune idée de la direction que je devais prendre. J'ai trouvé un buisson bien hors de vue de la route et m'y suis caché jusqu'à l'aube.

Au matin, les voitures, camions et bus arrivent avec les employés de jour de l'asile. Je le savais. J'ai guetté depuis ma cachette pour voir d'où ils venaient, et c'est la direction vers laquelle j'ai marché, restant toujours hors de vue de la route. C'est une zone très peu habitée, ce qui a facilité mes déplacements en cachette.

Je ne portais que mon pyjama d'interné. Mais je suis arrivé à une ferme et j'ai vu une femme étendant son linge pour le faire sécher. Quand elle est retournée à l'intérieur, j'ai volé un pantalon et une chemise. Je ne suis pas fier d'être devenu un criminel, Johnny. Ces vêtements étaient vieux et rapiécés ; je suis sûr que cette famille possédait très peu. Mais je possédais encore moins.

Après une longue marche, je suis arrivé dans une sorte de ville. Il n'y avait pas grand-chose – un magasin, un bureau de poste, un café, une station-service. J'avais terriblement faim, mais je n'avais pas un centime à dépenser en nourriture. Malgré tout, je suis entré dans le magasin avec une histoire inventée où je recherchais mon cousin, Johnny Taylor. J'ai demandé au marchand s'il te connaissait, mais il m'a répondu que non. Je t'ai même décrit, juste au cas où. Mais tu n'étais pas là, et il a dit qu'il connaissait tout le monde en ville. Je soupçonne qu'il savait que je m'étais enfui de l'asile. Mon horrible coupe de cheveux avait dû me trahir. Mais il n'a fait aucun commentaire là-dessus.

J'ai décidé de voyager vers le nord. Chez nous. Peut-être étais-tu resté là-bas après tout, et dans le cas contraire, peut-être quelqu'un savait-il où tu étais parti. J'ai trouvé une place à l'arrière du camion d'un fermier. Il a dû avoir pitié de moi, parce qu'il m'a laissé manger quelques-unes des premières pommes de la saison qu'il transportait.

J'avais un plan. Je te trouverais. Nous irions quelque part ensemble. Oakland, peut-être. J'avais entendu dire à la radio qu'avec la guerre et le départ de nombreux hommes, il y avait plein de travail maintenant. Nous pourrions travailler sur le chantier naval, aider à préparer notre pays pour la bataille. Enfin, toi tu le pourrais. Je ne sais pas en quoi je serais utile sur un chantier naval. Mais les chantiers navals avaient très certainement besoin de comptables, non ? Tu serais tellement heureux de me voir que tu te ficherais de ce qui avait été fait à mon corps.

Nous vivrions foutrement heureux après ça.

Oui, oui. Tout était stupide dans ce plan. J'avais passé tellement de temps derrière les barreaux, privé de mon... mon humanité depuis tellement longtemps, Johnny. Peut-être que l'asile, et l'insuline, et l'opération ont tellement altéré mon esprit que je suis aujourd'hui un vrai incompétent.

Je suis arrivé chez nous. Le fermier m'a déposé en centre-ville. Je me suis rendu immédiatement vers Main Street en direction de chez toi. Je pouvais imaginer la surprise sur ton visage quand tu lèverais la tête d'un de tes moteurs et que tu me verrais planté là !

Mais Edward m'a vu en premier.

C'était le pire timing. Ou peut-être que quelqu'un m'a reconnu, et lui a dit que j'étais là. En tout cas, j'ai tourné à l'angle de la rue et je lui suis presque rentré dedans.

J'ai essayé de fuir, vraiment. Mais ce salaud a toujours été plus rapide et plus fort que moi. Il est devenu plus gros depuis la dernière fois que je l'ai vu, mais il a quand même réussi à me rattraper. Il n'a eu aucun problème à m'aplatir sur le sol. « Police ! » a-t-il hurlé. « POLICE ! »

J'étais de retour ici à l'hôpital avant le coucher du soleil.

Et je suis de retour dans mon ancienne cellule. Ils m'ont même pris le matelas et mes habits cette fois-ci. Je dois faire attention à ne pas baisser les yeux vers mon entrejambe ravagé parce que ça me rend malade de le voir. Mon papier, mon stylo et ma boîte en fer étaient toujours là, cachés dans le mur. J'en suis heureux. T'écrire m'a manqué, Johnny. T'offrir ces mots que tu ne verras jamais m'a manqué. Tant que j'ai ces lettres à écrire, je peux imaginer que quelqu'un pense encore à moi, tient encore à moi. Je peux prétendre ne pas être un fantôme vivant.

Au Dr Fitzgerald, maintenant. Il pense encore à moi. Parle encore d'un remède. Mais je ne pense pas qu'il sache de quoi il essaie de me guérir. D'être moi, peut-être. Peut-être se prend-il pour un Frankenstein moderne, capable de créer un homme nouveau à partir de bouts de l'ancien. Ou peut-être qu'il veut juste détruire. Je ne sais pas.

Ils m'ont emmené dans son bureau l'autre jour. Il ne s'est pas donné la peine de me poser des questions. Au lieu de ça, il n'a cessé de regarder ma tête comme si elle était une énigme. Il a pris des notes. Il parle à voix haute parfois quand il écrit, te l'ai-je dit ? Au moins, moi je parviens à écrire en silence. Il a gribouillé sur son bloc-notes en marmonnant. Je n'ai pas glané grand-chose. Trop de termes médicaux. Tout ce que j'ai pu comprendre, c'est qu'il a décidé que j'étais un bon candidat pour quelque chose appelé procédure de Freeman-Watts. J'espère que ça n'implique pas des électrochocs, ou de l'insuline, ou des coupes de morceaux.

La prochaine fois que je m'évade, je serai bien plus malin. Je ne retournerai certainement chez nous. J'espère que je te trouverai, Johnny. En attendant, je te garde dans mon cœur.

À toi pour toujours,

Bill.

Il y avait une demi-douzaine de feuilles supplémentaires dans la boîte en fer. Mais elles étaient toutes vierges.

XVII

WILLIAM N'AVAIT jamais vraiment compris les femmes. Aucune grosse surprise à ce niveau-là. D'après ce qu'il avait pu glaner, c'était un problème commun à tous les hommes, gays ou hétéros. Durant la brève période où il avait fréquenté des femmes, puis durant son mariage, il s'était souvent retrouvé déconcerté dans ses interactions avec elles. Il aurait aimé qu'il y ait une sorte de mode d'emploi ou, au moins, un manuel de traduction.

Il avait supposé que l'un des avantages d'être gay serait la capacité à éviter ce problème de communication. Il comprenait les hommes ; il n'y aurait aucune confusion.

Il s'avéra que c'était faux, car au cours des semaines suivantes, il fut incapable de comprendre ce qui se passait avec Colby.

Il n'eut aucune nouvelle de lui le jeudi. Mais peut-être, se dit-il, que des problèmes familiaux le retenaient pendant son jour de repos. Le vendredi, William eut l'idée brillante d'acheter deux menus au Dos Hermanos et d'apporter la nourriture au magasin pour la partager avec Colby. Quand il entra dans le magasin pour lui demander ce qu'il voulait, Cammie était affalé derrière le comptoir, lisant un autre magazine.

— Euh, bonsoir, dit William. Est-ce que Colby est occupé ?

Colby souriait peut-être constamment, mais sa mère détenait le brevet de la neutralité.

— Il n'est pas là.

— Oh. Je pensais que c'était les mercredis et les jeudis qu'il avait de libres.

— Ce garçon travaille dur. Il mérite quelques jours de congé.

William était d'accord.

— Il est en ville, ou…

— Il est allé voir des amis à San Francisco.

— Oh. Merci.

Ayant l'impression d'avoir reçu un coup de poing dans l'estomac, William retourna chez lui et, à la place, prit un sandwich pour dîner.

Il attendit quelques jours de plus, mais quand il n'eut pas plus de nouvelles de Colby, il se décida à appeler. Il finit par tomber directement sur la messagerie vocale et laissa un bref message. Il fut heureux de recevoir un SMS de Colby le mardi, mais tout ce que cela disait, c'était « De retour jeudi ».

Au moins, William avança sur la rédaction de sa thèse. En fait, s'il continuait à ce rythme-là, il l'aurait terminée bien avant son objectif de mi-août. Il pourrait alors retourner dans la Zone de la Baie et trouver un poste d'assistant, financé par la bourse du Dr Ochoa. Cette idée le rendait désemparé et mélancolique.

Le jeudi après-midi, William alla en ville. Il rendit visite au kiosque au bord de la route, où Missy lui vendit avec un grand sourire une livre de cerises rouge foncé.

— C'est une bonne récolte, dit-elle en enregistrant la vente. Bonne et sucrée. Et fraîche. Celles-ci ont été cueillies juste ce matin.

Il parcourut la faible distance jusqu'à l'épicerie, attendit que les gens à qui appartenait le SUV Ford sortent et s'en aillent, puis entra. Colby se tenait dans l'une des allées, rangeant des paquets de pâtes sur une étagère. Il se retourna pour regarder William et son sourire professionnel automatique passa par toute une série de changements rapides, finissant pas très loin de là où il avait démarré.

— Salut, dit joyeusement Colby.

— Salut. Est-ce que tu as profité de tes vacances ?

— Oui. Je n'en avais pas eu depuis… une éternité, et je me suis dit que j'allais profiter que maman soit ici, tant que je le pouvais. Je suis content de l'avoir fait. Son mari et elle se sont réconciliés et elle retourne à Redding demain.

Il se tourna pour ranger les nouilles.

William se rapprocha.

— Je suis content que tu aies eu l'occasion de te détendre. Et qu'ils se soient réconciliés. Est-ce que… tu t'es amusé dans la grande ville ?

Colby jeta un coup d'œil sur le côté.

— Bien sûr. J'ai mangé thaï, afghan et birman, et je suis allé danser. Je me suis aussi acheté de nouveaux vêtements.

Il interrompit son travail pour faire un geste vers sa tenue : un autre jean moulant et un tee-shirt turquoise.

— Et tu es allé chez le coiffeur.

Colby se tapota la tête.

— Ouaip.

Ses cheveux étaient un peu plus courts à présent et au lieu d'avoir les pointes décolorées en blond, ils étaient désormais roux doré, légèrement crêpés sur le milieu. Ça lui allait bien.

Le silence s'instaura entre eux tandis que William regardait Colby longer une étagère. À présent, il tournait les pots de sauce spaghetti afin que toutes les étiquettes soient faces à lui.

— Je t'ai acheté un cadeau, dit enfin William.

Il souleva le sac en papier qu'il avait en main.

— Vraiment ?

Colby sembla ravi, mais légèrement méfiant.

— Bien sûr. Je veux dire, tu m'as acheté ce tee-shirt, et... enfin, tiens.

Il tendit le sac en direction de Colby.

Colby le lui prit et regarda à l'intérieur. Son visage s'illumina quand il vit ce qu'il contenait.

— Des cerises ! Oh mon Dieu, j'adore les cerises !

— Je sais.

Colby le regarda longuement avant de baisser la tête.

— Merci. C'était gentil de ta part.

William le suivit jusqu'au comptoir. Colby ouvrit le sac, sépara la cerise de la queue avec ses dents, puis recracha le noyau dans sa paume.

— Tiens, dit-il en tendant le sac. Elles sont très bonnes.

Elles l'étaient, décida William après en avoir goûté une. Pourtant, il ne se soucia pas du noyau gluant dans sa main ni de savoir qu'il tachait sa main de rouge. Colby dut le voir dans son expression, parce qu'il leva les yeux au ciel et lui prit le noyau des mains.

— Beurk, il y avait ma salive dessus, dit William.

Colby haussa les sourcils.

D'accord, il marquait un point.

William lui sourit.

— Tu veux venir dîner à la maison ce soir quand tu auras fermé ? Je peux refaire griller quelque chose.

Il ne savait pas pourquoi, mais Colby avait l'air de souffrir.

— Je ne peux pas. Désolé.

— Bien sûr. Pas de problème. Hmm, est-ce que ça te dérange si j'emprunte quelques livres ? Je n'ai pas rapporté les derniers, mais...

— Je te fais confiance. Tu es fiable. Vas-y.

William passa un long moment dans la bibliothèque, regardant les étagères sans but. Quelques clients – pas locaux, à les entendre – se succédèrent. Puis il entendit Mme Barrett entrer dans la boutique et commencer une longue discussion avec Colby pour savoir si l'école primaire avait vraiment besoin de nouveaux toits. Elle était d'avis que non. Elle se plaignit de la décoration d'un paquet de mouchoir mais l'acheta quand même. Quelques minutes après son départ, un homme à la voix retentissante entra pour récupérer un paquet au bureau de poste. Il acheta également quelques timbres. Puis ce fut calme pendant un petit moment, mais Colby ne le rejoignit pas.

En fin de compte, William se décida sur une romance entre un pêcheur commercial et un mannequin. Apparemment, ils se rencontraient durant une séance photo ayant la mer pour thème. Il attrapa aussi un livre de John Irving, principalement parce qu'il était très épais.

Quand il retourna dans la pièce principale de la boutique, Colby avait repris le rangement des étagères. Cette fois-ci, il empilait des boîtes d'analgésique.

— Tu as trouvé quelque chose de bien ? demanda-t-il.

— Je l'espère. J'en ai pris deux.

— Eh bien, profites-en.

Se sentant sommairement renvoyé, William marmonna un au revoir avant de partir.

Il retourna à la boutique trois fois au cours de la semaine suivante pour acheter des provisions. Chaque fois, Colby était poli, mais rien de plus. C'était comme s'ils n'avaient jamais été amis, encore moins amants d'un soir. William aurait pu croire que Colby en avait fini avec lui – qu'il regrettait peut-être leur nuit ensemble. Mais chaque fois qu'il entrait dans le magasin, pendant le plus bref des instants où Colby l'apercevait, ce dernier avait l'air heureux et soulagé. Puis les volets se baissaient sur ses yeux, et il n'était plus qu'un vendeur amical.

Quand William ne rédigeait pas sa thèse, il broyait du noir à cause de Colby. Il savait qu'il y avait plein de gens dans le monde qui ne voulaient rien d'autre que des coups d'un soir, mais Colby avait dit plusieurs fois rêver de plus, et William l'avait cru. Il se dit plus d'une fois que, peut-être, Colby avait trouvé le sexe horrible. Lui avait vraiment aimé ça, et Colby avait assurément semblé l'apprécier à ce moment-là. Peut-être avait-il juste décidé qu'il n'était pas son genre, qu'il pouvait trouver quelqu'un de plus jeune, de plus mignon, de plus à la mode et de moins étrange. Mais même si c'était vrai, Colby ne voudrait-il pas toujours de lui comme ami ? Ils s'amusaient ensemble avant le sexe.

La situation n'avait aucun sens pour William. Avait-il accidentellement offensé Colby d'une manière ou d'une autre ? L'avait-il dégoûté ? L'objectif de Colby depuis le début avait-il été de le dépuceler et de passer à autre chose ? Cela sonnait faux. Colby n'était pas du genre à vouloir accumuler les conquêtes.

Presque trois semaines après leur virée à Fresno, William n'avait pas plus de réponses. Le dimanche soir, contracté après une journée à taper et corriger, il sortit faire un jogging. C'était un jour de mai inhabituellement frais, rattrapant peut-être les journées inhabituellement chaudes qu'il y avait eu un peu plus tôt dans le printemps, et l'air nocturne fut immédiatement glacial. Cela ne le dérangea pas. Cela l'encouragea à courir plus vite. Les vaches étaient particulièrement bruyantes ce soir, soit parce qu'elles appréciaient le temps soit parce qu'elles s'en plaignaient. C'était agréable de faire du sport. Il aimait sentir l'air circuler dans ses poumons et l'étirement des muscles de ses jambes. Puis il trébucha sur un caillou qu'il n'avait pas vu dans le noir, et il décida que ce serait mieux de retourner à l'intérieur avant de se faire mal.

Il traversa le couloir sale. Il commençait à se sentir chez lui ici. Quand il entra dans son appartement, son regard se posa immédiatement sur la boîte en fer, qu'il avait reposée sur l'étagère la plus haute. Il avait essayé d'ignorer la boîte depuis qu'il avait lu la dernière lettre. Mais il avait commencé à se demander ce qui était arrivé au stylo de Bill, ou si quelqu'un d'autre avait découvert la boîte au cours des cinquante années précédentes et l'avait remise dans le mur, ou si Johnny avait fini par se retrouver sur le champ de bataille. Et bien sûr, William ne pouvait s'empêcher de penser à Bill – abandonné, mutilé, hurlant pendant un demi-siècle.

Il fit demi-tour et alla vers la salle des archives. Il ne réalisa pas que c'était l'endroit où il se dirigeait avant d'y arriver. Mais une fois là, il sut ce qu'il avait l'intention de faire : fouiller les archives. Trouver le dossier de Bill. Apprendre ce qu'il lui était arrivé.

Quelques minutes à peine à ouvrir les tiroirs et à fouiller leur contenu le convainquirent de l'amplitude de la tâche. Il y avait plusieurs milliers de dossiers, et leur classement semblait, au mieux, peu méthodique. Oui, le nom des patients était écrit sur les onglets des dossiers, mais la plupart étaient presque illisibles parce qu'ils étaient mal écrits ou effacés. William ne connaissait même pas le nom de famille de Bill. Il se laissa tomber sur le sol poussiéreux, se tenant la tête avec défaitisme. Il décevait Bill, tout comme il avait déçu sa famille et sa femme. D'une certaine manière, il avait aussi échoué avec Colby – et il trouvait cet échec le plus douloureux de tous.

Bon Dieu ! Il se l'était promis ! Il avait fait le vœu de ne plus jamais être proche de quelqu'un, et regardez ce qu'il avait fait. Il était tombé amoureux du premier homme qu'il avait regardé deux fois. Et il s'était émotionnellement investi envers un homme qui était probablement mort depuis des décennies.

Le sol de la salle des archives était véritablement dégoûtant. Il allait devoir se doucher et laver ses vêtements. Mais il ne fit aucun effort pour se lever, parce qu'une idée jaillissait lentement dans son esprit. Il pouvait presque sentir les neurones s'allumer, un à un, juste qu'à ce que l'ampoule mentale soit entièrement éclairée. Oui. Il pouvait peut-être résoudre ses deux problèmes en une seule fois.

XVIII

EN TRAIN de passer la serpillière, Colby releva la tête, fit un grand sourire, puis modéra visiblement son enthousiasme.

— Salut, Will.

William se tenait près de la porte, ne voulant pas mettre de la poussière sur le sol tout récemment nettoyé.

— Comment vas-tu, Colby ?

— Je vais bien. Hé, tu as fini par appeler le beau gosse de L'Enclos ?

— Non.

William secoua la tête.

— Et je ne vais pas le faire.

— Il n'est pas ton genre ?

— Non. Pas du tout.

Colby s'appuya sur le manche du balai et sourit.

— On dirait que tu as enfin découvert quel était ton genre. Est-ce que les romans t'ont aidé ? Ou le porno ?

— D'une certaine manière.

Son genre, bien sûr, était Colby Anderson. Mais il ne le dit pas.

— Est-ce que tu es libre demain ?

Colby cligna légèrement des yeux devant le changement de conversation.

— Oui. Mais j'ai beaucoup de choses à…

— J'ai besoin de ton aide.

Cela mit immédiatement fin aux objections de Colby, exactement comme William l'avait espéré. Colby fronça les yeux avec inquiétude.

— Quelque chose ne va pas ?

— En quelque sorte. J'ai… un projet. C'est trop gros pour le faire tout seul.

— Will, si tu me demandes de l'aide pour un projet de construction, je dois te le dire, je suis nul. Je ne suis pas doué pour tout ce qui implique des outils. Mais mon cousin Robby…

— Il ne s'agit pas de construction, le coupa William, ses lèvres tiquant un peu. Je suis nul aussi là-dedans. Écoute, c'est une histoire une peu longue. Retrouve-moi pour déjeuner au Dos Hermanos demain et je t'expliquerai. Et si tu acceptes de revenir à l'hôpital pour m'aider, j'ai un pot-de-vin.

Il agita le sac qu'il avait en main.

— Une tarte à la cerise de ta cousine. Elle m'a dit que c'était la meilleure du comté.

— Ça l'est. Elle remporte des médailles à la foire.

— Eh bien, ce serait dommage de devoir manger la tarte entière tout seul. Avec la glace que j'ai achetée à Mariposa hier.

Colby se lécha les lèvres.

— Tu as pris le truc de première qualité, n'est-ce pas ? Pas la merde bon marché de papi.

— Oui. Glace à la vanille à la française, à la teneur en gras si élevée que tes artères vont en pleurer.

Pour la première fois en trois semaines, Colby lui offrit son incroyable sourire complet, celui qui creusait complètement ses fossettes et faisait étinceler ses yeux.

— Vendu. Midi au Dos Hermanos, tarte à la mode en dessert.

William s'inclina profondément et sortit.

— HÉ ! AMIGO ! Vous êtes enfin revenu.

William hocha poliment la tête en direction de Luis, mais son attention était, en réalité, tournée vers la table près de la fenêtre, où Colby était assis, attendant. Presque dix minutes d'avance. C'était bon signe. William traversa la pièce et s'assit en face de lui.

— Joli tee-shirt, commenta Colby.

William portait le tee-shirt vert qu'il lui avait offert.

— Il l'est. On m'a dit qu'il faisait ressortir la couleur de mes yeux.

Cela fit ricaner Colby. Un autre bon signe, espéra-t-il.

Luis apparut pour prendre leur commande. William demanda de l'eau et, suivant l'exemple de Colby, commanda des *chiles rellenos*.

— C'est presque aussi bon que les tamales, dit Colby.

Luis acquiesça.

— Et nous sommes à court de tamales. Rafa a été de mauvaise humeur cette semaine et n'a pas voulu en faire.

— Un tempérament d'artiste, ajouta Colby.

145

Une grande famille entra dans le restaurant, parlant tous en même temps, et Luis s'en alla précipitamment pour réarranger tables et chaises.

— Alors, quel est ton projet secret hyper super important, Will ? J'espère que ça implique des paillettes. J'adore les paillettes.

Il fit un clin d'œil.

— Aucun éclat, j'en ai peur. C'est une sorte de chasse, je suppose. Une chasse à l'homme.

Le sourire de Colby s'effaça, puis réapparut.

— Oh. Tu veux que je t'aide à trouver un rencard ?

— Non. Cet homme... Eh bien, s'il est encore en vie, il doit probablement approcher les cent ans.

— Waouh.

Colby se redressa sur sa chaise.

— Je savais qu'on pouvait avoir un faible pour les hommes plus vieux – je l'ai vécu moi-même –, mais waouh.

Il détourna le regard avant de le porter à nouveau sur William.

— D'accord, Will. Qui est ce vieil homme et pourquoi est-ce que tu le cherches ? Un arrière-grand-parent disparu ?

— Peu après mon emménagement dans l'hôpital, j'ai découvert une petite boîte en métal. Une vieille boîte à lunch. Elle était cachée dans un mur de l'une des cellules.

Cela piqua la curiosité de Colby. Il se pencha en avant, les yeux écarquillés.

— Et ? Et ?

— Il y avait des lettres à l'intérieur. Elles ont été écrites par un patient aux alentours de l'époque de la seconde guerre mondiale. Elles étaient adressées à son amant.

— Oh !

Colby agita la main avec impatience, renversant presque son verre de Coca.

— Dis-m'en plus.

Avant que William puisse répondre, Luis arriva avec son eau, et avec des chips et de la sauce *salsa*.

— Les *chiles* arrivent tout de suite, amigos.

Colby jeta à peine un coup d'œil à Luis. William eut l'impression que si Luis ne partait pas rapidement pour lui permettre de raconter le reste de l'histoire, Colby allait étrangler l'un d'eux. Il eut une image mentale d'un

146

très jeune Colby, un matin de Noël, portant une grenouillère et sautant au plafond dans son impatience à ouvrir les cadeaux.

Luis s'éloigna, et William se calma tandis qu'il continuait son récit.

— Il s'appelait Bill. Et il a été interné parce qu'il était gay. Son amant s'appelait John.

— Oh mon Dieu. Bon sang, Will. Je savais que ça se faisait, mais... merde. Que lui est-il arrivé ?

— Beaucoup de choses horribles. Il en a décrit certaines. Mais je ne sais pas ce qu'il lui est arrivé à la fin, et j'ai vraiment besoin de le savoir. Est-ce que tu vas m'aider à le découvrir ?

Colby acquiesça d'un air décidé.

— Absolument.

William sentit un petit frisson de triomphe anticipé.

— JE SUIS revenu par ici, tu sais, dit Colby lorsqu'ils approchèrent du portail.

William arrêta la voiture, mais ne sortit pas encore.

— Qu'est-ce que tu veux dire ?

— À vélo. Parfois, j'aime aller me balader à vélo après le travail, surtout maintenant qu'il fait jour aussi longtemps. Et pendant mes jours de repos. Je suis venu jusqu'ici presque tous les jours au cours des dernières semaines. Mais je ne suis pas entré, parce que c'était verrouillé.

Colby annonça tout cela de manière très factuelle, comme s'il n'avait pas évité William au cours de ces mêmes dernières semaines.

— Tu aurais pu m'appeler, répondit doucement William. Je t'aurais laissé entrer.

— Je sais.

Secouant la tête face à la capacité continue de Colby à le perturber, William sortit de la voiture et déverrouilla le portail. Le temps qu'il revienne dans la voiture, Colby avait éteint le CD de Beethoven pour passer sur une station radio diffusant une musique électronique détestablement rythmée. Il offrit à William un sourire angélique.

La première chose que fit William quand ils arrivèrent dans son appartement fut de donner à Colby la boîte en fer. La nichant entre ses bras comme quelque chose de précieux, Colby l'emporta jusqu'au canapé.

— Je vais travailler sur ma thèse pendant que tu lis, dit William. Ça risque de te prendre un certain temps. J'ai l'estomac trop plein pour manger la tarte tout de suite, alors peut-être qu'on pourra la prendre un peu plus tard. Tu veux boire quelque chose ?

— Coca Light, répondit Colby en plaisantant.

Il savait que William ne buvait pas ce truc.

Mais ce fut à présent au tour de William de sourire.

— D'accord, dit-il avant d'aller récupérer la bouteille qu'il avait achetée en espérant la visite de Colby.

Quand William rapporta la boisson, Colby secoua la tête.

— Tu es un homme intéressant, Will.

— Merci.

En fait, ce fut très difficile de se concentrer sur son travail pendant que Colby lisait les lettres. William lui tournait le dos, mais de temps en temps, Colby émettait un petit bruit ou marmonnait un juron, et William se demandait à quelle atrocité il était arrivé. Enfin, Colby poussa un long soupir.

— Bon Dieu, Will.

Sa voix était faible, un peu perdue, et quand William se retourna pour le regarder, il remarqua qu'il avait les yeux gonflés.

— C'est le truc le plus horrible que j'ai jamais… Pauvre Bill.

— Oui.

— Est-ce que… Les choses qu'il dit être arrivées, est-ce qu'elles sont vraies ?

— J'imagine que oui. Elles sont complètement plausibles. Chacun de ces *traitements*, cracha-t-il le mot avec haine, a été réellement utilisé sur des êtres humains. Certains d'entre eux très récemment.

Il aurait pu ajouter que même seize ans plus tôt, certaines personnes étaient torturées sous prétexte de traitement. Mais il le chassa de son esprit, comme toujours.

— Mais… ils l'ont castré, non ? Bordel de merde, Will, comment ont-ils pu faire ça ?

— C'était considéré comme un traitement efficace des déviances sexuelles. Et je suppose que ça atteignait son but. De plus, on stérilisait beaucoup de gens considérés comme indésirables. Eugénisme.

Colby fronça lourdement les sourcils.

— Est-ce que tu sais ce qu'est la dernière chose dont il a parlé ? Ce…

Il feuilleta les papiers sur ses genoux, cherchant le terme.

— Freeman-Watts, répondit William.

— Oui, ça. Qu'est-ce que c'est ?

148

Colby avait l'air si vulnérable que William ne voulait pas répondre. Cette information l'avait hanté depuis qu'il avait lu la dernière lettre. Peut-être n'aurait-il pas dû entraîner Colby dans tout ça. Bon, il devait le lui dire maintenant, non ?

— La procédure standard de Freeman-Watts est l'autre nom de la lobotomie préfrontale.

Tout le sang quitta le visage de Colby. Il avait l'air sur le point de vomir. À retardement, William se rappela la sensibilité de Colby concernant tout ce qui était en rapport avec le sang. Mince, il aurait mieux fait de réfléchir à deux fois à cette idée stupide.

— Colby, je ne…

— Ils ont fait *ça* ? Juste parce qu'il était gay ?

— Oui.

William avait eu des cours sur la lobotomie dans son cursus en psychologie. Elle avait été populaire pendant des années, et des dizaines de milliers avaient été effectués rien qu'aux États-Unis. De très nombreux patients étaient schizophrènes, mais on avait imposé l'opération à certains pour d'autres raisons, parce qu'ils avaient mauvais caractère par exemple. L'une des sœurs de JFK avait été lobotomisée jeune femme, apparemment parce qu'elle avait des changements d'humeur violent.

Colby avait baissé la tête et il se tenait immobile. William aurait aimé pouvoir le réconforter en le prenant dans ses bras, mais Colby était de l'autre côté de la pièce, et William n'était pas sûr que son contact serait le bienvenu. Quelques instants plus tard, Colby releva la tête vers lui.

— Est-ce qu'ils l'ont faite à Bill ?

— Je ne sais pas. Tout ce que j'ai, ce sont ces lettres. J'ignore totalement ce qu'il lui est arrivé après le 18 août.

— Peut-être qu'ils ont changé d'avis concernant la procédure. Ou peut-être qu'il est arrivé à s'échapper, pour de bon cette fois. Peut-être que Johnny a appris que Bill s'était échappé et avait été rattrapé, et qu'il est venu le chercher.

— Peut-être.

— Si… s'il a eu une lobotomie, est-ce qu'il aurait été comme Jack Nicholson dans *Vol au-dessus d'un nid de coucou* ?

— Les effets varient. Certaines personnes étaient capables de continuer leur vie. Elles n'étaient… plus les mêmes, mais elles pouvaient fonctionner. D'autres ne s'en sortaient pas aussi bien.

La sœur de Kennedy avait passé le reste de sa vie internée.

Pendant plusieurs minutes, le visage de Colby resta neutre. William n'interrompit pas le fil de ses pensées, se contentant de baisser les yeux sur ses propres doigts, qu'il entortillait sur ses genoux. Il avait pu assimiler l'histoire de Bill sur plusieurs semaines, et il avait eu du temps supplémentaire pour digérer le contenu de la dernière lettre. De plus, il connaissait déjà les choses barbares faites aux patients d'hôpitaux psychiatriques, et il espérait avoir au moins un peu d'objectivité scientifique concernant le problème tout entier. Colby n'avait rien de tout ça. Le moins que William puisse faire était de se taire quelques minutes pendant que l'autre homme réfléchissait.

Colby mordilla sa lèvre de manière si brutale que William craignit qu'elle se mette à saigner. Il avait envie de l'embrasser, d'apaiser la douleur. Mais il resta assis et se contenta de tirer sur ses cuticules.

— C'est l'homme que tu recherches.

La voix de Colby était aussi neutre que son expression.

— J'ai besoin de découvrir ce qu'il lui est arrivé.

— D'accord, soupira Colby avant de hocher la tête deux fois. Je vais t'aider.

WILLIAM AVAIT passé la majeure partie de la journée précédente à nettoyer autant que possible la salle des archives. Les meubles de rangement pleins de dossiers devaient rester, bien sûr, tout comme les nombreux cartons remplis de papier. Mais il avait déplacé les meubles superflus et autre bric-à-brac dans la pièce voisine. Il avait récuré les deux fenêtres, presque opaques de crasse, et il avait épousseté chaque surface qu'il pouvait. Il avait aussi lessivé le sol. Le résultat n'était pas tout à fait immaculé, mais au moins il ne ressentait plus le besoin de se doucher deux secondes après être entré dans la pièce. Il se planta à l'intérieur, sur le pas de la porte, attendant que Colby entre.

— Tu n'as pas de problème avec les araignées ou les poissons d'argent, si ? demanda William.

Colby fut vexé.

— Je ne suis pas une chochotte, d'accord ? J'aime bien les insectes. J'avais une tarentule quand j'étais petit.

— Argh.

— Tu avais quoi comme animal familier ?

— Aucun. Maman est allergique.

150

Colby fit un geste dans sa direction comme pour dire « tu vois ? Ça explique tout ». Ce qui n'était pas vrai, mais William changea de sujet.

— J'ai commencé à chercher le dossier de Bill, mais c'est un projet assez gros.

— Nous ne connaissons pas son nom de famille.

— Non, et malheureusement, il y a des centaines de Bill et de William là-dedans. Ça aurait été bien plus facile s'il s'était appelé Colby.

— Oui. Il n'y avait probablement pas beaucoup de Colby dans les années 30'. Comment allons-nous retrouver notre Bill ?

— Il faut regarder la date d'admission. Elle doit se situer début 1938, mais mettons de côté tous les William ou Bill admis en '37 ou '38. Ensuite, nous pourrons regarder les notes des médecins pour trouver notre homme.

— Ça paraît logique. Où commençons-nous ?

William secoua la tête.

— Partout. Ils sont tous dans le désordre. Je crois qu'on peut laisser tomber sans se tromper ceux dont l'onglet porte une étiquette typographiée. Ils semblent tous être bien plus récents.

— C'est bon à savoir.

William décida de commencer par l'un des cartons. Il le trimbala jusqu'à un bureau, s'assit sur une chaise en bois grinçante et se mit à examiner les onglets des dossiers. Pendant ce temps-là, Colby tira le tiroir du bas d'un des meubles de rangement. Il s'assit jambes croisées pour jeter un coup d'œil au contenu.

C'était un travail ennuyeux et inconfortable. Le dos de William finit par lui faire mal à force de rester penché et de transporter des cartons lourds, et ses doigts accumulaient des coupures dues au papier. Après quelques heures, il n'avait trouvé que deux dossiers potentiels. Colby et lui avaient à peine échangé plus que quelques mots rapides.

Il plaça le dernier dossier dans son carton actuel, se leva et s'étira.

— Je dois aller pisser. Tu veux boire quelque chose ?

— Du Coca ?

— Bien sûr.

Assis par terre, Colby releva la tête pour le regarder. Il avait des traces de poussière sur le nez, ce qui était adorable.

— Est-ce que tu pourrais nous rapporter de la musique ? Je pourrais brancher mon téléphone sur ton ordinateur s'il a des haut-parleurs convenables.

— J'ai une radio.

— Rudimentaire. Encore mieux.

William se dirigea vers son appartement et alla aux toilettes. Il débrancha la radio et sortit une bouteille de boisson gazeuse du frigo. Puis, sur un coup de tête, il découpa deux parts de tarte et les mit dans des assiettes. Il déposa sur chacune d'elle une généreuse dose de crème glacée. Il dut jongler avec la tarte, les fourchettes, la bouteille et la radio, mais réussit à retourner dans la salle des archives sans incident.

Colby eut presque son sourire habituel quand il vit ce que William avait rapporté.

— Livraison de tarte ! s'écria-t-il.

Il se releva d'un bond pour lui prendre une assiette, une fourchette et la bouteille des mains. William posa son propre en-cas sur le bureau et, après avoir cherché quelques minutes, trouva un endroit où brancher la radio. La pièce s'emplit du son d'Éric Clapton jouant de sa guitare.

— C'est vraiment une tarte géniale.

Colby avait repris sa place et parlait la bouche pleine.

William s'assit et prit une grosse bouchée de la sienne. Colby avait raison. Délicieuse.

— J'ai essayé de convaincre Missy de me donner la recette une fois, mais elle a refusé, dit Colby. Elle a dit que c'était top secret.

— Mais tu es de sa famille.

— Je sais, hein ? C'est pas juste.

De sa main libre, il se gratta le cou.

— Ça risque de nous prendre une éternité, tu sais. Il y a beaucoup de dossiers. Et, bon sang, chacun d'eux concerne une personne malheureuse qui s'est retrouvée enfermée dans cet endroit.

Cette pensée avait aussi traversé l'esprit de William. Il en avait le cœur lourd. Il savait que, contrairement à Bill, la plupart des patients avaient probablement soufferts d'une sorte de maladie mentale ou d'un handicap. C'était révoltant de savoir que cette prison sordide avait été la seule option pour eux.

Un dossier était posé par terre près du genou de Colby. Ce dernier le montra de sa fourchette.

— Ce William-ci a été admis en 1932, mais j'ai quand même regardé les notes. Elles disent qu'il avait été enfermé pour mélancolie. C'est quoi ?

— Dépression.

— Oh. C'est ce que je pensais, dit-il avant d'ajouter doucement, comme mon père.

— Oui.

— Ce William est mort ici à l'asile en 1973. Il a passé quarante ans ici, Will.

Colby secoua la tête.

— Je crois que je préférerais me tirer une balle dans la tête.

— Il y a… il y a d'autres options aujourd'hui. Des médicaments et la luminothérapie à spectre complet et…

— Je sais. Et ne t'inquiète pas, je ne me suis jamais senti déprimé. Je pensais juste… je m'en suis toujours voulu pour mon père.

— Tu étais un petit garçon et il était malade, Colby.

Colby soupira.

— Je sais. Mais tu sais comment raisonnent les enfants. Je ne cessais de me dire que si j'avais été un meilleur fils – je m'attirais beaucoup d'ennuis à l'école – ou si j'étais rentré de l'école plus tôt ou si je lui avais fait un plus gros câlin quand il avait quitté la maison pour aller au travail ce matin-là…

— Je suis désolé.

Une fois encore, William eut envie d'entourer Colby de ses bras. Il imagina un petit garçon avec de grands yeux bleus, assis chez lui et repensant à toutes les façons dont il aurait pu sauver son père.

Colby secoua la tête comme s'il savait exactement à quoi William pensait.

— Je vais bien maintenant. Je sais que c'était son problème, pas le mien. Mais là, je me disais juste qu'il avait au moins passé ses derniers jours avec des gens qui l'aimaient. Quelques jours à peine avant sa mort, nous étions allés camper tous les trois à Yosemite. Il avait fait des s'mores et m'avait raconté des histoires de fantômes devant le feu, même après que maman lui a dit que je faisais des cauchemars. Nous avions vraiment passé un bon moment.

Il pencha légèrement la tête, comme un animal curieux.

— Et toi, Will ? Je sais que tes vieux sont une catastrophe, mais est-ce que tu as aussi de bons souvenirs d'eux ?

William acquiesça lentement.

— Quand j'étais petit, chaque mardi après-midi, ma mère m'emmenait à la bibliothèque publique et me laissait prendre trois nouveaux livres. Puis nous nous arrêtions manger une glace sur le chemin de la maison, et elle plaisantait à chaque fois parce qu'elle gâchait mon appétit pour le dîner.

Il se rappela combien il attendait ces jours avec impatience. Il s'asseyait chez le marchand de glaces avec sa nouvelle pile de livres et, pendant qu'il léchait sa confiserie, sa mère lui posait des questions sur sa journée.

— C'est sympa, dit Colby avec un petit sourire.

— Ça l'était. Et mon père... une fois, il a décidé que nous devions tous les deux apprendre à skier. Dieu sait ce qui lui avait mis cette idée en tête. Il est encore plus maladroit que moi. J'avais treize ans. Il nous a traîné à la montagne et nous a inscrits pour des leçons. Il a dépensé une fortune pour louer les équipements. Et au bout d'une heure, quand nous étions tombés tous les deux pour la centième fois, il m'a regardé et s'est mis à rire. Nous riions tellement que nous ne pouvions même plus nous lever. Nous avons fini par retourner au chalet, boire du chocolat chaud et regarder les gens. Et il m'a fait jurer de ne parler à personne de toute cette débâcle, alors maman n'a jamais rien su de ce fiasco. De temps en temps, elle nous demandait quand nous retournerions skier, et ensuite elle ne comprenait pas pourquoi nous éclations de rire.

— Est-ce qu'ils te manquent ?

La question le prit tellement par surprise qu'il dit la vérité sans hésiter une seconde.

— Oui.

— Et tu sais que ce qui se passe entre vous... ce n'est pas plus ta faute que le suicide de mon père est la mienne.

— Je...

— Tu es un homme bon, Will. Tu es intelligent, et doux, et gentil, et attentionné, et... et aussi mignon qu'un bouton. Et tu es l'une des personnes que j'ai rencontrées ayant le plus de moralité. Si tes parents ne sont pas capables de le voir, ils sont aveugles et stupides. Ils sont plus fous que n'importe lequel de ces hommes.

Colby agita ses bras pour indiquer les nombreux dossiers de la pièce. William baissa la tête.

— Merci, marmonna-t-il.

Ils retournèrent à leur tâche et travaillèrent jusqu'à ce que la nuit soit tombée et que l'estomac de William gargouille pour réclamer quelque chose de plus substantiel qu'une tarte. Ils avaient accumulé une petite pile de dossiers à ce moment-là, alors ils s'assirent l'un à côté de l'autre sur le sol, passant chacun d'eux en revue. À la grande déception de William, aucun n'appartenait à leur Bill.

Colby regarda autour d'eux et gémit.

— On n'en a même pas parcouru le tiers.

— Je sais. Que dirais-tu que je nous fasse à dîner…

Mais Colby se leva.

— Je dois retourner chez moi. Désolé.

Son regard avait à nouveau cet air distant.

— Oh.

William ne put s'en empêcher ; ses épaules s'affaissèrent.

— Mais je peux revenir demain. Je prendrai mon vélo, comme ça tu n'auras pas à jouer au chauffeur.

Bon, que Colby prévoie de revenir était une meilleure nouvelle.

Ils retournèrent en ville en silence. Colby avait toujours cette tache sur le nez. Il dirigea William vers le parking du magasin, ce qui lui rappela qu'après toutes ces semaines, il ne savait toujours pas exactement où vivait Colby. Ce dernier s'immobilisa avant de sortir de la voiture.

— Bill a rencontré mon arrière-grand-père.

— L'homme du magasin après son évasion.

— C'était forcément lui. Papi ne l'a repris que plusieurs années après la guerre.

— Ton arrière-grand-père n'a pas dénoncé Bill aux autorités.

Quand Colby sourit, ses dents étincelèrent sous la lueur de la lune.

— Oui. De toute évidence, je viens d'une bonne lignée.

XIX

COLBY APPELA plus tôt que prévu. William était toujours en caleçon, savourant sa première tasse de café.

— J'ai apporté le petit déjeuner, dit Colby au téléphone.

Le temps inconstant était redevenu doux, aussi William enfila-t-il uniquement son short et ses sandales avant de se diriger d'un pas lourd vers le portail et l'ouvrir. Colby portait un short en jean et un débardeur rouge uni. Un sac en plastique était attaché au côté de la selle.

— C'est un look détendu pour toi, commenta-t-il avec un sourire. Tu perds tes couches. Comme un serpent.

— Les serpents perdent leur peau, pas des couches.

— Si tu ne te mets pas à l'abri du soleil, c'est aussi ce que tu vas faire.

Le sac en plastique s'avéra contenir des roulés à la cannelle collants que la tante de Colby avait faits.

— Nous aurions pu continuer la tarte, fit remarquer William.

— On gardera la tarte pour le déjeuner.

— Tu dois faire beaucoup de muscu.

Colby sourit.

— En effet. Et un peu de rembourrage t'irait bien.

Du bout du doigt, il tapota le ventre nu de William avant de retirer rapidement la main, comme s'il regrettait son geste.

— Mettons-nous au travail, dit-il maladroitement.

La chaleur oppressante envahit la salle des archives bien avant l'heure du déjeuner. William apporta l'un des ventilateurs, ce qui aida un peu, mais il était toujours collant, en sueur et mal à l'aise. Colby ôta son haut. William essaya de ne pas jeter de coups d'œil furtifs sur la peau dorée luisante. Aucun d'eux ne parla beaucoup, même si parfois ils s'appelaient après avoir trouvé un dossier probable. De temps en temps, Colby se laissait distraire et lisait à voix haute quelques-uns des papiers qui lui tombaient entre les mains. William devait admettre qu'ils étaient fascinants. Chacun de ces dossiers contenait une histoire aussi riche et émouvante que celle de Bill. Mais, pour l'instant, il n'avait de temps que pour celle-là.

Un peu avant midi, ils s'arrêtèrent pour déjeuner. William prépara quelques sandwiches pendant que Colby réussissait à composer une salade de fruits. Ils eurent chacun une bière et, bien sûr, une grosse part de tarte. Ils s'installèrent à table pendant le repas, discutant de certains des cas qu'ils avaient entrevus. Colby posa beaucoup de questions sur la psychologie, au point que William se mit à avoir l'impression de tenir un très petit colloque. Mais cela ne le dérangeait pas. Il était impressionné de la rapidité avec laquelle Colby saisissait les concepts. Il avait déjà deviné que Colby était brillant, mais, jusqu'à récemment, n'avait pas réellement estimé son intelligence à sa juste valeur.

— Tu devrais envisager de terminer ton diplôme, peut-être continuer au niveau supérieur, dit William tandis qu'ils nettoyaient la table.

Colby sembla surpris, puis haussa les épaules.

— Peut-être. J'ai essayé un cours en ligne il y a quelque temps, mais j'ai détesté ça. J'ai besoin d'interaction.

— Eh bien, peut-être un jour.

— Oui. Peut-être.

Ils retournèrent dans la salle des archives, mais en quelques minutes, ils commencèrent tous les deux à bâiller bruyamment. La vue de William commença à se troubler légèrement et il faillit piquer du nez sur ses dossiers.

— Hé, Will ? Que dirais-tu d'une sieste ?

William lui sourit.

— Je dirais *muy bien*.

Ils s'allongèrent côte à côte sur le lit de William, portant toujours leurs shorts. Le ventilateur souffla de l'air sur eux, les rafraîchissant légèrement, et le bourdonnement du moteur et les pépiements continus des oiseaux à l'extérieur se mélangèrent en un ronronnement confus. En quelques minutes, William dormait profondément.

COLBY N'ÉTAIT qu'à quelques centimètres de lui, le dévisageant.

William cligna des yeux pour en chasser le sommeil et s'apprêta à dire quelque chose. Mais il n'eut jamais l'occasion de le faire, parce que Colby se jeta en avant – atterrissant à moitié sur lui – et pressa ses lèvres contre les siennes.

William avait passé trente-deux ans sans le contact d'un autre homme. Puis il avait eu Colby, mais uniquement pour une nuit et le lendemain matin. Mais ces deux fois-là – ces douze heures bien trop courtes – avaient suffi

157

à déclencher son appétit, et il avait passé les trois semaines précédentes à *mourir d'envie*. En manque des baisers et des caresses de Colby.

Maintenant, il festoyait.

Leur relation sexuelle précédente avait eu quelque chose de graduel et de séducteur. Il n'y avait rien de graduel cette fois-ci. William et Colby se tortillèrent comme si chacun essayait de s'insinuer dans la peau de l'autre. Ils bataillèrent et s'attaquèrent aux vêtements. Ils s'agrippèrent et se pressèrent, s'embrassèrent et se sucèrent. Des halètements et des gémissements irréguliers jaillirent de leurs gorges, et les draps s'entortillèrent autour de leurs corps. Les coussins tombèrent par terre... et William et Colby faillirent tomber eux aussi.

À la fin, ce fut William qui, de sa grande main, maintint leurs sexes ensemble, qui caressa et serra et tourna, qui regarda le visage de Colby se tordre dans une expression qui pouvait presque être prise pour de l'agonie.

Après avoir tous les deux jouis, ils s'effondrèrent mollement sur le matelas. William se dit qu'ils finiraient peut-être par se rendormir.

Mais Colby sortit soudain du lit en vacillant et se mit à parcourir la pièce à la recherche des vêtements rejetés.

— Oh mon Dieu. Will, je suis désolé. Je ne... putain.

William se redressa et, confus, plissa les yeux.

— Qu'est-ce qui ne va pas ? Est-ce qu'il s'est passé quelque chose ?

— Non.

Colby enfila sans grâce son boxer, à deux doigts de tomber pendant qu'il s'exécutait.

— Je dois juste... je dois y aller.

— Y aller ? Mais les dossiers...

Colby boutonna son short et regarda autour de lui pour trouver son tee-shirt. Il l'avait probablement oublié dans la salle des archives.

— Je ne peux plus t'aider. Je suis désolé. Je suis vraiment désolé.

Ce fut au tour de William de sauter hors du lit. Il courut après Colby, qui se dirigeait vers la porte, et lui attrapa le bras.

— Qu'est-ce qui se passe ? Je ne comprends pas.

Il se sentait ridicule d'avoir cette conversation nu, mais il ne voulait pas le lâcher suffisamment longtemps pour retrouver ses vêtements.

— Je suis désolé, Will. C'était une grosse erreur. Je pensais que je pourrais... je pensais que nous pourrions être uniquement amis, des potes platoniques, et j'en avais besoin, et toi aussi, parce que JV est un trou paumé au milieu de nulle part et que je suis toujours au travail et que tu es enfermé ici et…

— Colby !

William attendit que l'autre homme prenne quelques profondes inspirations avant de continuer.

— Je croyais qu'on s'appréciait. Qu'on était attirés l'un par l'autre. Je croyais…

Il déglutit.

— Qu'est-ce qui se passe ?

Il savait qu'il avait l'air pathétique et perdu, mais il *était* pathétique et perdu, alors ce n'était pas grave.

Peut-être Colby prit-il pitié de lui.

— Va t'habiller, d'accord ? Je ne m'enfuirai pas.

William ne savait pas s'il devait lui faire confiance, mais il savait déjà qu'il pouvait rattraper Colby, et sa fierté ne l'empêcherait pas de lui courir après tout nu. Avec un petit hochement de tête, il trouva son short et l'enfila. Il ne prit pas la peine de chercher son caleçon.

— Explique-toi. S'il te plaît. Pourquoi est-ce que tu m'évites ? Qu'est-ce que j'ai fait de mal ?

— Rien, Will. Tu as tout bien fait. C'est le bien problème.

— Euh…

— Bon sang.

Colby se frotta le visage.

— Je t'apprécie vraiment, Will. Beaucoup.

— Donc tu t'enfuies ? Il y a un terme psychologique pour ça, mais…

— Ce n'est pas ça. Je suis… Seigneur, c'est dur. Je tombe amoureux de toi, Will. Ou plutôt, je suis tombé. Sincèrement.

William eut besoin de s'asseoir, alors il le fit, se laissant tomber sur le matelas. Son cœur battait la chamade et il se sentait pris de vertige. Colby tenait à lui. Colby l'*aimait* ?

— Ça devrait être une bonne chose, dit-il doucement. Parce que je ressens la même chose pour toi. Tu es…

— Non ! Tu vois, c'est exactement le problème ! Je veux… j'ai *besoin* de quelque chose qui dure. J'ai eu ma dose d'aventures sans importance. Je veux aller me coucher chaque soir et me réveiller chaque matin avec le même mec. Je veux tout partager avec lui. Je veux me disputer pour savoir qui a oublié de remplacer le papier toilette ou à qui c'est le tour de préparer le dîner. Je veux envisager d'avoir des enfants. Je veux qu'on devienne gros, chauves et ridés ensemble.

— Et tu ne peux pas avoir ces choses avec moi ? demanda William avant de se lever pour marcher vers Colby. On s'amuse ensemble. Et moi, je veux aussi ces choses. Je les veux avec toi.

À la surprise de William, Colby leva le bras et lui caressa le visage.

— Mais tu es nouveau. Tu as à peine regardé d'autres hommes. Will, j'ai passé des années à faire mon marché, à découvrir ce que je voulais. Tu ne sais même pas quel est ton genre.

— *Tu* es mon genre !

Colby secoua la tête.

— Tu n'en sais rien. Tu es comme... comme un homme qui n'a jamais rien mangé et qui a très faim. Il trouve un chou de Bruxelles et il se dit, *Hé ! C'est génial, ça ! Je vais vivre de choux de Bruxelles.* Il ignore encore que des cerises, de la nourriture thaï et des pépites de chocolat à la menthe se trouvent là, attendant d'être découvertes.

— Tu n'es pas un chou de Bruxelles, Colby.

William décida de ne pas lui dire qu'il avait lui aussi pensé à une analogie avec la nourriture peu de temps auparavant.

— Si. Je suis totalement un chou de Bruxelles.

William commençait à avoir mal à la tête.

— Tu es fantastique, Colby. Tu es...

— Je sais. Je suis vraiment mignon.

Colby prit un air dépité.

— Tu l'es, mais bon sang, ce n'est même pas la moitié de ce que tu es. J'aime vraiment être avec toi. Traîner simplement ensemble. Je n'ai jamais autant ri, je ne me suis jamais autant amusé. Avec personne. Jamais.

— C'est adorable, dit tristement Colby, lui caressant à nouveau le visage. Mais tu as besoin de bien plus de temps. Tu as besoin de coucher avec d'autres personnes. Si on se met ensemble, ce sera exactement comme lorsque tu t'es marié. Tu essaieras de tout ton cœur et tu seras incroyablement appliqué, mais tu seras secrètement malheureux à espérer quelque chose d'autre.

Cette accusation frappa William suffisamment fort pour le blesser. Il fit un pas en arrière.

— Non.

— Je suis désolé. J'espérais que je pourrais... garder une certaine distance entre nous, dit Colby avant de ricaner sèchement. Tu vois combien

160

ça a fonctionné. Ça me brise le cœur, mais il vaut mieux que ce soit rapide plutôt que lent. Je ne peux pas... nous ne pouvons plus faire ça.

William n'avait plus de mots à lui offrir. Plus de mots du tout, vraiment. Par le passé, il avait expérimenté la déception, les abus, le rejet. Mais son cœur ne lui avait jamais donné l'impression d'être un éclat d'obsidienne froide ni que son âme lui semblait si désespérée.

Il resta planté là en silence tandis que Colby enfilait ses tongs et allait chercha son haut. Puis William réalisa qu'il allait devoir déverrouiller le portail pour le laisser partir. Pendant un moment irrationnel, il envisagea l'idée de refuser de le faire. Il pouvait cacher les clés, et Colby serait coincé ici avec lui.

Emprisonné contre sa volonté dans un hôpital psychiatrique. Exactement comme Bill.

Il enfila ses sandales et longea le couloir, sortit sous le soleil éblouissant et remonta l'allée. Le temps qu'il ouvre le portail, Colby arrivait sur son vélo.

— Je suis désolé, Will. J'ai merdé. J'ai géré tout ça vraiment mal.

— Non, répondit William, parce que c'était tout ce qu'il pouvait réussir à faire.

Il regarda Colby s'en aller.

Il reverrouilla le portail et remonta la petite pente d'un pas lourd. Il allait continuer à parcourir les dossiers seuls. Il allait quand même trouver Bill.

Il était tellement ridicule. Pendant un instant, il s'était permis de croire qu'il pouvait se débarrasser de son enfance merdique, de ses horribles expériences et de son « lui » réprimé et triste. Il avait cru qu'il pourrait trouver le bonheur avec un homme extraordinaire.

Il aurait mieux fait de ne pas croire à nouveau.

XX

WILLIAM CONSULTA les dossiers des patients jusque tard dans la nuit. Il savait qu'il ne serait pas capable de dormir, pas quand son estomac continuait à lui reprocher la perte de Colby. Une perte qui était survenue avant même qu'il ait eu l'occasion de l'avoir. Il avait pris un léger dîner puis avait allumé le ventilateur à fond, espérant en vain que cela le rafraîchirait un peu.

Il était minuit passé, et ses yeux lui semblaient secs et plein de sable, quand il trouva le dossier. *William James Wright*, disait l'onglet légèrement taché. *Admis le 5 janvier 1938. Âge : 23 ans. Diagnostic : perversion sexuelle, homosexualité.*

Oh Seigneur. Vingt-trois ans.

Le dossier était épais, les notes nombreuses. William l'emporta dans son appartement et s'installa dans son fauteuil confortable, de la poussière collant à sa peau moite, un verre d'eau fraîche en main. Un papillon de nuit entra par la fenêtre ouverte et vola paresseusement en cercle autour de sa lampe. Il essaya de le chasser, mais le papillon n'arrêtait pas de revenir, se cognant contre l'ampoule chaude jusqu'à ce qu'il tombe sur la table et reste immobile.

William commença par les notes prises à l'admission. L'encre s'était effacée et l'écriture était difficile à lire, alors il dut loucher un peu.

Le patient est un homme de 23 ans en bonne santé. 1,72 m, 61 kg. Yeux marron, cheveux marron. Légèrement en sous-poids et manquant de robustesse. Aucune cicatrice évidente ni infirmité physique ; aucune trace de traitement psychiatrique antérieur. Comportement doux, désintéressé. Aucun signe de délires ni d'hallucinations.

Le patient a été admis à la suite d'un internement involontaire. Ses parents se sont longtemps inquiétés qu'il puisse être homosexuel. Le patient refusait d'en discuter. Quand les parents ont eu la preuve que le patient s'était rendu chez un autre homme pour un rendez-vous amoureux homosexuel, ils ont appelé la police. Le patient et l'autre homme ont été découverts en flagrant délit. L'autre homme s'est enfui et est parvenu à échapper aux autorités, mais le patient a été arrêté et accusé de sodomie. Le juge l'a condamné à l'internement.

Bien que le patient admette avoir des pensées et un comportement homosexuels, il s'obstine à ne pas admettre qu'il est malade. Pronostic : réservé.

L'épais paquet de feuilles suivantes détaillait toutes les choses qui avaient été faites à Bill. Le dossier médical indiquait ses réaffectations depuis sa cellule jusqu'au dortoir, et inversement, sans aucune raison mentionnée, aussi bien que son poids et d'autres constantes vitales. William reconnut rapidement l'écriture nerveuse du Dr Fitzgerald, qui résumait habituellement ses rencontres avec Bill et le traitement qu'il recommandait. Il y avait beaucoup de paperasse concernant l'insulinothérapie et ses conséquences. Bill avait presque doublé de poids durant la thérapie, mais les kilos supplémentaires avaient disparu après la fin du traitement et son poids s'était stabilisé à 53 kg. Il avait dû être émacié.

William parcourut rapidement les notes. Quelques expressions revenaient régulièrement dans les commentaires du médecin : *peu coopératif, déni, mensonge.* Quand il arriva à la partie relative à la castration, il lut encore moins de détails. Toutefois, il réussit à apprendre que Bill avait failli mourir d'une infection post-opératoire. Après l'opération, le Dr Fitzgerald semblait avoir pris un plaisir particulier à tester de manière répétée les réponses sexuelles de Bill à divers stimuli. Il y avait une autosatisfaction suffisante dans son ton tandis qu'il décrivait la capacité décroissante de Bill à entrer en érection.

Un rapport de police suivait. Bill avait été capturé et ramené à l'hôpital. Une infirmière avait calmement écrit que, quand il avait été réadmis, Bill souffrait de bleus et d'égratignures importants, ainsi que d'une côte cassée. William se demanda si les blessures provenaient des mains de son propre frère ou de la police.

Le Dr Fitzgerald était furieux de cette évasion. Il le prenait apparemment comme une insulte personnelle, une critique de sa capacité en tant que psychiatre. Il recommandait la procédure de Freeman-Watts. C'était la première fois que la procédure était testée à Jelley's Valley.

Le 3 septembre 1942, le Dr Fitzgerald et un autre médecin nommé Mason avait effectué une lobotomie préfrontale. Des trous avaient été percés dans le crane de Bill, et les lobes préfrontaux de son cerveau avaient subi une ablation. William dut chercher la définition du mot – cela signifiait détruits.

D'après le dossier, il n'y avait eu aucune infection cette fois, et Bill s'était remis de l'opération assez rapidement. Le Dr Fitzgerald décrivait avec satisfaction que l'obstination du patient avait disparu et qu'une nouvelle évasion n'était plus à craindre. William dut lire les rares notes des infirmières pour glaner toute la vérité. Après la lobotomie, Bill avait été incapable d'accomplir plus que les gestes vitaux minimum. Il était incontinent. Il ne savait plus prononcer que quelques mots.

William James Wright était mort d'une pneumonie à l'Asile d'Aliénés de Jelley's Valley le 7 février 1975, à l'âge de 59 ans. Aucune famille n'était venue réclamer son corps, alors il fut enterré sur le domaine de l'hôpital. Le dossier ne précisait pas où.

William resta assis un long moment avec le dossier sur ses genoux et le papillon mort à côté de lui. Enfin, il se leva et éteignit la lampe. Il plaça délicatement le dossier sur l'étagère près de la boîte en fer. Il retira son short et, nu, grimpa sur le lit.

Il était encore bien réveillé quand, à l'aube, l'obscurité extérieure s'éclaircit.

XXI

WILLIAM EUT toute la solitude et le calme dont il pouvait avoir besoin pour finir sa thèse. Il travailla sans relâche dessus, ne faisant de pauses que pour aller courir sur le domaine ou soulever ses poids. Il s'autorisait deux heures dans la soirée pour lire ou regarder la télévision. Parfois, il regardait du porno à la place, et même si cela le faisait jouir, l'expérience n'était pas très satisfaisante. Mais il abattit une grande quantité de travail et fut capable d'envoyer plusieurs chapitres au Dr Ochoa pour un suivi.

Une semaine après avoir vu Colby pour la dernière fois, William alla en ville. Il comptait sur le fait que c'était la journée de repos de Colby. Sans surprise, quand il entra dans le bâtiment, le vieil homme au comptoir du bureau de poste l'accueillit avec un bonjour jovial. L'homme était grand et plus large que Colby, avec une tignasse de cheveux blancs, et ses yeux bleus et son immense sourire étaient très familiers.

— Que puis-je faire pour vous ? lança-t-il gaiement.

— Je suis venu vérifier mon courrier et rapporter quelques livres que j'ai empruntés.

Comprenant qui il était, le grand-père de Colby cessa de sourire et se retourna sans un mot. Il attrapa quelques papiers dans l'une des cases à courrier, pivota à nouveau vers lui et les lâcha sur le comptoir.

William y jeta un coup d'œil. Des factures de cartes de crédit, une sorte de notice venant de l'université, des publicités.

— Merci.

Il hésita un instant avant de poser le sac en plastique rempli de livres. Il ignorait ce que Colby avait dit à son grand-père à son propos. Le vieil homme ne semblait pas exactement hostile, mais il n'était certainement pas amical. Il ne dit non plus rien d'autre. Se sentant vraiment mal à l'aise, William le remercia, prit son courrier et s'en alla.

Par la suite, il fit ses courses à Mariposa. Il retourna quand même à JV une fois par semaine pour récupérer son courrier. Toujours un mercredi ou un jeudi. Le grand-père de Colby et lui n'échangèrent jamais plus que quelques mots marmonnés.

William alla au kiosque au bord de la route, mais l'accueil de Missy était décidément froid. Il réalisa qu'un éloignement d'avec Colby signifiait qu'il avait fondamentalement rompu avec la ville tout entière de Jelley's Valley. Plus de *tamales* transcendantaux de chez Rafa et Luis. La seule personne en ville qui ne semblait pas se soucier de la fin de l'amitié entre William et Colby était Donald Hall, le propriétaire de la station-service, et il avait été bourru depuis le début. D'un côté, William était triste de perdre quelques-unes des choses locales qu'il en était venues à apprécier, tout autant qu'il était énervé de devoir conduire pendant plus d'une heure pour aller chercher des provisions de base. D'un autre côté, cela le faisait sourire de savoir que les gens ici tenaient aussi profondément à Colby.

La chaleur s'installa pour de bon, rendant même les vaches apathiques et amorphes.

Le 4 juillet, il y eut des feux d'artifice à Jelley's Valley. William ne pouvait pas les voir, mais il resta planté à l'extérieur et écouta les explosions se répercuter sur les collines. Il se demanda si Colby les regardait, respirant le goût piquant de la poudre, peut-être assis sur une couverture dans le petit parc près de l'école et mangeant un hamburger à moitié brûlé.

Deux soirs plus tard, William roula jusqu'à Fresno. C'était un vendredi soir, mais le parking de L'Enclos était presque plein. Il portait le tee-shirt vert que Colby lui avait offert. Il lui moulait légèrement le torse et les biceps ; William avait pris un peu de muscle au cours des semaines passées. Mais son vieux jean lui allait toujours, ainsi que sa chemise à rayures bleues.

Le groupe jouait quand il entra dans le bar, et c'était fort. Au lieu du chanteur charmant mais peu doué de la fois précédente, ce groupe-ci incluait un homme enrobé à la voix superbe jouant aussi d'un simple harmonica. La piste de danse était bondée d'hommes qui sautaient et se balançaient et de quelques femmes, et l'air était chargé de l'odeur de transpiration et de bière. Les couples d'amants s'étaient étalés depuis le couloir des toilettes jusqu'à la pièce principale, chaque paire occupée à leur propre danse privée. Un jeune homme était appuyé contre le mur et semblait essoufflé de bonheur tandis que deux autres hommes l'embrassaient et le caressaient.

William dut se frayer un chemin jusqu'au bar. Une fois encore, sa taille joua en sa faveur. Il attira facilement l'attention du barman et commanda une bière. Puisqu'il devrait reconduire jusque chez lui cette fois-ci, il devrait la faire durer.

Aucune table n'était disponible, aussi trouva-t-il un coin libre le long d'un mur et se contenta-t-il d'observer. Il avait rarement été en position de regarder si ouvertement et franchement d'autres hommes, surtout pas quand ils avaient aussi tendance à regarder. C'était une foule à la diversité raciale, bien qu'à prédominance blanche et latino. La tranche d'âge des hommes allait d'à peine vingt et un ans jusqu'à soixante ans bien tassés, bien que la majorité semble avoir à peu près son âge. Il y avait tous types de physiques : petit et délicat, grand et costaud, fin, gros, musclé, lisse, poilu. Et beaucoup d'entre eux étaient habillés comme lui, même si certains portaient des tenus westerns ou du cuir, et d'autres affichaient quelque chose d'un peu plus flashy. Un homme grand au crâne rasé et au physique de bodybuilder portait un short jaune moulant avec des trous au niveau des fesses.

William aimait la façon dont les hommes bougeaient. Il admirait le mouvement de leurs muscles, la courbe de leur postérieur, le renflement de leur entrejambe. Il appréciait leur voix profonde. Il ne pouvait pas vraiment dire qu'elle caractéristique il préférait. Alors que certains de ces hommes étaient sans aucun doute plus beaux que d'autres, il pouvait s'imaginer être attiré par n'importe lequel d'entre eux. Chacun avait son propre charme. Coucher avec n'importe lequel devrait être sympa.

— Hé ! Pourquoi tu ne danses pas ?

Le type était plus vieux que lui de quelques années et faisait quelques centimètres de moins. Il avait une peau marron clair, des yeux et des cheveux noirs, et une légère bedaine sous son tee-shirt uni noir. Son sourire était absolument charmant.

— Je finissais ma bière.

L'homme jeta un coup d'œil au verre, qui ne contenait plus que de la mousse.

— On dirait qu'elle est finie. Ça te dit ?

Il indiqua la piste de danse d'un mouvement de tête.

Bien sûr. Pourquoi pas ? William tendit son verre à un serveur qui passait et suivit son nouvel ami. Ils durent manœuvrer un peu pour trouver un coin. La chanson actuelle avait un rythme rapide avec des rifs entraînant à l'harmonica. William fut légèrement satisfait de réaliser que son partenaire était un horrible danseur. Pas aussi mauvais que lui, probablement, mais suffisamment mauvais pour ne pas se soucier de ses mouvements spasmodiques. Ils se crièrent quelques mots, mais la musique était trop forte pour qu'ils comprennent quoi que ce soit. Soit l'homme s'appelait Teddy, soit il lui demandait s'il était d'ici, ou alors il lui disait que l'ambiance avait tiédi. William se contenta de hocher la tête en souriant.

À un moment donné, au milieu de la chanson suivante, William finit avec un nouveau partenaire de danse. Celui-ci était un gamin maigre avec une coupe emo aplatie. Il dansa très près de William, frottant leurs pelvis l'un contre l'autre, puis disparut dans la foule dès que la musique s'arrêta. Mais il fut presque immédiatement remplacé par un homme costaud en tee-shirt Harley, puis par un homme plus vieux et séduisant ayant des rides de sourire sexy. L'homme plus âgé resta avec lui pendant deux chansons rapides et une chanson lente. Quand la chanson lente fut terminée, il inclina la tête d'un air inquisiteur en direction du couloir des toilettes, où les foules amoureuses n'avaient pas diminué. William secoua la tête avec un sourire. L'homme lui sourit en retour et lui adressa un haussement d'épaules philosophe.

William était en sueur et avait soif, et il avait perdu la notion du temps. Il avait en quelque sorte aussi perdu la notion de lui-même, oubliant de réfléchir ou de s'inquiéter ou de se sentir intimidé. C'était agréable, mais il finit par se rendre compte qu'il était épuisé. Il se fraya un chemin pour sortir de la piste de danse, s'excusant pendant tout le trajet même si personne ne pouvait l'entendre. Il affronta la foule jusqu'aux toilettes. Quand une main se tendit vers lui et lui caressa la hanche, il sursauta un peu avant de la repousser délicatement mais fermement. Il ne cilla même pas aux deux fellations en cours à l'intérieur des toilettes, ni aux grognements et gémissements harmonieux provenant du box pour handicapés. Les urinoirs étaient encombrés, et tout le monde semblait lorgner ouvertement sur le sexe des autres.

Il retourna dans la pièce principale. Il avait l'intention d'acheter quelque chose de frais et de non-alcoolisé, puis de retourner danser. Mais à mi-chemin entre le couloir et le bar, il s'arrêta. Il sentit son corps être bousculé par les gens qui passaient, mais à peine, parce qu'il était également bouleversé par une prise de conscience. Entouré d'hommes aux physiques, couleurs, et tempéraments variés, il sut brusquement quel était son genre. Il le sentit dans ses entrailles, ses os et, oui, son cœur. Et bien que toute la population gay de San Joaquin Valley semble être entassée dans L'Enclos ce soir, aucun d'entre eux n'était son genre – parce qu'aucun d'entre eux n'était Colby.

Colby Anderson était son genre, et n'importe qui d'autre ne serait qu'un pauvre substitut.

168

Mais, comme le dirait crûment Colby, ça faisait chier de ne pas pouvoir le convaincre de l'avoir.

William sortit retrouver le calme relatif et la fraîcheur du parking. Même ici, il y avait de l'activité. Quatre hommes étaient appuyés contre deux voitures, discutant et riant, et deux hommes s'embrassaient sur le siège avant d'un SUV, leur radio jouant une musique forte qu'il reconnut vaguement.

Il contourna le bâtiment et s'appuya contre le mur. Il faisait noir là-bas et ça sentait faiblement l'urine. Mais il était reconnaissant de pouvoir s'isoler, parce que les différentes parties de son corps s'engueulaient méchamment les unes avec les autres.

Son cerveau – si fidèle et actif – insistait pour qu'il retourne immédiatement à l'intérieur de L'Enclos et couche avec le premier homme disponible. Puis avec un autre, et encore un autre. Bon, pas nécessairement tout en une seule soirée. Mais William pouvait revenir souvent au bar, ou bien il pouvait essayer certains de ces sites de rencontre en ligne dont Colby lui avait parlé. Ainsi, il s'enverrait en l'air et aurait exactement le genre d'expérience dont Colby soutenait qu'il avait besoin. Bon sang, peut-être qu'il trouverait quelqu'un de mieux que Colby. Les types de L'Enclos ne lui résisteraient pas, parce que la plupart d'entre eux ne cherchaient pas quelque chose de plus important. Des hommes qui pelotaient des étrangers dans des couloirs sombres ne cherchaient probablement pas à s'engager ni à remonter une allée nuptiale.

Son sexe était d'accord avec son cerveau.

Mais son cœur… son cœur lui disait que le sexe avec quelqu'un d'autre que Colby serait de l'infidélité.

Ridicule ! répondit son cerveau. *Nous ne sortons pas ensemble. Nous ne nous sommes même plus parlé depuis plus d'un mois.*

C'est quand même de l'infidélité, rétorqua son cœur.

Bon sang, qu'est-il arrivé à ton objectivité scientifique ? Tu as passé bien trop de temps dans cet hôpital psychiatrique. Maintenant, tu es dingue toi aussi.

Au diable l'objectivité scientifique. Et au diable le bon sens.

Il s'avéra que le cœur de William était très obstiné.

Malgré deux de ses plus importants organes grognant de protestation, il retourna à sa voiture et reprit la route de l'asile.

XXII

LE PREMIER jour d'août, William se réveilla avant l'aube pour se préparer pour son jogging journalier. Il le faisait tous les matins dernièrement, parce que s'il attendait trop longtemps, le soleil était implacable. Quelques semaines auparavant, il avait tracé un itinéraire à travers la propriété, relativement débarrassé de dangers sur lesquels il risquait de trébucher dans le noir. D'après l'une de ces applications téléphoniques, le trajet faisait juste un peu moins d'un kilomètre et demi, et il le parcourait habituellement quatre ou cinq fois. Comme d'habitude, il enfila son short de sport qu'il avait récemment acheté à Mariposa, puis son vieux tee-shirt gris, ses chaussettes et ses chaussures de course. Il enjamba la fenêtre de son appartement – plus rapide ainsi, bien qu'inélégant – et commença à courir.

Il avait de grands projets pour la journée. Après la course, il avait l'intention de se doucher et de manger, de faire sa lessive, puis de lire un Clive Barker, faire sa sieste, jouer au solitaire et regarder du porno. Il passerait peut-être un peu de temps dans la salle des archives, à feuilleter les dossiers. Ils étaient fascinants. Sa thèse était actuellement entre les mains des membres de son jury et il ne pouvait pas travailler dessus, même s'il le voulait. C'était un sentiment merveilleux.

Il effectuait son troisième tour lorsque le soleil se leva. Les oiseaux chantaient de concert et le ciel était d'un bleu immaculé, comme les yeux de Colby. William contourna un bâtiment puis se mit à courir à toute vitesse devant ce qu'il vit : une voiture était arrêtée devant le portail, et un homme était en train d'essayer d'escalader la clôture.

William arriva, soufflant bruyamment, juste au moment où l'homme se laissait tomber sur le sol à l'intérieur du domaine. Il avait quarante ans environ, était très bronzé, et il portait un short beige, un tee-shirt et une veste beige avec un million de poches. Un immense appareil photo pendait à son cou.

— Hé ! s'écria William. Cette propriété n'est pas ouverte au public.

L'homme le regarda.

— Qui êtes-vous ?

— Le gardien. Vous allez devoir partir.

— Écoutez, je veux juste prendre des photos. C'est un projet sur lequel je travaille – une histoire photographique d'hôpitaux psychiatriques. Voici mes références.

Il sortit une carte de visite de l'une des poches et la lui tendit. *Chet Gonzalez, Photographe Artistique diplômé*, disait-elle, accompagnée d'adresses e-mail, site Internet et Twitter.

— Ça a l'air intéressant, dit William. Mais il vous faut une autorisation.

— Oui, je sais. J'étais censé me rendre à Stockton pour prendre quelques photos là-bas. Mais on m'a détourné de mon sujet à Yosemite – je sais, ce n'est pas un asile, mais waouh – et j'ai passé la nuit dernière près d'ici. Je me suis dit que puisque j'étais dans le voisinage...

Il sourit plein d'espoir.

William fronça les sourcils. Mais il sortit son téléphone de l'étui sur son bras et appela Jan Merrick. Il espéra qu'il n'était pas trop tôt pour elle. Elle décrocha rapidement.

— William. Quelque chose ne va pas ?

— Non, tout va bien. Mais il y a un photographe ici, Chet Gonzalez. Il veut prendre des photos de l'endroit pour un projet sur des hôpitaux psychiatriques.

Il y eut une brève pause pendant qu'elle réfléchissait.

— Il a l'air réglo ?

— Je suppose.

William n'était pas sûr de savoir à quoi était censé ressembler un authentique photographe.

— Alors d'accord. Je suppose que c'est bon. Mais gardez ses coordonnées, s'il vous plaît. J'aimerais vraiment voir le résultat de la séance.

Gonzalez attendait anxieusement.

— Elle dit que c'est bon, annonça William faisant rayonner Gonzalez.

William retourna à l'appartement en courant, récupéra les clés et revint. Il déverrouilla le portail afin que Gonzalez puisse entrer sa Volvo. Ils se retrouvèrent près du bâtiment principal.

Gonzalez agita la main d'un air vague.

— J'aime beaucoup cette lumière, alors je vais d'abord faire une série de photos extérieures. Est-ce que je pourrai entrer ensuite ?

— Oui, bien sûr. Je laisserai la porte déverrouillée. Mon appartement n'est pas loin du hall d'entrée, alors criez si vous avez besoin de moi. Je vous entendrai.

Il n'arrivait pas à imaginer que Gonzalez puisse causer des problèmes en restant seul. Qu'allait-il faire ? Voler quelques vieux meubles d'hôpital cassés ?

— Est-ce que je pourrai avoir accès aux chambres ?

— Certaines d'entre elles sont fermées à clé. Vous n'aurez qu'à m'appeler si vous voulez que je les ouvre. Je m'appelle William.

— Merci, dit Gonzalez en lui serrant la main. J'apprécie vraiment.

William prépara un pot de café, puis alla se doucher. Il fut rapide, au cas où Gonzalez aurait besoin de lui. Après s'être séché et habillé, il prit des œufs et du pain grillé. Il s'assit avec son livre et essaya de lire. Mais avoir une autre personne sur la propriété le rendait un peu distrait. Il avait eu l'endroit pour lui tout seul sauf lorsque que l'équipe d'entretien était venue quelques semaines auparavant pour arracher les mauvaises herbes et tondre la pelouse. Et Colby, bien sûr. Mais Colby n'était plus revenu depuis ce jour de mai.

Plus d'une heure s'était écoulée quand il entendit son nom résonner dans le couloir. Il courut jusqu'au hall d'entrée, où se trouvait déjà Gonzalez, appareil photo contre l'œil, l'objectif tourné vers le grand lustre poussiéreux.

— Waouh, dit-il, jetant un coup d'œil à William. Cet endroit est incroyable. Ça doit faire peur comme pas possible la nuit.

— Pas vraiment. C'est calme.

Gonzalez ricana et se concentra sur l'intérieur de la porte.

— Des fantômes ?

— J'en doute. S'il y en avait, je pense qu'ils seraient tristes, pas… vengeurs. C'est un endroit triste.

— Oui. C'est le but de ce projet. Je fais l'analogie entre les personnes abandonnées et les bâtiments abandonnés.

William regarda avec curiosité Gonzalez photographier le hall d'entrée. Puis ils se déplacèrent vers les dortoirs et les cellules – mais pas celle de Bill. Le temps qu'ils atteignent les cuisines, ils s'appelaient par leur prénom. Chet avait décrit certains des hôpitaux qu'il avait visités, ainsi que ce qui avait inspiré son projet : il avait appris que la sœur jumelle de sa grand-mère avait passé toute sa vie d'adulte dans une institution. Pendant ce temps-là, William parla un peu des patients dont il avait lu le dossier. À nouveau, pas celui de Bill. Il ne pouvait pas parler de Bill sans en être touché.

Chet prit de nombreuses photographies de l'aile médicale et de la morgue. La peau de William se couvrit de sueur froide dans cette zone. Il ne pouvait s'empêcher de penser aux choses horribles qu'avait subies Bill dans cette pièce. Et il les avait subies seul, sans même un ami pour lui tenir la main et le réconforter. Après sa mort, il avait dû rester à la morgue pendant un certain temps, non désiré et déjà oublié.

— Hé, William ?

William se secoua.

— Oui ?

— J'ai besoin de faire une pause pour le déjeuner. Qu'est-ce qu'il y a de bon par ici ?

— Dos Hermanos est ton seul choix, mais ils sont supers. Prends les tamales.

— Cool. Tu te joins à moi ?

Ce n'était pas de la drague. Chet était marié, d'après ce qu'en savait William, hétéro. Déjeuner ensemble pourrait être amusant. Mais William évitait Dos Hermanos.

— Je dois rester par ici, dit-il, assez malhonnêtement. Mais j'ai des restes de poulet grillé si tu veux manger ici.

— Vraiment ? Merci.

Ils s'installèrent dans l'appartement de William pour manger des sandwiches au poulet et à l'avocat. Ensuite, Chet demanda l'autorisation de prendre quelques clichés des étagères, du petit lustre et du lourd bureau. Puis ses yeux tombèrent sur la boîte en fer.

— Qu'est-ce que c'est ?

— C'est... C'est une vieille boîte à lunch.

— Qu'est-ce qu'elle fait ici ?

William était légèrement protecteur avec cet objet, comme si Bill lui avait confié personnellement de la garder à l'abri. Mais il était aussi un terrible menteur.

— Je l'ai trouvé dans une cellule. Elle contient des lettres, écrites par un patient.

Les yeux de Chet s'écarquillèrent.

— Waouh, vraiment ? J'adorerais prendre quelques photos.

Eh bien, ça, c'était un casse-tête. Ces lettres étaient privées. Et bien que Bill ait peut-être abandonné l'idée que Johnny les lise un jour et, à la place, les ait transformées en cri du cœur, il ne les aurait certainement pas imaginées dans une exposition photographique, observées par des centaines d'étrangers. Mais… ces centaines de personnes apprendraient son histoire. Se souviendraient de lui. Peut-être qu'il toucherait leur cœur comme il avait touché le sien.

— D'accord, dit doucement William.

Chet mit en scène la boîte et les lettres, les disposant contre une chaise renversée dans une cellule vide. Même si William était heureux de voir qu'il manipulait les objets avec soin et respect, il fut quand même soulagé de les avoir de retour dans ses mains. Chet prit quelques photos en gros plan de la boîte dans les paumes de William, avec les barreaux d'une fenêtre formant des ombres contre le petit tableau.

La salle des archives fut la dernière.

— Désolé, dit William. J'ai nettoyé. C'était un peu plus… sinistré.

— Ce n'est pas grave. Je ferai des gros plans des dossiers. Je veux capturer leur nombre.

Chet tira quelques tiroirs et secoua la tête.

— Est-ce que c'est d'ici que viennent toutes les histoires que tu m'as racontées ?

— Oui. J'en ai lu quelques-uns.

Chet se gratta la tête d'un air pensif.

— Tu sais, j'ai une idée. Ce projet… j'ai une bourse qui le finance. Quand j'aurai terminé, j'aurai une exposition à L.A. Mais je suis en train de me dire… et si toi et moi nous collaborions sur un livre ?

— Un livre ?

— Oui. Juste sur cet endroit. Je fournirai les photos et tu produiras le texte. Tu pourrais faire quelque chose comme ça, non ? Pas un genre historique barbant ni un truc d'architecture. Tu pourrais parler des gens, exactement comme tu me l'as raconté.

— Je…

William se retrouva à court de mots.

— Tu crois que quelqu'un le publierait ? Et des gens l'achèteraient ?

— Je ne sais pas. Mais tu m'as immédiatement embarqué et j'ai quelques connexions dans l'édition. Et bon sang, William, ne crois-tu pas que les gens ont besoin de connaître ça ?

Chet agita les bras.

— Tout ça.

William parla lentement.

— Oui. Je le crois.

— Bien. Hé, écoute. Je dois me rendre dans le nord. Mais tu as ma carte. Donne-moi ton numéro de téléphone et nous pourrons discuter dès que je rentrerai chez moi. Ce sera, hmm, d'ici deux semaines. Je connais quelques maisons d'édition – j'ai déjà publié quelques livres – alors je tâterai le terrain avec eux.

William alla jusqu'au portail à pied et attendit que Chet quitte la propriété dans sa Volvo. Chet arrêta sa voiture au passage.

— Je suis vraiment heureux de t'avoir rencontré, William. J'ai hâte de discuter du livre avec toi. En attendant, continue à lire ces dossiers, d'accord ?

Ils se serrèrent la main, puis Chet s'en alla. William reverrouilla le portail et retourna rapidement au bâtiment principal.

TANDIS QUE la nuit tombait, William se sentait plus excité par le projet de livre potentiel que par… eh bien, presque tout le reste. Rien à part Colby. Certainement plus excité qu'il ne l'était concernant sa thèse. Ses recherches étaient solides. Il avait déjà publié quelques articles à ce sujet, ce qui l'aiderait quand il présenterait sa candidature pour des postes académiques ou quand il demanderait sa titularisation. D'autres chercheurs liraient son travail, le citeraient, mais cela ne toucherait personne.

Seigneur, comme il aurait aimé avoir quelqu'un à qui parler. Il aurait aimé pouvoir s'asseoir sur le canapé avec une bière en main et un ami à ses côtés, discutant longuement de la façon dont il choisirait les patients sur lesquels écrire, et ce qu'il dirait, et comment il irait obtenir l'autorisation des familles quand ce serait nécessaire, et l'impact qu'il espérait que ce livre hypothétique pourrait avoir. Il pourrait partager sa vision du livre : une façon de rendre un peu de dignité aux patients et de rendre hommage à la force d'hommes comme Bill.

Bien sûr, il n'y avait personne à qui parler. Il avait ressenti intensément l'absence de Colby chaque jour depuis mai. À présent, ils étaient séparés depuis bien plus longtemps qu'ils n'avaient été amis. Et ce soir, le manque paraissait pire que jamais.

— Prends sur toi, dit-il voix haute, avant de décider qu'il avait quelques coups de fil à passer s'il voulait que cette histoire de livre fonctionne.

QUELQUES JOURS après le début du mois de septembre, le téléphone de William sonna. Il sursauta légèrement, puis jura. Il était en train d'emballer quelques affaires pour son voyage du lendemain jusqu'à l'université. Dans l'après-midi, il soutiendrait sa thèse. Il était peut-être un peu à bout de nerfs.

Il ne jeta même pas un coup d'œil à l'écran avant de répondre et fut un peu cinglant quand il parla.

— Quoi ?!

— Salut, William.

— Colby.

Son cœur accéléra.

— Désolé. Je n'ai pas réalisé que c'était toi.

— Oh. Eh bien, bonjour.

— Salut.

Qui aurait cru que des silences pouvaient être gênants, même au téléphone ?

Finalement, Colby se racla la gorge.

— J'ai, hmm, du courrier. Un truc d'avocats. J'ignorais si tu en avais besoin tout de suite.

Et avec ses paroles, l'espoir de William s'effondra. Il essaya de garder une voix calme.

— Est-ce que ça va si je viens la récupérer maintenant ? Je ne serai pas là demain.

Colby fit un petit bruit, puis se racla à nouveau la gorge.

— Euh, oui. Bien sûr. C'est mon boulot.

— C'est vrai. Receveur des postes adjoint.

— Oui.

— Je serai là rapidement.

Il lui fallut vingt minutes pour arriver là-bas. Cela aurait pu lui prendre moins de temps, mais il passa un temps incroyablement ridicule planté devant son armoire, à décider quoi porter. À la fin, il se gronda et partit tel qu'il était : sandales, short beige, tee-shirt uni blanc.

Colby, d'un l'autre côté – en débardeur rayé rouge et jaune et en short bleu – semblait aussi vif qu'un oiseau exotique. Les pointes décolorées étaient de retour dans ses cheveux. Il s'était également fait percer l'oreille droite et portait un clou brillant. Il se tenait derrière le comptoir de la poste, accueillant William avec un semblant de sourire.

— Salut, William.

— Will.

Le sourire de Colby s'agrandit.

— Will. Tu es très beau. J'aime tes cheveux comme ça.

176

William y fit courir ses doigts.

— Ils sont trop longs. Je n'ai pas trouvé de barbier local et…

— Ça te va bien. Et tu as fait de la muscu.

— Euh, oui.

William bougea timidement.

— Un peu. Ça fait passer le temps.

— Je sais.

Colby se tourna vers les casiers. Quand il refit face à William, il tenait une enveloppe. William la prit et jeta un coup d'œil à l'adresse de l'expéditeur. Les avocats de Lisa. Il ouvrit l'enveloppe et retira les papiers, puis les feuilleta rapidement.

— Tout va bien ? demanda Colby après presque une minute.

— Jugement final du divorce. Je suppose que je suis officiellement célibataire.

— Oh. Eh bien, félicitations. Ça tombe bien, puisque tu retournes à la civilisation.

William releva la tête pour regarder Colby.

— Hein ?

— Maintenant, tu peux fréquenter librement qui tu veux, aucun bazar juridique pour t'inquiéter. Je peux… je peux te donner le nom de quelques clubs en ville, si tu veux. Les endroits que tu pourrais aimer.

Colby soupira et baissa les yeux vers le comptoir éraflé.

— Ou pas.

— Mais je ne… je ne déménage pas.

Colby releva immédiatement la tête.

— Tu as dit que tu partais demain.

— Juste pour la journée. Je soutiens ma thèse. Je serai de retour le soir.

Était-ce du soulagement sur le visage de Colby ?

— Mais j'ai cru… tu m'as dit que tu partirais d'ici à l'automne. Quelque chose à propos d'un poste d'assistant.

— J'ai refusé le poste. J'ai… j'ai ce projet vraiment excitant sur lequel je travaille à la place. Un livre ! Nous avons déjà un contrat d'édition et tout. Chet connaît certaines personnes et nous avons pu trouver un éditeur très rapidement.

Il ne put s'empêcher de s'extasier d'excitation.

— Jan – elle travaille pour l'organisme qui dirige l'hôpital – dit que je peux rester aussi longtemps que je veux, ce qui est super. En fait, elle est assez emballée à propos du livre. Alors je serai toujours logé gracieusement et ils me paient suffisamment pour pouvoir vivre. Ils me paient même davantage parce que je les aide à répertorier les dossiers des patients pour leurs archives. Je me dis que partir à la chasse d'un poste de professeur peut attendre une année de plus environ. Et puis, Chet pense que nous pourrons tirer quelques dollars du livre. L'éditeur nous donne un à-valoir !

Colby attendit que le déluge de paroles se tarisse.

— Chet ?

— Mon partenaire. Il est photographe. Son travail est formidable.

— Ah. Eh bien, félicitations. Je suis heureux que vous vous soyez trouvés.

— Il est hétéro, lança William.

Quant Colby haussa les sourcils, William ajouta :

— Nous ne sommes pas amants. Pas ce genre de partenaires. Nous travaillons juste ensemble.

À nouveau, un rapide éclair de quelque chose traversa le visage de Colby.

— Eh bien, le livre semble vraiment cool.

— Il l'est. Il le sera. Hmm… peut-être que nous pourrions déjeuner un de ces quatre et je pourrai t'en parler.

— Peut-être.

William avait envie de dire plus. Il avait envie de dire à Colby combien il lui manquait, combien il désirait sa compagnie. Il avait envie de dire qu'il n'avait pas touché d'autres hommes. Il n'était allé à L'Enclos que cette fois-là en juillet, puis il avait fui. Il voulait que Colby sache qu'il s'était rendu compte que personne d'autre ne pourrait remplir cette place dans son cœur.

Bon sang, il voulait tomber à genoux et supplier Colby de l'accepter, de le garder, de l'aimer. Il l'aurait fait s'il pensait que cela servirait à quelque chose.

Au lieu de ça, il hocha la tête et remit les papiers du divorce dans l'enveloppe.

— Eh bien, merci.

— Pas de problème.

— Hmm… à bientôt.

— Bonne chance pour ta soutenance, Will.

XXIII

L'AUTOMNE ÉTAIT officiellement passé depuis une semaine, mais William transpirait encore, maudissant sa voiture pour son absence d'air conditionné. Il roulait vitre ouverte jusqu'à Mariposa, ce qui signifiait que cet air chaud et poussiéreux soufflait sur son visage, rendant ses yeux poussiéreux. Il jura dans sa barbe tandis qu'un autre touriste le dépassait à plus de 30 km au-dessus de la vitesse autorisée, crachant des gaz échappement et des débris de route sur son sillage. La police routière devait vraiment sévir. Bien sûr, il le pensait à chaque fois qu'il roulait vers Mariposa.

Cette fois-ci, il ne déjeuna pas au Java Point. La nourriture y était bonne, mais il commençait à s'en lasser. À la place, il essaya le restaurant chinois à quelques bâtiments de là ; il n'avait pas mangé chinois depuis un bail. La nourriture était convenable, conclut-il ; pas au niveau des critères de la zone de la Baie, mais acceptable. De plus, c'était climatisé.

Au fil du temps, il en était venu à voir Frank's Grab'em comme un endroit magique, semblant toujours avoir ce dont il avait besoin. Il n'y avait jamais vraiment beaucoup de choix – quand il y avait cherché des boxers, le magasin ne proposait qu'un seul style et qu'une seule couleur dans sa taille. Mais bon, qui avait besoin d'une tonne de choix, tant qu'on trouvait ce qu'on voulait ? William était très satisfait de son sous-vêtement bleu.

Son but du jour était de trouver un climatiseur monobloc. Oui, il était tard dans la saison pour un tel achat. Mais les températures avaient dépassé les 38° C au cours des deux derniers jours, et il ne pouvait supporter un jour de plus de chaleur étouffante. De plus, il pourrait à nouveau l'utiliser l'été suivant.

Comme il s'y était attendu, il n'y avait qu'un seul modèle de climatiseur sur l'étagère de chez Franck. Il lutta pour le rentrer dans son chariot en grognant. Puis, parce qu'il était là de toute façon, il fit quelques courses supplémentaires. Il prit des provisions, un lot de trois paires de chaussettes de sport et une bouteille de vin. C'était son anniversaire. Le climatiseur était le cadeau qu'il s'offrait et le vin servirait à le fêter.

Son identité fut vérifiée quand il paya. La fille à la caisse remarqua sa date de naissance sur son permis de conduire et lui souhaita aimablement une bonne journée. Elle pensait probablement que trente-trois ans était vieux.

Il rangea ses achats dans sa voiture, alluma la radio sur sa station country préférée et rentra chez lui.

Juste avant d'arriver au magnifique centre-ville de Jelley's Valley, un autre véhicule arriva à toute allure derrière lui, tellement près qu'il se trouva presque pare-chocs contre pare-chocs. Il jura et se déplaça légèrement sur le bas-côté, encourageant l'enfoiré à le dépasser. Il détestait particulièrement ça, quand les gens traversaient une ville à toute vitesse, parce qu'il savait que des gamins traversaient l'axe principal pour aller ou revenir de l'école. L'immense pick-up le dépassa dans un ronflement assourdissant de moteurs et de musique braillarde.

— Il a probablement une queue minuscule, marmonna William.

À quelques centaines de mètres avant l'embranchement pour l'hôpital, il vit un vélo sur le bord de la route. Il était sur le côté, la roue avant tournant toujours. Au milieu de la végétation marron toute proche, il repéra une tache de couleur qu'il reconnut comme étant un être humain.

— Putain !

Il se gara immédiatement sur le bas-côté et coupa le moteur. Claquant la portière, il courut vers le cycliste à terre. Mais avant même d'avoir atteint l'homme immobile, il vit les mèches vives de cheveux décolorés.

— Colby ! Colby !

Dans sa panique, tout devint étrangement cotonneux et ralentit. William se jeta à genoux à côté de Colby, qui était allongé face contre terre, et tendit la main vers son épaule. À ce contact, Colby bougea légèrement la tête, le regardant en clignant des yeux.

— Will ? gémit-il.

— Ne bouge pas ! Ne bouge pas ! J'appelle les secours.

Il avait laissé son téléphone dans la voiture.

— Non. Je vais bien.

Pour un homme blessé, Colby bougeait étonnamment vite, lui attrapant la main avant qu'il puisse se lever.

— Mais tu es…

Colby gémit et roula sur le dos.

— Je ne suis pas blessé. Je me suis égratigné les genoux et j'ai vu le sang…

Son visage se tordit. Il se mit rapidement à quatre pattes avant de vomir dans les mauvaises herbes. William resta à genoux, impuissant, frottant le dos sale et en sueur de Colby. Le jeune homme portait son tee-shirt DANCE-ADDICT.

180

Après plusieurs minutes de haut-le-cœur, Colby essaya de se lever. William l'aida à se redresser.

— Colby, je ne pense pas que tu devrais…

— Je vais *bien*. Je me suis juste évanoui.

Il soupira, commença à jeter un coup d'œil vers ses genoux, puis détourna rapidement le regard.

— Ça ne m'était pas arrivé depuis longtemps. Ça me fait me sentir bête.

— Tu n'es pas bête. Tu as eu un accident de vélo. Est-ce que cet enfoiré pressé t'a renversé ?

Colby cligna des yeux devant le juron puis sourit légèrement.

— Enfoiré, hein ? Non. Il est juste passé tellement près que j'ai paniqué et fait une embardée. J'ai perdu le contrôle du vélo.

— Je t'ai dit de porter un casque…

Le sourire de Colby s'élargit.

— Et en quoi ça m'aurait aidé ? Ce sont mes genoux qui ont souffert.

— Mais tu aurais pu facilement te cogner la tête ! Et puis…

William inspira profondément pour se calmer.

— Tu pourrais avoir besoin de cette tête à l'occasion.

— De temps en temps.

William supportait toujours une grande partie du poids de Colby. Les genoux de ce dernier étaient recouverts de sang et de saleté et Colby tremblait toujours.

— Tu es sûr de ne pas vouloir appeler les secours ?

— L'ambulance viendra de Mariposa, ce qui prend une éternité, et je n'ai pas besoin d'une équipe de secours. Juste d'un nettoyage. Est-ce que tu pourrais me ramener chez moi avec mon vélo ?

— Oui, bien sûr, je… oh, non. Ma voiture est pleine.

William réfléchit rapidement.

— Écoute, je vais cacher ton vélo derrière ces buissons afin qu'il ne soit pas visible depuis la route. Puis je t'emmènerai chez moi. J'ai une trousse de premiers secours, et je suppose que tu ne vas pas vouloir t'occuper toi-même de ces blessures.

— Euh… non. Je ne peux même pas…

William l'aida à garder l'équilibre tandis qu'il se penchait, pris de nausée. Puis Colby se redressa à nouveau et s'appuya contre son torse.

— Désolé.

— Ne le sois pas. Je vais te retaper un peu et vider la voiture. Nous pourrons récupérer le vélo quand nous retournerons en ville.

Colby hocha la tête. Ses genoux devaient lui faire sacrément mal, et William dut presque le porter jusqu'à la route. Il l'aida à se glisser sur le siège passager, puis, sans réfléchir, retira son propre tee-shirt et l'étala délicatement sur les genoux de Colby, afin qu'il ne risque pas de voir les blessures. Colby lui sourit avec gratitude.

— Je salis ton tee-shirt.

— J'en ai d'autres.

— C'est mieux que de vomir dans ta voiture, je suppose.

— Bien mieux.

William ferma la portière et se dépêcha de cacher le vélo. Quand il s'installa sur le siège conducteur, il tendit à Colby une bouteille d'eau à moitié pleine.

— Tiens. Elle est tiède, mais…

— Merci.

Colby prit une gorgée prudente de la bouteille.

— C'est mieux.

— Je te donnerai quelque chose de frais quand on sera à la maison.

Tandis que William contournait la butte et passait devant les vaches curieuses, Colby tourna résolument son regard vers l'avant.

— C'est uniquement de ma faute, dit-il enfin.

— Quoi donc ?

— Je m'étais promis d'arrêter d'aller à l'hôpital à vélo. Si j'avais respecté ma promesse, cet enfoiré ne m'aurait pas fait quitter la route.

— Tu allais à l'hôpital ?

Colby poussa un long soupir bruyant.

— Oui. Enfin, j'en revenais. D'habitude je viens tard dans la journée… tu as fait un barbecue hier soir… je l'ai senti. Ça sentait bon. Mais aujourd'hui, c'est mon jour de congé et… et je suis un crétin.

— Mais pourquoi ?

Le mélange d'émotions que William avait expérimentées au cours des dix minutes précédentes lui donnait légèrement le vertige. Son corps devait être rempli d'adrénaline. Il ralentit un peu plus la voiture. La dernière chose dont ils avaient besoin à cet instant était un autre accident.

— Ça fait partie de mon plan d'ensemble pour t'oublier, en t'espionnant, me torturant et me faisant écraser par des camions.

— Et… qu'est-ce que ça donne ?

— Jusqu'ici, tout se passe comme prévu. Sauf la partie où je t'oublie.

William se mordit la langue.

182

Il maîtrisait le rituel du portail – sortir de la voiture, déverrouiller et pousser, grimper, conduire, sortir, pousser et reverrouiller, puis grimper –, alors cela lui prit moins de soixante secondes. S'il y avait une épreuve olympique de déverrouillage de portail, il était candidat pour l'or.

Il se gara aussi près que possible de l'entrée principale, parallèle au bord du trottoir afin que Colby ait un pas ou deux de moins à faire. Colby ouvrit tout seul la portière de la voiture, mais William l'aida à sortir. Il l'assista pour entrer dans le bâtiment, traverser le couloir et aller jusqu'au fauteuil dans son appartement.

— Je vais le salir, protesta Colby.

— C'est du cuir, ça se nettoie.

Colby hocha la tête, mais avant de s'asseoir, il retira ses chaussures du bout des pieds et ôta son tee-shirt.

— Hmmm… tu peux m'aider avec le short ? Je crois que j'ai vomi dessus. Mais si j'essaie de le retirer moi-même…

— Pas de problème.

Et ce n'était vraiment *pas* un problème, sauf que s'agenouiller devant Colby et baisser méticuleusement le short en jean sur ses jambes douces et musclées envoya tout le sang du corps de William directement dans son entrejambe. Au moins, Colby portait un slip, même si l'étroit morceau de tissu rouge laissait très peu de place à l'imagination. *Concentre-toi*, se dit William avec sévérité. *Tu es censé le soigner.*

Mais cela n'aida pas du tout quand Colby mit tout son poids du corps sur une jambe, utilisant la tête de William pour s'équilibrer, puis rit.

William leva les yeux vers lui.

— Quoi ?

— Tu as fini ta thèse, non ? Alors maintenant, tu ne fais pas que jouer au docteur… tu es vraiment le Dr Lyon.

— Je n'aurais pas mon diplôme avant décembre.

— Pfff. Détail technique.

Dès que son short fut retiré, Colby s'affala lourdement dans le fauteuil. Il serrait toujours le tee-shirt de William dans une main, et il l'étala à nouveau sur ses jambes.

— Je n'ai pas de coca, dit William. Bière ? Eau ? Thé glacé ?

— Thé glacé. Avec citron ? ajouta Colby avec un petit sourire.

— Bien sûr, Monsieur.

Williams s'inclina très bas. Il attrapa les vêtements souillés et se dirigea rapidement vers la salle de bain, où il les jeta dans le lave-linge. Colby pourrait porter quelque chose à lui pour le trajet retour. Il récupéra sa trousse de premiers secours et quelques serviettes propres, puis attrapa une bassine en métal dans la cuisine et la remplit d'eau tiède et savonneuse. Il se lava les mains et servit le thé pour Colby. Le citron était déjà prétranché et attendait dans le frigo ; il en fit tomber une rondelle dans le verre. Il fut content d'arriver à tout ramener jusqu'au fauteuil sans renverser ni lâcher quoi que ce soit.

Colby prit le thé et en avala une longue gorgée.

— Ah. Parfait. C'est un bassin hygiénique ?

— Je crois que oui. Je l'ai trouvé dans un dortoir. Quand je fais un barbecue, j'aime le garder à portée de main, rempli d'eau, juste au cas où une étincelle s'échapperait. L'herbe est vraiment sèche.

Tandis qu'il parlait, William s'agenouilla, retira le tee-shirt des genoux de Colby et commença à tamponner précautionneusement ses genoux avec une serviette humide.

— Je ne veux pas mettre le feu à cet endroit. Ça ferait de moi un bien mauvais gardien.

Colby avait fermé les yeux.

— Comment avance ton projet ? Le livre.

— Vraiment bien. C'est difficile de sélectionner les choses. Il y a tellement d'histoires que j'ai envie de raconter. Et la plupart d'entre elles vont demander beaucoup de recherches en dehors des dossiers. Contexte, suites, ce genre de choses.

— Tu aimes la recherche.

William grimaça en retirant des bouts de gravier incrustés dans les chairs de Colby.

— Oui. Durant ma soutenance, le jury m'a posé des questions sur mes futurs projets de recherche, et j'ai parlé de ce projet. J'étais un peu inquiet de ce qu'ils diraient. Mais alors le Dr Ochoa a fait remarquer que je faisais toujours des recherches sur la mémoire, juste d'une manière très différente.

— Aucun de tes jolis petits tableaux de chiffres.

— Non. Mais il a dit que des approches subjectives pouvaient avoir autant de valeur que les objectives. Plus de valeur, parfois. Et je crois qu'il a raison.

Satisfait que le premier genou soit nettoyé, William tourna son attention vers le second. Il avait besoin de continuer à parler pour se distraire un peu, parce qu'il y avait quelque chose d'incroyablement intime dans la façon de toucher ainsi Colby.

184

— Je crois que le travail que je fais maintenant aura un impact bien plus important que mes bêtises sur le rappel ordonné.

Colby ébouriffa les cheveux de William.

— Ce ne sont pas des bêtises.

— Non, c'était un bon travail. Mais celui que j'effectue actuellement compte vraiment.

Colby siffla lorsque William utilisa une pince à épiler pour retirer de sa peau un bout de verre brisé. Il ne s'évanouit pas ni ne vomit à nouveau, mais sa voix semblait tendue lorsqu'il parla.

— Est-ce que tu as trouvé le dossier de Bill ?

— Je... oui

— Et ?

— Nous n'avons pas à en parler.

— Je veux savoir. J'y ai pensé tout ce temps. Je me posais des questions.

William releva la tête vers lui.

— Ils ont effectué la lobotomie. Ça... ne s'est pas bien passé. Il n'est plus jamais reparti d'ici.

— Merde !

Colby resta silencieux tandis que William utilisait un coton-tige pour déposer de la crème antiseptique sur les égratignures. Les blessures n'étaient pas profondes ni sérieuses, mais elles seraient gênantes pendant quelques jours. Il saisit quelques grands pansements adhésifs.

— Je déteste Johnny ! s'écria soudain Colby.

Surpris, William le regarda.

— Vraiment ?

— Ce salaud a complètement abandonné Bill.

— Mais Bill a été interné ici par un juge. Johnny n'était pas un parent. Il ne pouvait pas se contenter d'entrer et d'emporter Bill.

— Je m'en fiche. Il aurait pu faire quelque chose s'il avait vraiment essayé.

William y avait déjà réfléchi. Il avait même fait des efforts pour retrouver l'homme, mais John Taylor était un nom bien trop commun.

— Peut-être qu'il a essayé, Colby. Et il y a de très bonnes chances qu'il soit parti à la guerre. Ou peut-être qu'il ne s'est pas rendu compte à quel point Bill prenait leur situation au sérieux. Peut-être que du point de vue de Johnny, c'était juste une petite aventure sans lendemain.

— Je m'en fiche. Je le déteste. On n'abandonne pas...

Colby s'arrêta et détourna le regard.

William posa délicatement les pansements sur les genoux de Colby.

— Je reviens tout de suite, dit-il.

Il se leva, rassembla son matériel et l'emporta dans la salle de bain. Mais alors qu'il s'apprêtait à mettre les serviettes sales dans le lave-linge, il aperçut les vêtements de Colby. Et sans prendre le temps de réfléchir, il ôta son propre short et enfila le short en jean et le tee-shirt de Colby. Ils sentaient la sueur et l'herbe et, oui, un peu le vomi. Il s'en moquait.

Colby tripotait avec prudence ses pansements, mais il releva la tête quand William s'arrêta au milieu de la pièce. Il en resta bouche bée.

— Will...

— Oui ?

— Ce sont mes vêtements.

— Oui.

— Ils puent.

— Un peu.

Colby pencha la tête sur le côté.

— Ils sont vraiment ridicules sur toi.

— Je ne suis pas un dance-addict ?

— Tu es... Will, mais qu'est-ce que tu fabriques ?

— Je fais un discours. Alors tais-toi.

Colby le regarda en clignant des yeux, faillit sourire, puis se réappuya au dossier de fauteuil. Il fit signe à William de commencer.

William se racla la gorge.

— D'accord. J'ai fait des recherches. J'ai regardé du porno et je suis retourné à L'Enclos. J'ai rassemblé une quantité significative de données, et je peux affirmer avec une marge d'erreur inférieure à 0,5 % que ma conclusion est bonne. Je rejette l'hypothèse nulle, Colby. *Tu* es mon genre.

— Mais...

— Chut. Je n'ai pas fini.

William ne s'était pas du tout préparé à ça, mais c'était bien plus important pour lui que sa soutenance de thèse l'avait été.

— Tu es mon genre. Et j'ai aussi conclu, après mûre réflexion, que je t'aimais. Je pense que tu m'aimes peut-être aussi – les données préliminaires soutiennent ce résultat –, mais nous aurons besoin de recherches ultérieures pour l'approfondir.

— Je t'aime, chuchota Colby.

Le cœur de William explosa.

— Eh bien, tu vois ? Une autre hypothèse confirmée.

— Mais je te l'ai *dit*. Tu dois regarder autour de toi.

Colby plissa les yeux et pointa un doigt accusateur.

— Je parie que tu n'as couché avec aucun autre mec !

— Un petit nombre d'entre eux m'ont peloté à L'Enclos.

— Ce n'est pas…

— Tu m'as fait un *discours*, peu de temps après notre rencontre. Tu as dit que les personnes gays – n'importe quelle personne, en fait – devraient être qui elles sont vraiment. D'être authentique. Tu as dit que je devrais porter en tutu rose et voter républicain si c'était ce que je voulais. Eh bien, je vais sauter cette partie. Mais Colby, c'est moi. Je ne suis pas un homme qui couche à tout-va, qui me demande constamment si l'herbe est plus verte de l'autre côté de la barrière. Je ne suis pas quelqu'un qui veut rencontrer des tonnes d'hommes dans des clubs ou en ligne. Ces choses ne me conviennent pas mieux que cette tenue.

Il fit un geste vers le tee-shirt emprunté.

— J'ai trente-trois ans aujourd'hui même. Je sors peut-être tout juste du placard, mais je ne suis pas un gamin. J'ai perdu assez de temps à essayer d'être William Lyon, hétérosexuel. Je suis prêt à être Will Lyon, gay. Partenaire de Colby Anderson. C'est qui je suis *vraiment*.

Colby le dévisagea pendant plusieurs secondes.

— Aujourd'hui, c'est ton anniversaire ? dit-il enfin.

— Oui. Mais tu rates vraiment l'essentiel…

William s'interrompit et se précipita vers le fauteuil pour aider Colby, qui luttait pour se lever.

Dès que Colby fut debout, il serra William dans ses bras si fort que celui-ci put à peine respirer.

— Joyeux anniversaire, Will. Je peux te faire un cadeau ?

— Quoi ?

— Moi.

Les dernières molécules d'oxygène restantes quittèrent ses poumons et il ne put répondre qu'en l'étreignant lui aussi.

Le visage de Colby était enfoui contre son épaule.

— Si tu acceptes ce cadeau, il y aura aucun retour. Aucun échange.

— Bon Dieu, Colby. Tu crois que je te laisserai partir ? Ce serait insensé.

Ce qui suivit ne fut aucunement comparable à ce que William avait imaginé concernant le sexe gay. Tout d'abord, ils durent faire attention aux genoux blessés de Colby. Et ensuite, ils ne cessèrent de rire tous les deux – dans leurs tentatives pour trouver des positions qui ne blesseraient pas Colby, dans la découverte de leurs endroits chatouilleux, à cause des livres balayés de la table de nuit par un bras agité. Mais plus que ça encore, ils riaient de bonheur.

Colby finit par arracher son débardeur directement du dos de William. L'un dans l'autre, pas une grosse perte, conclut William plus tard. Cependant, en même temps, William essayait de goûter chaque centimètre de la peau de Colby. Le slip de Colby atterrit sur une étagère. Son short – que portait William – vola de l'autre côté de la pièce pour atterrir au milieu du sol. Un instant plus tard, leur seul lien restant fut un boxer bleu.

Et Colby était radieux, ses muscles toujours aussi souples, son corps parfait même là où il était couvert de bandages ou de taches de poussière. William trouva quelques égratignures sur les paumes des mains de Colby et les embrassa pour les soigner. Il embrassa également chaque téton dur, chaque courbe des abdominaux de Colby, le nombril rond, les magnifiques petites bosses sous chaque os de ses hanches. Colby avait laissé pousser ses poils pubiens – c'était doux et moelleux – et William les embrassa aussi. Il embrassa l'intérieur des cuisses de Colby. Il embrassa les douces rondeurs des testicules de Colby. Et puis il embrassa le bout légèrement humide du gland rouge de Colby.

— Oh, dit ce dernier tandis que William lui léchait la hampe. C'est ton anniversaire.

— Et c'est ma friandise d'anniversaire. Je n'ai jamais aimé les gâteaux de toute façon.

William glissa sa bouche par-dessus la couronne.

Dans sa bouche, le sexe de Colby semblait plus grand qu'il n'en avait l'air. Il était doux et glissant, très solide contre son palais et entre ses lèvres. William aimait combien il était dur et pénétrant, et pourtant absolument vulnérable. Il en aimait le goût. Colby écarta les jambes, alors William fit glisser le bout de son doigt humide le long de son scrotum puis, très délicatement, autour de son entrée. Et il aima les sons que fit Colby à ce geste, les gémissements désespérés poussés à mi-voix. Il aima la tension dans les muscles de Colby tandis que ce dernier luttait pour ne pas donner de coups de bassin.

William ne pouvait pas le prendre très profondément, mais cela ne semblait pas déranger Colby. Il s'accrocha aux cheveux de William à deux mains et haleta. Et puis, très brusquement, il poussa les épaules de William.

— Trop prêt, dit Colby avec un sourire. Viens ici.

Après avoir remonté le matelas en gigotant, William finit allongé sur le côté gauche, Colby collé dos contre lui. Colby passa la main entre ses jambes, attrapa le sexe de William et le plaça de telle sorte qu'il glisse entre ses cuisses et cogne contre son scrotum. Quand William répondit en enveloppant ses doigts autour de la verge humide de Colby, ce dernier poussa un bruit appréciateur et lui saisit le poing.

Ensemble, ils trouvèrent leur rythme. La chaleur et la fiction étaient incroyables. Mais ce qui était encore meilleur pour William était de savoir qu'il tenait Colby dans ses bras, et que Colby avait l'intention de rester là.

— Will, Will… scanda Colby.

Il poussa vivement ses fesses en arrière contre l'entrejambe de William puis se renfonça entre leurs mains.

— Mon Will.

Il frissonna lorsque l'orgasme le saisit, recouvrant la paume de William de sperme collant.

William continua à bouger son bassin. Sa peau lui semblait trop étroite, chaque poil de son corps hérissé, et une grande vague d'énergie poussa à travers lui. Hors de lui. Il enfouit son visage contre la base tendre de la nuque de Colby lorsqu'il jouit.

Quelques secondes plus tard, Colby se tourna pour lui faire face.

— Joyeux anniversaire, Will.

— Le meilleur cadeau qu'on m'ait jamais fait.

— Est-ce que tu viendras à la journée du cow-boy avec moi ce week-end ? Je te présenterai à ma famille.

— Est-ce que tu porteras des jambières ?

— Vendu !

William déposa un baiser sur le bout du nez de Colby.

— Je t'aime, Colby.

Le sourire le plus immense et le plus lumineux de Colby éclaira son visage tout entier. Et cette fois-ci, ses yeux avaient une lueur supplémentaire que William aurait juré n'avoir jamais vue là.

— Je t'aime aussi, dit Colby.

Lorsqu'ils s'assoupirent, ils étaient toujours emmêlés l'un à l'autre. Le vieil hôpital craqua lorsqu'une brise se leva, et tous les fantômes se calmèrent un instant, momentanément en paix. Le soleil déclina derrière les collines, teintant le ciel d'orange et de rouge. Deux hommes amoureux dormaient dans les bras l'un de l'autre, rêvant de leur futur ensemble.

XXIV

— BON SANG, Will. Ce truc pèse une tonne.

— Ce truc pèse une cinquantaine de kilos.

Colby grommela tandis qu'il posait délicatement la pierre dans la petite tranchée qu'ils avaient préparée dans l'herbe. Puis il se redressa et s'étira, révélant une bande de peau entre sa ceinture et l'ourlet de son tee-shirt.

— Ça semblait plus lourd.

— C'est toi qui as tous les muscles.

Colby sourit et se rapprocha afin de pouvoir caresser les bras de William.

— Les tiens ne sont pas mal non plus.

William fit une grimace.

— Je ne vais remporter aucune compétition de body-building.

— Et alors ? Je ne veux pas de body-builder. Je te veux toi.

Colby avait dit ces mots de plusieurs façons et en diverses occasions au cours des deux années et demie précédentes. William les croyait enfin, et c'était agréable.

William se baissa pour ôter quelques traces de saleté sur la pierre, puis se releva et recula de quelques pas pour observer le résultat. Colby et lui avaient décidé de placer la pierre tombale près du bord de la zone herbeuse non grillagée, afin qu'elle soit facilement vue depuis le chemin.

William James Wright
18 avril 1915 – 7 février 1975
Courageux et Aimant
Jamais Oublié

Bien sûr, personne ne savait si Bill était enterré sur ce bout de terrain en particulier ou ailleurs sur la propriété. Peut-être était-il un des corps découverts accidentellement par la société de construction plusieurs années auparavant puis réenterrés à la hâte. Ce n'était pas important. Ses os étaient ici, quelque part. De plus, c'était préférable d'avoir la pierre près du bâtiment principal – où il avait passé la majeure partie de sa vie et où les visiteurs avaient plus de chances de la voir.

— Elle est jolie, dit Colby.

Il se décala sur le côté, se serrant lui-même sous la fraîcheur. Il portait un des cardigans gris de William avec des protèges coudes – une tenue de professeur, disait-il, même si William n'avait toujours pas cherché de poste d'enseignant. Le vêtement était trop grand sur Colby, lui donnant l'air d'un garçon dans les vêtements de son père. Il était adorable, surtout avec l'humidité qui aplatissait ses cheveux en épis et les faisait tomber sur ses joues et son nez.

William hocha la tête.

— Oui, elle me plaît. Elle est digne.

Il récupéra la pelle à l'endroit où il l'avait laissée, appuyée contre un arbre et il creusa un trou à quelques centimètres devant la pierre. Il ne creusa pas très profondément, parce que la dernière chose qu'il voulait était de perturber les défunts. Le trou n'avait pas besoin d'être très profond, à peine plus d'une trentaine de centimètres – assez pour enterrer une vieille boîte à lunch.

Quand le trou fut suffisamment grand, William fit un signe de tête à Colby, qui tendit le bras dans la brouette qu'ils avaient utilisée pour transporter la pierre depuis la voiture. Il souleva la boîte en fer et la lui tendit.

William sourit.

— Merci.

Avec autant de douceur et de révérence que si la boîte avait été un corps, il la déposa dans le trou qu'il avait creusé. Elle y rentra parfaitement. Il la recouvrit de terre qu'il tassa pour la remettre en place. La boîte en fer ne contenait plus les lettres que Bill avait écrites... ces dernières avaient été conservées. À la place, étaient enfermées quelques feuilles de papier recouvertes de l'écriture soignée de William, plus un badge en forme de cœur aux couleurs de l'arc-en-ciel que Colby avait acheté lors d'une Gay Pride quelques années auparavant et avait demandé à inclure.

Dans un mois, Colby et lui planteraient quelques fleurs. L'un des membres du comité directeur de l'hôpital avait suggéré un jardin de roses d'une centaine de massifs – un pour chaque cinquante personnes enterrées dans l'hôpital, d'après leurs meilleures estimations.

Prenant sa pelle, William enjamba la petite clôture en métal. Il se tint près de Colby et ils regardèrent ensemble la terre fraîchement retournée. Colby passa un bras autour de sa taille et s'appuya contre lui.

— Gardien, dit Colby à voix basse.

— Quoi ?

— Gardien. C'est le parfait intitulé de poste pour toi. C'est qui tu es.

— Mais je ne suis pas…

— Pense à ce que tu as fait pour cet endroit. Pour Bill. Pour moi.

Il serra délicatement William et le regarda avec son sourire éclatant.

— Ce que tu feras pour notre fille quand elle arrivera.

William le serra avec force, sentant la bouffée de joie et de terreur qui s'élevait toujours quand il pensait à leur futur ajout. Layla, une amie de Colby, avait accepté de collaborer avec eux sur leur projet familial tout autant que sur leur projet de film, et son accouchement était prévu dans deux mois.

— Il commence à pleuvoir, fit remarquer Colby.

Il avait raison. Le brouillard s'était transformé en une bruine légère. De petites gouttes s'accrochaient dans ses cheveux comme des joyaux.

— Il est probablement temps de tout ranger et de partir. Je nous préparerai de la soupe et nous pourrons regarder une de ces émissions scientifiques ennuyeuses que tu as enregistrées.

— Elles ne sont pas ennuyeuses.

— Hier soir, tu t'es endormi en en regardant une. Tu as ronflé.

— C'est parce que tu me massais agréablement le crâne.

C'était vrai. Ils étaient installés sur le canapé, la tête de William sur les genoux de Colby, qui passait ses doigts dans ses cheveux qu'il avait gardés longs sous son insistance. Cela avait été très relaxant.

Colby se dressa sur la pointe des pieds afin de pouvoir lui embrasser la joue.

— Rentrons à la maison pour que je puisse masser plus que ça.

Il saisit les poignées de la brouette et se dirigea vers la remise.

William souleva la pelle, mais resta là un petit moment. Tandis que son regard parcourait la pierre tombale de Bill, il hocha la tête et dit doucement :

— Oui. Il est temps de rentrer chez nous.

7 février 2014

Mon très cher Bill,

Vous ne me connaissez pas, bien que j'aie le sentiment d'avoir fini par vous connaître. Je m'appelle aussi William. Will. Jusqu'à récemment, j'étais le gardien de l'Asile de Jelley's Valley, et j'y ai découvert vos lettres. J'espère que

192

vous me pardonnerez d'avoir envahi votre intimité, mais je les ai lues, et je les ai partagées avec d'autres.

Je veux que vous sachiez l'impact que vous avez eu. D'abord, sur moi. Vos épreuves, vos mots m'ont donné le courage d'être enfin moi-même. J'ai passé la majeure partie de ma vie à essayer de me mentir. Pas parce que je craignais le genre de choses qui vous sont arrivées. Honnêtement, je ne sais pas trop ce que je craignais. Mais j'ai lu vos lettres et je suis sorti de mon cocon, devenant l'homme que j'étais censé être. J'aime profondément un autre homme, tout comme vous aimiez votre Johnny. Colby est ma lune et mon soleil. Il m'a donné le courage de le faire mien. Il m'aime aussi, tout aussi profondément. Nous envisageons de nous marier bientôt.

Mais vous avez aussi provoqué d'autres changements. Au lieu d'une vie passée à faire des recherches académiques barbantes qui n'intéresseront jamais personne, je vous étudie, vous et les personnes comme vous, et avec l'aide de mes amis, je partage vos histoires.

Nous avons commencé par un livre et un site Web. Il y a des photos de l'hôpital. J'ai écrit les textes, qui parlent de vous et d'une vingtaine d'autres patients. Vous avez tous étés envoyés ici pour une série de raisons et vous avez eu différents destins, mais chacun d'entre vous a touché mon cœur. Le livre a eu beaucoup de succès. Le photographe et moi sommes passés à NPR et au Daily Show, entre autres choses. Je sais que ces mots ne signifient rien pour vous, alors laissez-moi expliquer : ils signifient que des millions de personnes connaissent votre histoire, Bill. Et beaucoup d'entre eux m'ont écrit, me disant ce que vous représentiez pour eux. Combien vous leur aviez aussi donné du courage.

Parce que le livre a attiré autant d'attention, maintenant il y a plus à faire. Colby et moi travaillons avec un ami pour réaliser un documentaire sur la façon dont les personnes gays ont été maltraitées sous prétexte de les « soigner ». C'est quelque chose dont je peux parler personnellement, même si mon histoire n'est pas aussi sombre que la vôtre. Ensemble, nous avons rassemblé un financement raisonnable pour le film. Notre amie – qui a déjà fait quelques films – pense que

193

celui-ci sera un blockbuster. Nous négocions aujourd'hui avec quelques gros producteurs et distributeurs. Ça va être bien, Bill.

L'hôpital a fermé il y a plusieurs années. Après la sortie du livre, les personnes qui dirigent cet endroit ont obtenu de grosses subventions et dons. Ils transforment une partie de la propriété en musée. Une université communautaire va également donner quelques cours ici. Ce sera un lieu de vie et d'activité et d'espoir.

Vous avez touché tellement d'entre nous.

Je veux aussi que vous sachiez que les choses sont mieux aujourd'hui. J'ignore si cela vous donne un peu de réconfort, mais c'est quelque chose que j'aimerais savoir si j'étais à votre place. La vie n'est toujours pas parfaite pour les gays. Mes propres parents ne me parlent plus. Mais les atrocités qui vous ont été faites ne seront plus répétées. Colby et moi sommes acceptés et aimés par toute sa famille. Sa tante me tricote des écharpes et sa cousine me cuisine des tartes. En fait, la mère de Colby m'a souri quelques fois. (C'est beaucoup plus important que ça n'en a l'air.).

J'ai dû quitter l'hôpital maintenant qu'ils y font des rénovations. Colby et moi avons acheté une petite maison dans le centre de Jelley's Valley, juste en face de chez son grand-père. Nous avons engagé sa cousine (pas celle des tartes) pour améliorer l'endroit. Nous transformons l'une des pièces en chambre d'enfant ayant la jungle pour thème. J'ai hâte d'élever notre fille ici et d'aider Colby à diriger l'épicerie. Peut-être que je donnerai des cours à l'université communautaire quand elle ouvrira.

Quoi qu'il arrive, je pense que nous serons heureux.

C'est amusant. Je me suis longtemps cru athée, et je supposais que cela signifiait que lorsque nous mourrons, nous sommes juste morts. Partis. Mais regardez tout ce que vous avez fait, presque 40 ans après votre mort. Et je suis ici, à vous écrire une lettre. Dernièrement, j'en suis venu à croire qu'après notre mort, une partie de notre esprit demeure. J'espère que ma lettre vous aide à trouver la paix. Vous et moi, nous ne nous sommes jamais rencontrés, mais je vous aime. Vous êtes aimé, Bill. Et je crois que peut-être, d'une certaine façon, vous le savez.

Et c'est la chose la plus merveilleuse de toutes : je crois. Quand j'étais plus jeune, je croyais, mais c'était une sorte de croyance terrifiée et apeurée. Le genre de croyance qui vous fait vous cacher. Puis j'ai cru que je pouvais faire semblant d'être quelqu'un d'autre. J'ai perdu aussi cette croyance. Mais au cours des derniers mois – en partie grâce à vous, Bill – j'en suis venu à croire en moi, à croire en l'avenir, à croire aux fantômes, à croire en l'espoir. À croire en l'amour.

Merci pour tout ça. Vous resterez à jamais dans mon cœur.

À vous pour toujours,
Will

L'amour ne peut pas…, numéro hors série

Jeremy Cox a grandi dans une petite ville du Kansas, où sa vie était un enfer. Dès que possible, il s'en est échappé. La quarantaine passée, il gère les parcs publics de Portland, Oregon, tout en faisant de son mieux pour aider les gens de la rue, SDF et jeunes fugueurs. Son ex, Donny, dont il s'est séparé quelques années plus tôt à cause de ses addictions – alcool et drogue – réapparaît un jour devant sa porte et, par inadvertance, le met en grave danger. Comme si ça ne suffisait pas, Jeremy rencontre alors un homme fascinant, mais énigmatique, lui aussi hanté par son passé.

Qayin Hill ne possède pratiquement rien, à part des squelettes dans son placard et des démons dans sa tête. Ancien toxicomane en lutte permanente contre l'anxiété et la dépression, il ne sait pas combien de ses secrets il peut révéler à Jeremy ni comment réagir en réalisant que ce dernier veut le sauver de lui-même.

Malgré leurs problèmes respectifs, Jeremy et Qay découvrent ensemble l'amitié, la passion et un fragile espoir d'un avenir à deux. À présent, il leur faut décider si l'amour peut tout conquérir, comme le prétend le vieil adage, ou s'il ne suffit pas.

www.dreamspinner-fr.com

L'AMOUR
EST
IMPITOYABLE

KIM FIELDING

L'amour ne peut pas…, numéro hors série

Petit mais costaud, telle pourrait être la devise de l'inspecteur Nevin Ng. Désormais inspecteur dévoué au commissariat de police de Portland, il n'a pas laissé un mauvais départ dans la vie l'empêcher de protéger ceux qui en ont besoin. Il ne laisse personne lui marcher sur les pieds, il n'a aucune attirance pour les relations. Jusqu'à ce qu'il se rende chez une personne âgée qui s'est fait agresser avec une grande violence et rencontre le propriétaire de la victime, avec son nœud papillon et sa richesse évidente.

Agent et promoteur immobilier, Colin Westwood a grandi dans tout ce qui a fait défaut à Nevin, comme un tas d'argent et une famille aimante qui le soutient sans condition. Qui le soutient trop, peut-être, parce qu'après une enfance marquée par la maladie, ses parents ont encore du mal à admettre qu'il est désormais un adulte fort et indépendant. Colin veut une relation, mais les siennes ne fonctionnent jamais. Maintenant, il se dit juste qu'il devrait arrêter de suivre le mouvement. Il est peut-être temps de tenter quelque chose de plus excitant. Mais être témoin d'un horrible crime, voire deux, n'était pas vraiment ce qu'il avait en tête.

Malgré leurs différences, Colin et Nevin découvrent les étincelles qu'ils produisent quand ils sont ensemble. Mais les étincelles sont éphémères, refroidies par l'avènement de crimes brutaux, et Colin et Nevin semblent avoir si peu en commun. La question reste de savoir s'ils ont le désir de construire quelque chose de solide entre eux.

www.dreamspinner-fr.com

KIM FIELDING est très heureuse quand on la traite d'éclectique. Ses livres, qui ont gagné le Rainbow Awards, couvrent des genres très variés. Elle a beaucoup bougé sur deux tiers occidentaux des États-Unis et vit actuellement en Californie, où sa bibliothèque, depuis bien longtemps, est archi-comble. Professeur d'université, elle rêve de voyager et d'écrire à plein temps. Elle aimerait aussi avoir deux enfants parfaitement élevés, un mari moins obsédé par le football et une maison autonettoyante. Certains rêves sont plus réalisables que d'autres.

Blogs : kfieldingwrites.com et www.goodreads.com/author/show/4105707. Kim_Fielding/blog

Facebook : www.facebook.com/KFieldingWrites

E-mail : kim@kfieldingwrites.com

Twitter : @KFieldingWrites

Par KIM FIELDING

Brute
Les lettres oubliées

L'AMOUR NE PEUT PAS
L'amour ne suffit pas
L'amour est impitoyable

Publié par DREAMSPINNER PRESS
www.dreamspinner-fr.com

www.ingramcontent.com/pod-product-compliance
Lightning Source LLC
Chambersburg PA
CBHW022147240626
47153CB00007B/2555